继电保护试验手册

河南省电力公司焦作供电公司　组编

中国电力出版社

www.cepp.com.cn

内 容 提 要

本书共分 46 章，主要以一个试验方法对应一个试验报告的形式，结合继电保护工作的实际情况介绍了继电保护常见试验的标准，强调了继电保护工作的各项规章制度，规范了继电保护的具体工作。本书内容涵盖了目前电力系统运行常用的 CST-200B、WH-P01.DT、DISA-2800、DISA-2801、PST-1200、CSL-103（C）、CSL-163B、CSL-216B、DISA-2000b、PSL-620D、PXH-43A、SEL-311C、WH-P01.LA、WXH-11X、WXH-15X、SF-500（600）、DISA-2100、低频（SZH 型继电器）、微机型低频保护、电流互感器、微机型谐振消除装置、气体继电器、带负荷试验等的调试方法和检验报告模板。

本书简明扼要、通俗易懂、涉及面广、实用性强，不仅适合从事继电保护工作的工程技术人员使用，还可作为相关电力工作者的技术参考用书。

图书在版编目（CIP）数据

继电保护试验手册/河南省电力公司焦作供电公司组编．—北京：中国电力出版社，2008
ISBN 978-7-5083-8196-1

Ⅰ.继…　Ⅱ.河…　Ⅲ.继电保护—试验—手册
Ⅳ.TM77-33

中国版本图书馆 CIP 数据核字（2008）第 202719 号

中国电力出版社出版、发行

（北京三里河路 6 号　100044　http://www.cepp.com.cn）
北京丰源印刷厂印刷
各地新华书店经售

*

2008 年 12 月第一版　2008 年 12 月北京第一次印刷
787 毫米×1092 毫米　16 开本　14.5 印张　351 千字
印数 0001—3000 册　定价 **28.00** 元

《继电保护试验手册》

编写委员会

主　任：　郑瑞晨

副主编：　王峰洲　　孙全德

主　审：　王　雷

主　编：　程　旭

编写组：　刘建华　张普胜　龙　洁　靳启瑞

　　　　　颜　威　李　春　刘金山　宋　强

　　　　　邓国云　亢建武　赵世海　方向东

前 言

随着微电子技术的迅速发展，继电保护装置发生了新飞跃，新的保护原理、新的保护装置也层出不穷，装置软硬件不断发展。但是由于没有统一的检验标准，各继电器生产厂家的技术手册和使用手册也各不相同，给现场继电保护人员带来了不少问题。为了保证继电保护设备的检验质量，以检验规程为标准，针对各厂家具体保护装置的不同，修编在现场具备较强操作性的试验书是非常必要的。

本书涉及保护装置的调试方法，是参照 DL/T 995—2006《继电保护和电网安全自动装置检验规程》、DL/T 587—2007《微机继电保护装置运行管理规程》、GB/T 15145—2001《微机线路保护装置通用技术条件》等规程以及保护装置出厂调试大纲和产品技术说明书，并结合电网继电保护装置实际运行、调试情况编写的。

本书涉及保护装置的检验报告，是按照新设备投产的竣工检验项目来进行编写的，对定期检验项目按照部分定检和全部检验进行填写，可以保证检验报告能够适用于保护装置的各类调试检验，使之真正具备通用性、实用性。检验报告从总体上来说，主要包含了以下几个部分：装置检验要求、外观检查、绝缘检查、保护电源检查、保护通电试验、定值检查、开关量检查、模数变换功能检查、整组试验、带开关传动试验以及试验结论。

本书在编写过程中得到了广大继电保护人员的大力支持，提出了很多修改意见。另外，为照顾现场工作的实际情况，本书沿用了部分旧的继电器文字符号。

由于时间仓促，加之编者水平有限，书中错误和不足之处在所难免，敬请继电保护同行和专家给予批评指正。

编者
2008 年 10 月

目　录

1 《继电保护试验手册》编写准则

1.1 《继电保护试验手册》概述

1.1.1 《继电保护试验手册》定义

《继电保护试验手册》是为保证继电保护作业过程的质量而制订的程序。"过程"为一组相关的具体作业活动。该试验手册也是一种程序，其针对的对象是具体的作业活动。试验手册有时也称为工作指导令或操作规范、操作规程、工作指引等。

1.1.2 《继电保护试验手册》的作用

《继电保护试验手册》是指导、保证继电保护装置检验质量的最基础的文件，并为开展纯技术性质量活动提供指导，同时也是质量体系程序文件的支持性文件。

1.1.3 《继电保护试验手册》的形式

《继电保护试验手册》的发布形式均为书面试验手册，其内容形式为用于继电保护检验工作的试验手册。

1.1.4 《继电保护试验手册》的编写标准

根据 ISO 9000 系列标准中对试验手册的要求（GB/T 19001—2000，ISO 9001.9.1）及（GB/T 19004—2000，ISO 9004.10.1.1），对继电保护专业全范围定期检验工作编写试验手册。

1.2 《继电保护试验手册》的要求

试验手册明确规定继电保护装置定期单项检验工作流程、作业规范、技术标准、工作细则、资源分配等。

1.2.1 内容应满足的要求

1.2.1.1 "5W1H"原则

任何试验手册都须用不同的方式表达出"5W1H"。

（1）When：什么时候该使用此试验手册。

（2）Where：在哪里使用此试验手册。

（3）Who：什么样的人使用该试验手册。

（4）What：此项作业的名称及内容是什么。

（5）Why：此项作业的目的是干什么。

（6）How：如何按步骤完成作业。

1.2.1.2 最好、"最实际"原则

（1）最科学、最有效的方法。

（2）良好的可操作性和良好的综合效果。

1.2.2 应满足的要求

（1）对没有试验手册就不能可靠保证质量的流程性工作均应编写试验步骤。

（2）对不同装置对象的不同作业流程均应编写成文的试验手册，可引用专业标准。

（3）对不同装置对象的同类作业流程可合并编写成文的试验手册。

1.2.3　格式应满足的要求

（1）以满足培训要求为目的，统一本专业试验手册标题、序号等格式。

（2）继电保护试验方法均以"×××××保护试验方法"为标题。

（3）继电保护试验方法分以下八项。

第一项：工作目的。

第二项：工作内容。

第三项：适用范围。

第四项：资源配置。

第五项：作业流程图。

第六项：作业流程。

第七项：生成记录清册。

第八项：引用标准。

（4）该试验方法所对应的试验报告均以"××××保护试验报告"为标题。

1.3　《继电保护试验手册》的管理

1.3.1　试验手册的编写

（1）试验手册的编写任务由继电保护专业人员编写。

（2）编写目的为规范作业流程，对检修资源合理分配，可靠保证检验工作质量。

1.3.2　试验手册的批准

（1）试验手册由供电公司组织专业人员编制。

（2）试验手册由变电检修部门继电保护专责人初审。

（3）试验手册由供电公司继电保护专责人负责审核。

（4）试验手册应按规定的程序批准后才能执行，一般由单位领导批准。

（5）未经批准的试验手册不能生效。

1.3.3　试验手册的修改

试验手册的修改履行与批准完全一致的流程。

1.3.4　《继电保护试验手册》的受控

《继电保护试验手册》是受控文件，应满足以下要求：

（1）经批准后只能在规定的场合使用。

（2）严禁执行作废的试验手册。

（3）按规定的程序进行更改和更新。

1.4　继电保护质量记录

继电保护质量记录为继电保护作业过程中生成的结果性文件，它为证明继电保护作业过程满足质量要求的程度或为质量体系的要素运行的有效性提供客观证据，并为证实可追溯性预防措施和纠正措施提供依据。继电保护质量记录可为书面文件，也可以储存在其他媒介上。

2 CST-200B 微机保护试验方法

2.1 工 作 目 的

通过对 CST-200B 系列微机保护的定期检验，对装置性能予以调试检查，对长期运行造成的性能偏差予以调整，使其能正确反映被保护变压器的各种故障，确保系统的安全运行。

2.2 工 作 内 容

（1）保护装置本体特性试验。
（2）保护装置整组试验。
（3）保护装置带断路器传动试验。

2.3 适 用 范 围

本试验方法适用于 CST-200B 系列微机保护定期检验工作。

2.4 资 源 配 置

（1）人员配置：工作负责人 1 人，试验人员 3 人。
（2）设备配置（见表 2-1）。

表 2-1　　　　　　　　　　　　设 备 配 置 表

设备名称	设备规格	设备数量
微机试验仪	5108D	1 台
试验线		2 包
多用插座		1 个
芯片		1 包
模拟开关		1 台
转插板	CST-200B	1 块

（3）资料配置：试验手册，CST-200B 标准试验报告，工作任务书，危险因素明白卡，定值通知单，CST-200B 保护装置说明书（1 本），本间隔保护图纸（1 套）。

2.5　作业流程图（见图2-1）

2.6　作　业　流　程

2.6.1　现场安全措施

2.6.1.1　组织措施

（1）工作负责人负责填写工作、危险因素明白卡，并经签发人签发。

（2）工作负责人办理工作许可手续后，对工作票中安全措施进行检查。

（3）工作区间断路器在断开位置，隔离开关确已拉开。

（4）接地线装设及接地开关符合工作要求。

（5）悬挂的标示牌和装设的遮栏符合工作票要求。

（6）工作区间与带电间隔的安全距离符合《国家电网公司电力安全工作规程（发电厂和变电所电气部分）》要求。

（7）工作负责人宣读工作票内容，交代安全注意事项，并分派工作任务。

2.6.1.2　技术措施

（1）工作负责人监护，工作班成员执行保证安全的技术措施。

（2）在保护屏端子排上断开被试保护联跳其他运行间隔的跳闸线，断开连线的一侧应在装置内部。

（3）断开主保护高、中、低压侧 I_A、I_B、I_C、I_N 连接片；断开后备保护高、中、低压侧 I_A、I_B、I_C、I_N 连接片；断开零序电流连接片；断开后备保护 U_A、U_B、U_C、U_N、U_L、U_X 连片；断开 $3U_{0+}$、$3U_{0-}$ 连接片。

（4）断开所有后备保护跳母联、跳分段；间隙跳小火电；零序选跳接线。

（5）拆掉主变压器事故音响信号端子（指非综合自动化变电站）。

（6）工作负责人检查工作任务书中填写的技术措施是否全部执行。

2.6.2　保护装置检验（工作负责人为全部工作的监护人，具体检验方法见标准试验报告）

2.6.2.1　外观及接线检查（1人）

（1）装置型号及各项参数是否与设计一致，直流电源电压以及TA额定电流是否与现场情况匹配。

（2）保护装置各部件固定良好，无松动现象，装置外形应端正，无明显损坏及变形。

（3）拔出所有插件，检查装置是否有明显的损伤，并逐个检查插件上的元器件是否有松动、脱落或断裂现象。

（4）各插件应插拔灵活，各插件和插座之间定位良好，插入深度合适。

（5）保护装置的背板接线有无断线、短路和焊接不良等现象，并检查背板上抗干扰元件的焊接，连线和元器件外观是否良好。

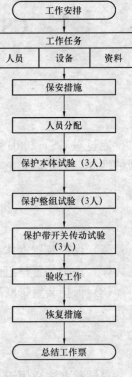

图 2-1　工作流程图

（6）保护装置的接线端子，特别是 TA 回路的螺针及连接片，不允许有松动情况。端子及屏上各器件标号应清晰正确。

（7）装置所有接地端子接地是否可靠。

（8）切换开关、连接片、按钮、键盘等应操作灵活、手感良好。

（9）对照图纸检查打印机电源及通信电缆接线是否正确。

（10）确认各部件应清洁良好。

（11）根据整定和设计要求，对硬件的跳线进行设置和检查，可参照装置说明书执行。

（12）对于引入外接 $3U_0$ 电压的保护装置，参照装置说明书对外接 $3U_0$ 电压回路极性进行核查，确保 $3U_0$ 电压端子接线正确。

（13）某些装置在定值控制字中，对检同期电压的相别有明确规定，因此应检查引入装置的线路 TV 电压相别是否与定值要求一致。

（14）用万用表检查各回路应无短路现象。

2.6.2.2 绝缘电阻检测（2人）

（1）分组回路绝缘电阻测量。采用 1000V 摇表分别测量表 2-2 中各组回路间及回路对地的绝缘电阻，绝缘电阻应大于 $10M\Omega$。

表 2-2	回 路 及 回 路 对 地	
直流回路—地	交流回路—地	直流回路—交流回路

（2）整个二次回路的绝缘电阻测量。在保护屏端子排处将所有电流、电压及直流回路的端子连接在一起，并将电流回路的接地点拆开，用 1000V 摇表测量整个回路对地的绝缘电阻，其绝缘电阻应大于 $1.0M\Omega$。

注：此项检验只有在被保护设备的断路器、电流互感器全部停电及电压回路已与其他单元设备的回路断开后，才允许进行。

2.6.2.3 逆变电源测试（2人）

装置直流电源端子为 n128、n130，标注 1 和 2 的分别为电源的正负端子。仅插入直流电源插件，做以下试验。

在断电的情况下，转插电源插件，然后用万用表检查电源插件各级输出电压，允许范围如表 2-3 所示。

表 2-3	电 压 允 许 范 围			
标准电压（V）	+5	+15	−15	24
允许范围（V）	4.8～5.2	13～17	−17～−13	22～26

2.6.2.4 通电初步检验（1人）

（1）保护装置通电检验应正常。将各保护装置插件插好，给上额定直流电源，检查装置是否正常工作，即：①面板上（运行监视）绿灯亮，其他灯灭；②LCD 第一行显示实时时钟，第二行轮流显示个模拟量的测量值，保护连接片等有关信息；③无通信异常报警。

（2）键盘检验应正确可靠。在保护装置正常工作状态下，分别操作人机对话插件上的方向键、取消键、确认键、复位键等键，各键盘应灵活可靠。

（3）打印机与保护装置联机检验应正常。

1）给打印机上电，打印机应能正确打印保护装置软件版本号信息。

2）将打印机与微机保护装置的通信电缆连接好，分别调用各打印功能子菜单，检查各项打印功能正确。

（4）时钟校对应正确。

1）在 LCD 的一级菜单中 CLK，按 SET 键，LCD 显示时间和日期，用选择键将日期和时间整定好后，按 SET 键确认。

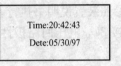

图 2-2 例图 2-1

2）按 QUIT 键使 LCD 回到正常状态，观察显示的日期、时间是否正确，例（见图 2-2）：当前日期为 1997 年 5 月 30 日，时间 20 点 42 分 43 秒，用上下键改变数值，按 SET 键，整定完成。

（5）时钟的失电保持功能检验应正常。拉掉电源几分钟，然后再合上，检查 LCD 显示的日期和时间是否仍然正确。

2.6.2.5 版本号检查（2 人）

（1）检查 CPU 版本号。

选择 CRC-CPU-CUP 号，液晶显示版本号及 CRC 校验码，例（见图 2-3）：检查 CPU4 的版本号及 CRC 校验码。

版本号 3.01，日期 1997 年 8 月。CRC 校验码：原码 C0＝3687，新计算码 C1＝3687，C0、C1 相等，表明程序正确。

（2）检查 MMI 的版本号。

选择 CRC-MMI 号，液晶显示（见图 2-4）。版本号 1.0，日期 1997 年 4 月 15 日。

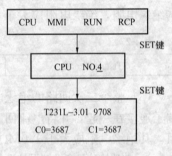

图 2-3 例图 2-2

（3）检查打印并核对保护装置的软件版本号正确无误。

2.6.2.6 定值整定（2 人）

（1）定值修改闭锁功能检测应正确。装置对定值修改操作设置有闭锁功能（本装置设置口令闭锁）。选择 SET-LST-CPU 号进行定值修改，如输入口令正确，定值方能固化成功。如输入口令不正确，定值固化不成功。

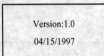

图 2-4 例图 2-3

（2）主保护及后备保护定值分区储存功能检测应正确。装置提供八个定值储存区域以存放多套不同定值，分别将定值储存于各区，观察并打印定值检查无误。

（3）定值输入。

1）查看定值。选择 SET-LST-CUP 号—定值区号。选择定值区号时，液晶若显示"..”，表示选择缺省的定值区号，它总是指向当前的定值区号。例：查看主保护的 00 区定值（见图 2-5）。

2）修改定值。调出定值后，用左右键移动光标、用上下键改变光标处的数值，按上下键，数值为 0～F 及小数点的依次递增或递减。完成一项定值的修改后，按 SET 键确认。例（见图 2-6）：KG1＝4004，IQD＝10.0，改成 KG＝B003，IQD＝1.00。

3）固化定值。完成各项定值修改后，按 Q 键，液晶提示是否将定值送 CPU 的 RAM 区中，用 SET 键确认（Q 键退出），液晶再提示是否将定值固化到 E²PROM，确认后，输入定值区号及密码确认，可完成定值固化，具体步骤如图 2-7 所示。

（4）定值打印。

选择 SET-PNT-CPU 号-定值区号，打印并核对运行定值区定值与定值通知单相符。

2.6.2.7　开入回路检查（2 人）

（1）连接片投切开入。

n65 为＋24V 端子，所有开入均共 24V 的"－"。将 n65 与某开入端子用导线短连，即相当投入＋24V 的开入。投入开入的液晶提示、显示，也适用于开入的退出。

n46～n56 为连接片投切端子，其中 n53、n56 为备用。当用＋24V 点入端子时，相当连接片投入，液晶显示 DI _ CHG? P _ RST，提示复位，复位后液晶显示端子变位情况。例 n46 点入＋24V，液晶显示 DI _ CHG? P _ RST，复位后液晶显示 n46 OFF-ON。若此时 CPU 的 M 键退出（KGI. 14 ＝0），从液晶的正常循环显示就可以看到连接片的状态，应为 ONh：ICD. CPU2、CPU3、CPU4 同理。

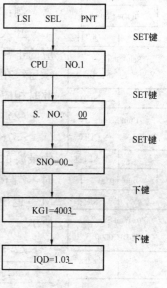

图 2-5　例图 2-4

图 2-6　例图 2-5

各 CPU 对应的连接片状态提示名称、端子号以及连接片标示如表 2-4 所示。

表 2-4　　　　　　　　各 CPU 对应连接片状态提示名称、端子号及连接片标示

端子号	含义	连接片标示	连接片状态	对应 CPU
n46	差动保护	Icd	OHn	CPU
n47	高压后备间隙零序	IJ	OHh	CPU2
n48	高压后备方向复流 I 段	I1	OHh	CPU2
n49	高压后备零序方向 I 段	I01	OHh	CPU2
n50	高压后备零序方向 II 段	I02	OHh	CPU2
n51	中压后备方向复流 I 段	I1	OHm	CPU3
n52	中压后备方向复流 II 段	I2	OHm	CPU3
n55	低压后备方向复流 I 段	I1	OH1	CPU4
n56	低压后备方向复流 II 段	I2	OH1	CPU4

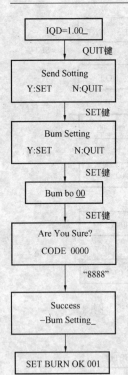

图 2-7　定值固化流程

例：投入差动保护连接片（见图 2-8）。

开入 n64 由退出变为投入，n64 为差动保护对应的装置端子号。相应的正常循环显示的差动保护连接片有 ONn 变为 ONn：Icd。若液晶提示后，在 60s 内无确认，则告警，报 DIERR0046，n46 端子开入错误，此时相应的保护功能保持原来的状态。

（2）信号开入。

n57～n64 为信号开入端子，其中 n57、n58、n64 备用，n59、n60 为录波的开入。当信号开入相关的 CUP 的 M 键投入（KGI.14＝1）时，端子加＋24V 开入，液晶即显示端子变位情况。当相关的 CPU 的 M 键退出时，液晶不显示端子变为情况。n61～n63 相关 CPU 如表 2-5 所示。

表 2-5　　　　　　　　n61～n63 相关 CPU

端子号	n61	n62	n63
相关的 CPU	CPU3	CPU4	CPU2

（3）定值区切换开入。

n108～n1l0 为定值区切换开人端子，同时作用于 CPUZ、CPU3、CPU4，先将高、中、低后备保护的 00、01、02、04 区固化上定值，否则切换到无定值区即告警。当在端子点入＋24V 时，液晶显示 SET＿CHG? P＿RST，提示复位，复位后液晶显示定值区切换情况。端子开入与定值区的对应关系如表 2-6 所示。

表 2-6　　　　端子开入与定值区的对应关系

定值区号	0	1	2	3	4	5	6	7
n110	0	0	0	0	1	1	1	1
n109	0	0	1	1	0	0	1	1
n108	0	1	0	1	0	1	0	1

当 108、109、110 分别单独点入＋24V 时，对应的区号为 01、02、04 区。

例：将当前的定值由 00 区切换到 01 区（见图 2-9）。

高、中、低压后备保护的当前定值区由 00 区切换到 01 区。

若液晶提示后，在××秒内无确认，则告警，显示 SZONEER 0001，意即定值区指针错误，切换定值区到 01 区的操作错误，当前定值区仍为原来的 00 区。

（4）通过调用屏幕子菜单或打印的方法监视各连接片开入量变位状态应正确。

2.6.2.8　开出传动检查（2 人）

选择 CTL-DOT-CUP 号-开出号传动。传动时，装置相应的继电器接点动作并有灯光信号。复归已驱动的开出只要按面板上的复归按钮。CST 各开出量的编号定义如表 2-7 所示。

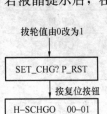

图 2-9　例图 2-7

投入差动保护连接片

DI_CHG? P_RST

按复位按钮

DIN	48	OFF－ON

图 2-8　例图 2-6

表2-7　　　　　　　　　　　　　CST 各开出量的编号定义

传动号	CPU 主保护	CPU 高压侧保护	CPU 中压侧保护	CPU 低压侧保护
1	跳三侧断路器	跳高压侧断路器	跳高压侧断路器	跳高压侧断路器
2	跳高压侧母联（桥）断路器	跳中压侧断路器	跳中压侧断路器	跳中压侧断路器
3	过电流闭锁调压	跳低压侧断路器	跳低压侧断路器	跳低压侧断路器
4	无	跳高压侧母联	跳中压侧母联	跳低压侧母联
5	启动继电器动作	启动继电器动作	启动继电器动作	启动继电器动作
6	启动通风	高压选跳	备用或间隙跳联络线	备用或间隙跳联络线
7	告警Ⅱ动作	告警Ⅱ动作	告警Ⅱ动作	告警Ⅱ动作
8	告警Ⅰ动作	告警Ⅰ动作	告警Ⅰ动作	告警Ⅰ动作
9	过负荷	间隙跳联络线	备用	备用或重合闸出口

传动各 CPU 的开出号、应闭合的触点及灯光反应如表2-8 所示。

表2-8　　　　　　　　传动各 CPU 的开出号、应闭合的触点及灯光反应

编号	CPU1（主保护）		CPU2（高后备）		CPU3（中后备）		CPU4（低后备）	
	触点	灯光	触点	灯光	触点	灯光	触点	灯光
1	n1-n2、n8-n9、n12-n13、n16-n17、n20-n21、n26-n27、n32-n33、n38-n39、n124-n125	运行灯闪、保护动作	n1-n3、n10-n11、n14-n15、n32-n33、n38-n39、n124-n126	运行灯闪、后备动作	n1-n3、n10-n11、n14-n15、n32-n33、n124-n126	运行灯闪、后备动作	n1-n3、n10-n11、n14-n15、n32-n33、n124-n126、	运行灯闪、后备动作
2	n1-n2、n16-n17、n18-n19、n124-n125	运行灯闪	n1-n3、n22-n23、n124-n126	运行灯闪、后备动作	n1-n3、n22-n23、n40-n41、n124-n126	运行灯闪、后备动作	n1-n3、n22-n23、n124-n126	运行灯闪、后备动作
3	n120-n121	运行灯闪	n1-n3、n28-n29、n124-n126	运行灯闪、后备动作	n1-n3、n28-n29、n124-n126	运行灯闪、后备动作	n1-n3、n28-n29、n124-n126、n42-n43	运行灯闪、后备动作

续表

编号	CPU1（主保护）触点	CPU1（主保护）灯光	CPU2（高后备）触点	CPU2（高后备）灯光	CPU3（中后备）触点	CPU3（中后备）灯光	CPU4（低后备）触点	CPU4（低后备）灯光
4		运行灯闪	n1-n3、n18-n19、n124-n126、n16-n17	运行灯闪、后备动作	n1-n3、n24-n25、n124-n126	运行灯闪、后备动作	n1-n3、n30-n31、n124-n126	运行灯闪、后备动作
5		运行灯闪	无	运行灯闪	无	运行灯闪	无	运行灯闪
6	n118-n119	运行灯闪	n34-n35、n1-n3、n10-n11、n14-n15、n124-n126	运行灯闪、后备动作	n36-n37	运行灯闪、	无	运行灯闪、
7	n1-n4	告警灯亮	n1-n7	告警灯亮	n1-n7	告警灯亮	n1-n7	告警灯亮
8	n1-n4	告警灯亮	n1-n4	告警灯亮	n1-n4	告警灯亮	n1-n4	告警灯亮
9	n1-n6、n122-n123		n36-n37	运行灯闪	无	运行灯闪	n36-n37	运行灯闪

例：传动高压后备保护跳高压母联断路器（见图2-10）。

高压母联触点闭合，运行灯闪，后备保护动作灯亮。

2.6.2.9　零点漂移检查（1人）

选择 VFC-DC-CPU 号-模拟量项监视其零漂值，不同 CPU 的对应子菜单不同。

（1）主保护（见表2-9）。

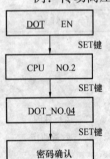

图 2-10　例图 2-8

表 2-9　　　　　　　　主保护对应电流

CPU	高压侧电流				中压侧电流				低压侧电流		
	I_A	I_B	I_C	$3I_0$	i_A	i_B	i_C	$3I_0$	i_a	i_b	i_c

（2）后备保护（见表2-10）。

表 2-10　　　　　　　　后备保护对应电流

CPU2	高压侧电流					高压侧电压			中压侧电压			外接
	I_A	I_B	I_C	I_{01}	I_{02}	U_A	U_B	U_C	u_a	u_b	u_c	$3U_0$
CPU3	中压侧电流			中压侧电压			高压侧电压					
	I_A	I_B	I_C	U_A	U_B	U_C	u_a	u_b				u_c
CPU4	低压侧电流			低压侧电压			高压侧电压					
	I_A	I_B	I_C	U_A	U_B	U_C	u_a	u_b				u_c

注　一个 LCD 画面最多有两行菜单，表中各 CPU 的第三行菜单在 LCD 的第二画面，可以用左右键光标方式翻页。

例：查看高压侧 B 相电流零漂的步骤（见图 2-11）。

选择 VFC-PNT-CPU 号打印其零点漂移（简称零漂）采样值。

例：打印 CPU1 的采样值（见图 2-12）。

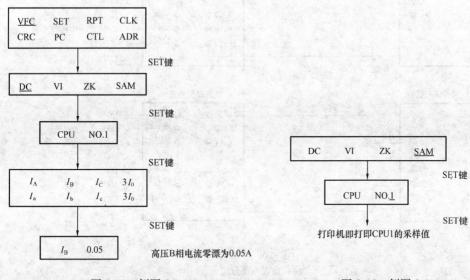

图 2-11　例图 2-9　　　　　　　　　　图 2-12　例图 2-10

零漂数值应控制在−0.3～0.3 范围内，否则需调整相应电位器 R_{W2n}（n 为通道号）。

注：当零漂值偏大时，电位器应顺时针调整；当零漂值偏小时，电位器应逆时针调整；上电 5min 后方可进行零漂调整。

4 号板 VFC 可调电位器依次对应的通道如表 2-11 所示。

表 2-11　　　　　　　　　　　4 号板 VFC 可调电位器对应通道

高压侧三相电压			中压侧三相电压			低压侧三相电压			高压侧三相电流		
U_A	U_B	U_C	U_a	U_b	U_c	u_a	u_b	u_c	I_A	I_B	I_C

5 号板 VFC 可调电位器依次对应的通道如表 2-12 所示。

表 2-12　　　　　　　　　　　5 号板 VFC 可调电位器对应通道

高压侧零序、间隙电流		中压侧三相电流、零序电流、间隙电流					低压侧三相电流、零序电流1、零序电流2				
I_{01}	I_{02}	i_A	i_B	i_C	I_{01}	I_{02}	i_a	i_b	i_c	I_{01}	I_{02}

2.6.2.10　电流电压平衡度检查（2 人）

（1）主保护平衡度检查。试验接线方式见图 2-13。

选择 VFC-VI-CPU 号，不同 CPU 对应子菜单同第 2.6.2.9 条。

例：查看高压侧 A 相电流（见图 2-14）。

选择 VFC-ZK-CPU 号，对 CPU 为差流子菜单，对 CPU20-CPU4 为阻抗子菜单。

例：查看 A 相差流（见图 2-15）。

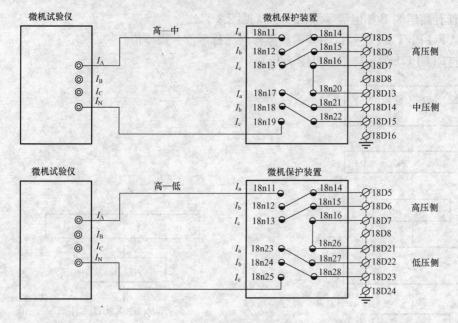

图 2-13　接线方式

注：此虚线部分应拆开。

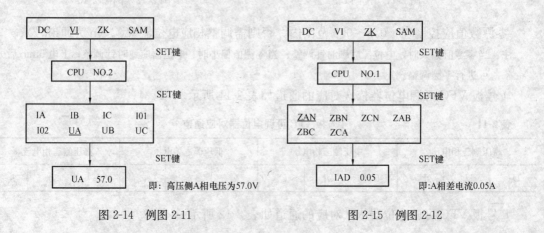

图 2-14　例图 2-11　　　　　　　　　　图 2-15　例图 2-12

1）试验前将主保护 CPU 定值 KPM、KPL 等于 1，KMD＝0000，以便电流回路串联后查看差流。将高压侧与中压侧，高压侧与低压侧电流回路同相别反极性串联，通入额定交流电流。

2）选择 VFC-VI-CPU 号-模拟量项，监视主保护各通道刻度值，调整电位器 R_{W1n}（n 为通道号），刻度值控制在±0.1A 之间。

3）选择 VFC-ZK-CPU 号，观察差流，误差要求小于 0.2A。

注：当刻度值偏大时，电位器应顺时针调整；当刻度值偏小时，电位器应逆时针调整。

（2）后备保护平衡度检查。试验接线方式（见图 2-16）。

1）将后备保护高、中、低压侧电流同极行串联通入 5A 电流，高、中、低压侧电压通入 50V 电压。

2）选择 VFC-VI-CPU 号-模拟量项，监视后备保护各通道刻度值，误差要求在±0.1A/

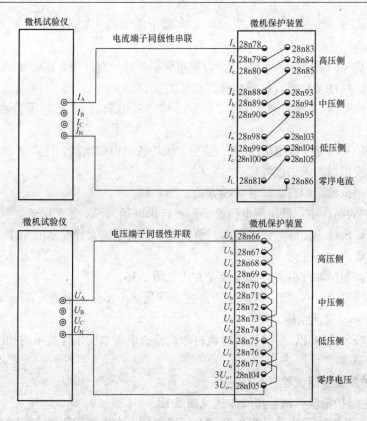

图 2-16 接线方式

±0.3V 之间。

3）高压侧加电压时，在高、中、低后备保护的菜单中均要检查相应的高压电压幅值。

4）中压侧加电压时，在中、高、后备保护的菜单中检查相应的中压电压幅值。

注：当刻度值偏大时，电位器应顺时针调整；当刻度值偏小时，电位器应逆时针调整。

2.6.2.11 电流电压线性度检查（2 人）

（1）主保护线性度检查。试验接线方式见图 2-17。

1）将主保护的高、中、低压侧电流端子同极行串联通入交流电流。在二次额定电流为

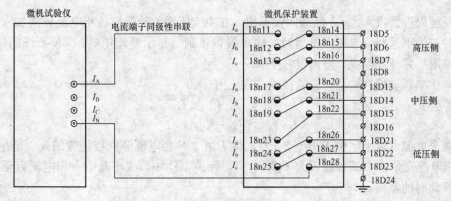

图 2-17 接线方式

注：此虚线部分应拆开。

5A 时，分别通入 25、10、2、1A 电流。在二次额定电流为 1A 时，分别通入 5、2、0.5、0.2A 电流。

2）选择 VFC-VI-CPU 号-模拟量项，监视主保护各通道刻度值，误差要求小于 2%。

（2）后备保护线性度检查。试验接线方式见图 2-16。

1）电流为 1A 时，分别通入 5、2、0.5、0.2A 电流。通入电压分别为 60、30、10、5V。

2）选择 VFC-VI-CPU 号-模拟量项，监视主保护各通道刻度值，误差要求小于 2%。

2.6.2.12 模拟量输入的极性检查（2 人）

（1）主保护相位特性检查。试验接线方式见图 2-17。

1）将主保护的高、中、低压侧电流端子同极行串联通入 5A 交流电流。

2）选择 VFC-SAM-CPU 号或进行瞬时值打印，检查电流采样显示的相序、相位与测试装置设定参数一致。

（2）后备保护相位特性检查。试验接线方式见图 2-16。

1）将后备保护高、中、低压侧电流同极性串联通入 5A 交流电流，高、中、低压侧电压端子并联通入 50V 交流电压。

2）选择 VFC-SAM-CPU 号进行瞬时值打印，检查电流电压采样显示的相序、相位与测试装置设定参数一致。

2.6.3 保护装置整组试验（3 人）

2.6.3.1 主保护检验。试验接线方式见图 2-18。

（1）差动启动检验。退出差动保护及 TA 断线闭锁。在主变压器差动保护各相电流端分别加入 0.95 倍的定值电流时，保护不启动，加入 1.05 倍的定值电流时，保护可靠启动。

（2）差流越限检验。试验接线方式见图 2-18。

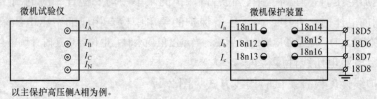

图 2-18 接线方式

差流越限告警投入：TA 断线闭锁退出，在主变压器差动保护各相电流分别加入越限电流，此时差流不返回，告警灯不返回，输出报告正确，显示差流正确；TA 断线闭锁投入，则差流越限后判 TA 断线、输出报告正确。

（3）比率制动特性检验。试验接线方式见图 2-19。

计算公式 $$I_{res} < I_B, I_{op} \geqslant I_d$$
$$I_{res} > I_B, I_{op} \geqslant I_d + K_{ID} \times (I_{res} - I_B)$$

用两个电源（以上定位 P 相、S 相），将 P 相、S 相电流分别接装置的高、低压侧，P 相、S 相电流夹角为 180°，加入大于 I_B 电流，保护不动作，减小其中一相电流直至保护动作，计算此时的差流。

根据装置中的差动流与制动电流值，绘出比率制动曲线，检验与整定是否相符。只有在新安装检验中进行此相内容。

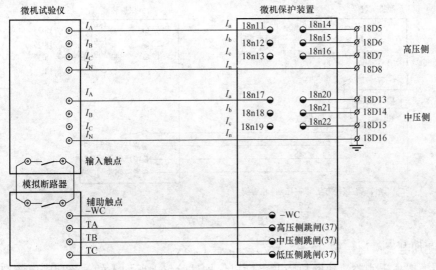

比率制动特性试验接线方法:以高—中为例。

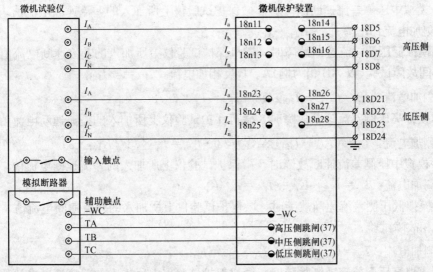

比率制动特性试验接线方法:以高—低为例。

图 2-19　接线方式

（4）二次谐波制动特性测试。试验接线方式见图 2-20。

计算公式：

$$K_{XB} \times I_D \geqslant I_D \times 2W$$

在高压侧电流端子 A 相（或 B 相、C 相）加基波电流，再外加二次谐波电流，逐渐减小二次谐波电流使差动保护动作。

（5）差流速断检验。差动保护连接片投入；ICL 越限告警退出；TA 断线检测退出；比率差动退出；设置跳闸方式。试验接线方式见图 2-21。

对三绕组变压器，当接线方式为 Yn　Ynd 11-12-11 时（KMD=0008），程序内的差流为（以 A 相为例）：$I_{op} = (I_{HA} - I_{HB})/\sqrt{3} + (I_{MA} - I_{MB}) \times K_{PM}/\sqrt{3} + I_{LA} \times K_{PL}$

1）单相故障试验（以 A 相为例）。

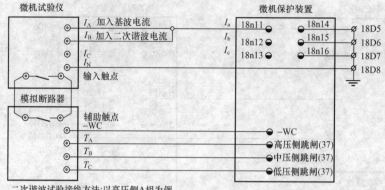

二次谐波试验接线方法:以高压侧A相为例。

图 2-20 　接线方式

高压侧加电流：$I_{op}=(I_{HA}-I_{HB})/\sqrt{3}\rightarrow I_{HA}=I_{op}\times\sqrt{3}$

I_{HA} 为模拟高压侧差流速断故障时，微机保护试验仪上所加入的差流速断电流值。

中压侧加电流：$I_{op}=(I_{MA}-I_{MB})\times K_{PM}/\sqrt{3}\rightarrow I_{MA}=I_{op}\times\sqrt{3}/K_{PM}$

I_{HA} 为模拟中压侧差流速断故障时，微保护试验仪上所加入的差流速断电流值。

低压侧加电流：$I_{op}=I_{LA}\times K_{PL}\rightarrow I_{LA}=I_{op}/K_{PL}$

I_{LA} 为模拟低压侧差流速断故障时，微机保护试验仪上所加入的差流速断电流值。

2）相间故障试验（以 AB 相为例）A、B 反相加电流，$I_{HA}=-I_{HB}$。

高压侧加电流：$I_{op}=(I_{HA}-I_{HB})/\sqrt{3}\rightarrow I_{HA}=I_{op}\times\sqrt{3}/2$

I_{HA} 为模拟高压侧差流速断故障时，微机保护试验仪上所加入的差流速断电流值。

中压侧加电流：$I_{op}=(I_{MA}-I_{MB})\times K_{PM}/\sqrt{3}\rightarrow I_{MA}=I_{op}\times\sqrt{3}/(K_{PM}\times2)$

I_{MA} 为模拟中压侧差流速断故障时，微保护试验仪上所加入的差流速断电流值。

低压侧加电流：$I_{op}=I_{LA}\times K_{PL}\rightarrow I_{LA}=I_{op}/K_{PL}$

I_{LA} 为模拟低压侧差流速断故障时，微保护试验仪上所加入的差流速断电流值。

3）三相故障试验。

高压侧加电流：$I_{op}=(I_{HA}-I_{HB})/\sqrt{3}\rightarrow I_{HA}=I_{op}$

I_{HA} 为模拟高压侧差流速断故障时，微机保护试验仪上所加入的差流速断电流值。

中压侧加电流：$I_{op}=(I_{MA}-I_{MB})\times K_{PM}/\sqrt{3}\rightarrow I_{MA}=I_{op}/K_{PM}$

I_{MA} 为模拟中压侧差流速断故障时，微机保护试验仪上所加入的差流速断电流值。

低压侧加电流：$I_{op}=I_{LA}\times K_{PL}\rightarrow I_{LA}=I_{op}/K_{PL}$

I_{LA} 为模拟低压侧差流速断故障时，微机保护试验仪上所加入的差流速断电流值。

对于其他接线方式的变压器，可具体根据厂家说明书进行电流折算。

在变压器高、中、低压侧电流端子分别入 1.05 倍的差流速断电流值（I_{HA}、I_{MA}、I_{LA}），使其可靠动作；加入 0.95 倍的差流速断电流值（I_{HA}、I_{MA}、I_{LA}），使其可靠不动作。

（6）比率差动保护检验。比率差动投入试验接线方式见图 2-21。

1）电流折算方法，同差流速断。分别在变压器各侧 AN、BN、CN、AB、BC、CA 加入 1.05 倍的差动电流值，保护可靠动作；加入 0.95 倍的差动电流值，保护可靠不动作。

2）模拟穿越性故障，保护不应动作，差电流约为零。

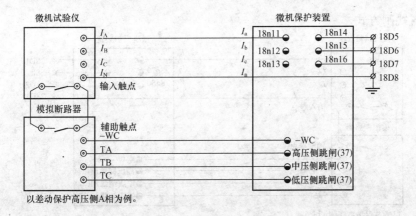

图 2-21 接线方式

3）检查 TA 断线闭锁功能。

TA 断线检测投入；模拟量求和自检投入；设置闭锁方式。

只有在新安装检验和全部检验中进行此相内容：TA 断线判据：一相无电流（小于 0.3A），对侧三相电流无变化。

首先用试验板转插相应的 VFC 板，高、低压侧串联，通入三相电流 5A，拔掉试验板上对应某一电流的短接片，使对应电流回路表现为无流，而其余回路电流无变化。用同样的方法试验中、低压侧。

（7）动作时间检验。试验接线方式见图 2-21。

1）在任一相电流端子突然加 2 倍整定动作电流，使差动动作，用毫秒（或用微机测试仪的时间测试功能）测试动作时间。在 2 倍的动作值检测不大于 30ms。

2）在任一相电流端子突然加 5~7 倍整定动作电流，使速断动作，用毫秒（或用微机测试仪的时间测试功能）测试动作时间。若试验装置不能输出 5~7 倍整定动作电流，可调低整定值再进行试验。在 1.3 倍动作值下检测不大于 25ms。

（8）过负荷保护检验。试验接线方式见图 2-18。

1）差动保护连接片退出。

2）ICL 越限告警退出。

3）分别在变压器高、中、低压侧 I_B 相通入 1.05 倍的过负荷整定电流值，保护可靠动作；通入 0.95 倍的过负荷整定电流值，保护可靠不动作。

（9）通风启动检验。试验接线方式见图 2-18。

1）差动保护连接片退出。

2）ICL 越限告警退出。

3）分别在变压器高、中、低压侧 I_B 相通入 1.05 倍的通风启动整定电流值，保护可靠动作；通入 0.95 倍的通风启动整定电流值，保护可靠不动作。

2.6.3.2 后备保护检验

（1）复合电压过流（方向）保护检验。试验接线方式见图 2-22。

1）投复压过流连接片。

2）模拟量求和自检退出。

3）M 键功能退出。

4）设置跳闸方式。

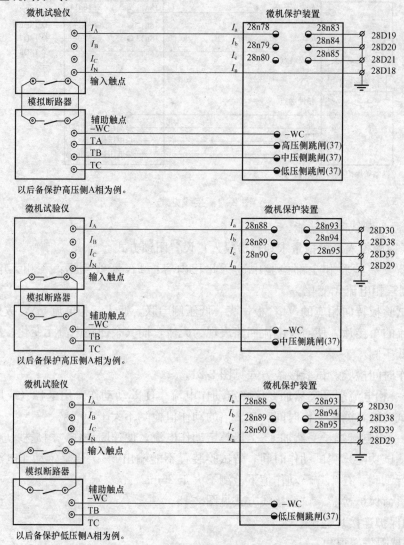

以后备保护高压侧A相为例。

以后备保护高压侧A相为例。

以后备保护低压侧A相为例。

图 2-22　接线方式

5）复合电压启动过流保护测试：将方向元件退出，测试复合电压启动过流定值。

a. 动作电流测试。

将保护动作延时整定为最小，动作电压值不为零。分别在变压器高、中、低压侧后备保护通入 A、B、C 单相 1.05 倍的复闭方向过流定值，保护可靠动作；通入 0.95 倍的复闭方向过流定值保护可靠不动作。

b. 负序电压启动值测试。试验接线方式见图 2-23。

将保护动作延时整定为最小，低电压值整定为零。

分别在变压器高、中、低压侧后备保护通入 1.05 倍整定值的单相电流（A、B、C 相均可），按正序关系加入三相电压，逐步增加电压到负序电压定值至保护可靠动作。

通入 0.95 倍的整定单相电流值，保护应可靠不动。

c. 低电压动作值检验。试验接线方式见图 2-23。

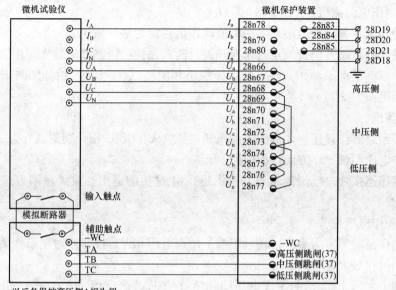

以后备保护高压侧A相为例。

注：在试验延时检验时，将U_C、U_N两相电压去掉。

图 2-23　接线方式

将保护动作延时整定为最小，负序电压启动值整定为 100V。

分别在变压器高、中、低压侧后备保护通入 1.05 倍整定值的单相电流（A、B、C 相均可），按正序关系加入三相电压值均为 57.7V。同时降低三相电压至保护可靠动作。此时三相电压值应为低压整定值的 1/1.732 倍。

通入 0.95 倍的整定单相电流值，保护应可靠不动。

d. 方向元件检验。

将方向元件投入，分别模拟正方向和反方向故障，方向元件应动作正确。

e. 延时检验。试验接线方式见图 2-23。

在最大灵敏角下，施加电压（以保证低压条件满足即可）至 U_a、U_b 端子，突然增加电流 I_c 为 1.05 倍的整定值，用毫秒计（或微机测试仪的时间功能测试）测延时。误差不超过 $20×(1±1‰)$ms 整定值。

（2）非全相保护检验。

负序电流原理的保护性能检验。

1）负序动作电流测试。

投入非全相保护控制字。

投入负序电流元件控制字。

将保护动作延时整定为最小，负序电流动作值整定为某一值 I_{res}。

首先短接+24V 电源与高压非全相开入量，保证断路器位置触点满足保护动作条件，然后施加单相电流电流（A、B、C 相分别测试）至保护可靠动作，所加电流为 $3I_{res}$。

2）延时测试。

首先短接断路器位置触点，然后施加单相电流（A、B、C 相分别测试）为 $3.6I_{res}$，用毫秒计（或微机测试仪的时间功能测试）测延时。误差不超过 $20×(1±1‰)$ms 整定值。

3）零序动作电流测试。

将保护动作延时整定为最小，零序电流动作值整定为某一值 I_{res}。

保护中用到的断路器位置触点是作为开关量读入保护的，测试时首先短接该触点，保证断路器位置触点满足保护动作条件，然后施加单相电流（A、B、C 相分别测试）至保护可靠动作，所加电流为 I_{res}。

4）延时测试。

首先短接断路器位置接点，然后施加单相电流（A、B、C 相分别测试）为 $1.2I_{res}$，

（3）零序电压闭锁零序方向过流保护。

投方向零序连接片；模拟量求和自检退出；M 键功能退出；设置跳闸方式。试验接线方式见图 2-24。

1）零序动作电流检验。

将保护动作延时整定为最小，在电压端子加入电压 57V，使零序过压条件满足。固定电压和电流的相位在最大灵敏角。

在电流端子加入 1.05 倍的零序电压闭锁零序方向过流定值（A、B、C 相分别测试），保护可靠动作。加入 0.95 倍的零序电压闭锁零序方向过流定值，保护应可靠不动作。

2）零序过压保护检验。

将保护动作延时整定为最小，在电流端子加入电流使之大于整定值，使零序过流条件满足。固定电压和电流的相位在最大灵敏角。

在电压端子加入 1.05 倍的零序过压定值（A、B、C 相分别测试），保护可靠动作。加入 0.95 倍的零序过压定值，保护应可靠动作。

3）方向元件检验。

分别模拟正方向和反方向故障，方向元件动作应正确。

4）延时检验。

在电流端子加入 1.05 倍的零序过流定值（A、B、C 相分别测试），用毫秒计（或用微机测试仪的时间测试功能）测延时，误差不超过 $20 \times (1 \pm 1‰)$ms 整定值。

（4）中性点间隙零序电流及零序电压保护检验。

1）零序动作电流检验。试验接线方式见图 2-24。

投（间隙）零序电流连接片。

设置跳闸方式。

将保护动作延时整定为最小，在电流端子加入 1.05 倍的（间隙）零序电流定值（A、B、C 相分别测试），保护可靠动作。加入 0.95 倍的（间隙）零序电流定值，保护应可靠不动。

2）（间隙）零序电流延时检验。

在电流端子加入 1.05 倍的（间隙）零序过流定值（A、B、C 相分别测试），用毫秒计（或用微机测试仪的时间测试功能）测延时，误差不超过 $20 \times (1 \pm 1‰)$ms 整定值。

3）零序动作电压检验。试验接线方式见图 2-25。

投（间隙）零序过压保护。

将保护动作延时整定为最小，在电压端子加入 1.05 倍的（间隙）零序过压定值（A、B、C 相分别测试），保护可靠动作。加入 0.95 倍的（间隙）零序电压定值，保护应可靠不

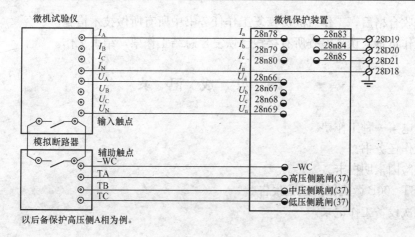

图 2-24　接线方式

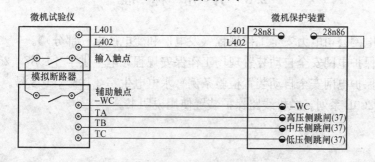

图 2-25　接线方式

动作。

（4）（间隙）零序电流电流延时检验。在电压端子加入 1.05 倍的（间隙）零序过压定值（A、B、C 相分别测试），用毫秒计（或用微机测试仪的时间测试功能）测延时，误差不超过 $20 \times (1 \pm 1‰)$ ms 整定值。

2.6.3.3　非电量保护

（1）有载调压气体继电器及主变压器本体气体继电器具体试验方法参照《QJ 型气体继电器保护试验方法》。

（2）短接压力释放接点，保护报压力释放信号。

（3）短接风冷消失触点，保护报风冷消失信号。

（4）短接油位高触点，保护报油位高信号。

（5）短接油位低信号，保护报油位低信号。

2.6.4　保护带断路器传动（3 人）

（1）会同运行值班人员，手动断开、闭合主变压器各侧断路器三次，断路器动作正确。

（2）取下各侧操作熔断器，各侧应发控制回路断线信号。

（3）分别模拟主保护及后备保护各种动作情况。保护与信号动作正确。

（4）分别模拟各种非电量保护，保护与信号动作正确。

2.6.5　结束工作（3 人）

（1）申请上级技术部门现场验收。

（2）验收合格后，工作班成员恢复工作任务书中所有所做技术措施。

（3）工作负责人认真检查所有接线已恢复，总结工作票，结束工作。

2.7　生　成　记　录

（1）变电第一种工作票。

（2）工作任务书。

（3）危险因素明白卡。

（4）CST-200B 微机保护试验报告。

（5）二次设备工作记录。

2.8　引　用　标　准

（1）《国家电网公司电力安全工作规程（发电厂和变电所电气部分）》。

（2）《继电保护电网安全自动装置现场工作保安规程》电生供字［1987］254 号。

（3）《继电保护电网安全自动装置检验条例》水电电生字［1987］108 号。

（4）《CSL-200B 系列》微机线路保护装置使用说明书。

3 CST-200B 微机保护试验报告

3.1 外观及接线检查（见表3-1）

表 3-1 外观及接线检查表

检 查 项 目	检查情况
装置型号及各项参数是否与设计一致，直流电源电压以及 TA 额定电流是否现场情况匹配	
保护装置各部件固定良好，无松动现象，装置外形应端正，无明显损坏及变形	
拔出所有插件，检查装置是否有明显的损伤，并逐个检查插件上的元器件是否有松动、脱落或断裂现象	
各插件应插拔灵活，各插件和插座之间定位良好，插入深度合适	
保护装置的背板接线有无断线、短路和焊接不良等现象，并检查背板上抗干扰元件的焊接，连线和元器件外观是否良好	
保护装置的接线端子，特别是 TA 回路的螺钉及连接片，不允许有松动情况。端子及屏上各器件标号应清晰正确	
装置所有接地端子接地是否可靠	
切换开关、连接片、按钮、键盘等应操作灵活、手感良好	
对照图纸检查打印机电源及通信电缆接线是否正确	
各部件应清洁良好	
根据整定和设计要求，对硬件的跳线进行设置和检查，可参照装置说明书执行	
对于引入外接 $3U_0$ 电压的保护装置，参照装置说明书对外接 $3U_0$ 电压回路极性进行核查，确保 $3U_0$ 电压端子接线正确	
某些装置在定值控制字中，对检同期电压的相别有明确规定，因此应检查引入装置的线路 TV 电压相别是否与定值要求一致	
用万用表检查各回路应无短路现象	

3.2 绝缘检查（见表3-2）

表 3-2 绝 缘 检 查 表

直流回路—地	交流回路—地	直流回路—交流回路	二次回路—地

3.3 逆 变 电 源 测 试

在断电的情况下，转插电源插件，然后在额定值下，用万用表测量各级电压（见表 3-3）。

表 3-3 电流测试表

标准电压（V）	允许范围（V）	实 测 值	标准电压（V）	允许范围（V）	实 测 值
+5	4.8～5.2		-15	-17～13	
+15	13～17		24	22～26	

3.4 通电初步检验（见表 3-4）

表 3-4 通电初步检验

检 验 项 目	合 格	不 合 格
保护装置通电检验		
键盘检验		
打印机与保护装置联机检验		
时钟的失电保持功能检验		
时钟校对：在一级子菜单中选择 CLK，整定时间和日期		

3.5 版本号检查

（1）主保护（见表 3-5）。

表 3-5 主 保 护

	版 本 号
CPU	
MMI	

（2）后备保护（见表 3-6）。

表 3-6 后 备 保 护

	版 本 号
CPU2(高)	
CPU3(中)	
CPU4(低)	
MMI	

3.6 定值整定（见表 3-7）

表 3-7 定 值 整 定 表

检 验 项 目	合 格	不 合 格
定值修改闭锁功能检测		
定值分区储存功能检测		
定值整定：选择 SET-PNT-CPU 号-定值区打印		

3.7　开入量检查

（1）连接片投切开入：合格（　　），不合格（　　）。
（2）定值投切开入：合格（　　），不合格（　　）。

3.8　开出量检查

合格（　　），不合格（　　）。

3.9　零点漂移检查

合格（　　），不合格（　　）。

3.10　电流电压平衡度调整

（1）主保护：合格（　　），不合格（　　）。
（2）后备保护外接：合格（　　），不合格（　　）。

3.11　电流、电压线性度检查

合格（　　），不合格（　　）。

3.12　模拟量输入的相位特性检查

合格（　　），不合格（　　）。

3.13　模　拟　故　障

（1）主保护。
1）差动启动检验：正确（　　），不正确（　　）。
2）差流超限检验（见表3-8）。

表 3-8　　　　　　　　　　　　　差　流　超　限　检　验

	动　作	不　动　作
$1.05I_d$		
$0.95I_d$		

3）比率制动特性。
a. 高低压侧加电流，高压侧制动 $I_H > I_B$（见表3-9）。

表 3-9			比 率 制 动 特 性 一					
		A			B			C
I_H								
I_L								
I_d								

b. 高低压侧加电流，低压侧制动 $I_L > I_B$（见表 3-10）。

表 3-10			比 率 制 动 特 性 二					
		A			B			C
I_L								
I_H								
I_d								

c. 高中压侧加电流，高压侧制动 $I_H > I_B$（见表 3-11）。

表 3-11			比 率 制 动 特 性 三					
		A			B			C
I_H								
I_M								
I_d								

d. 高中压侧加电流，中压侧制动 $I_M > I_B$（见表 3-12）。

表 3-12			比 率 制 动 特 性 四					
		A			B			C
I_M								
I_H								
I_d								

4）二次谐波制动特性检测（见表 3-13）。

表 3-13			二 次 谐 波 制 动 特 性		
I_D（基波）					A 相
$I_D \times 2W$（二次谐波）					
K_{XB}					
I_D（基波）					B 相
$I_D \times 2W$（二次谐波）					
K_{XB}					
I_D（基波）					C 相
$I_D \times 2W$（二次谐波）					
K_{XB}					

5) 动作时间检测：正确（　　）、不正确（　　）。

6) 比率差动保护（需进行折算）（见表3-14）。

表3-14　　　　　　　　比 率 差 动 保 护 特 性

单　相	高　压　侧			中　压　侧			低　压　侧		
	A	B	C	A	B	C	A	B	C
$1.05I_d$									
$0.95I_d$									
相　间	高　压　侧			中　压　侧			低　压　侧		
	AB	BC	CA	AB	BC	CA	AB	BC	CA
$1.05I_d$									
$0.95I_d$									

7) 差动速断保护（见表3-15）。

表3-15　　　　　　　　差 动 速 断 保 护 特 性

单　相	高　压　侧			中　压　侧			低　压　侧		
	A	B	C	A	B	C	A	B	C
$1.05I_{SD}$									
$0.95I_{SD}$									

8) 过负荷检验（不需进行折算）（见表3-16）。

表3-16　　　　　　　　过 负 荷 检 测 表

	动　作	不　动　作
$1.05I_{FH}$		
$0.95I_{FH}$		
$1.05I_{FM}$		
$0.95I_{FM}$		
$1.05I_{FL}$		
$0.95I_{FL}$		

9) 启动通风检验（见表3-17）。

表3-17　　　　　　　　启 动 通 风 检 验

	动　作	不　动　作
$1.05I_{TF}$		
$0.95I_{TF}$		

（2）后备保护。

1) 复压闭锁方向过电流保护（见表3-18）。

表 3-18 复压闭锁方向过流保护

整 定 值		高 压 侧			中 压 侧			低 压 侧		
		A	B	C	A	B	C	A	B	C
$1.05I_{L1}$	时限 1									
	时限 2									
$0.95I_{L1}$	时限 1									
	时限 2									
$1.05I_{L2}$	时限 1									
	时限 2									
$0.95I_{L2}$	时限 1									
	时限 2									

2）负序电压启动值检测：正确（　　），不正确（　　）。

3）低电压动作值检测：正确（　　），不正确（　　）。

4）（间隙）零序电压保护（见表 3-19）。

表 3-19 （间隙）零序电压保护

整 定 值		动 作 时 间
$1.05U_{J0}$	时限 1	
	时限 2	
$0.95U_{J0}$		

5）（间隙）零序电流保护（见表 3-20）。

表 3-20 （间隙）零序电流保护

整 定 值		动 作 时 间
$1.05I_{J0}$	时限 1	
	时限 2	
$0.95I_{J0}$		

6）（间隙）零序电流、电压保护延时检测：正确（　　），不正确（　　）。

（3）非电量保护（见表 3-21）。

表 3-21 非 电 量 保 护

故 障 类 型	动 作 正 确	动 作 不 正 确
重瓦斯		
轻瓦斯		
有载调压瓦斯		
风冷消失		
压力释放		

3.14 带断路器传动

(1) 分合闸试验：合格（　　），不合格（　　）。

(2) 防跳回路试验：合格（　　），不合格（　　）。

(3) 保护装置加定值带断路器试验：合格（　　），不合格（　　）。

3.15 试 验 结 果

合格（　　），不合格（　　）。

4 WH-P01.DT 微机保护试验方法

4.1 工 作 目 的

通过对微机保护的定期检验，对装置性能予以调试检查，对长期运行造成的性能偏差予以调整，使其能正确反映并处理被保护设备的故障，确保主变压器安全稳定地运行。

4.2 工 作 内 容

(1) 保护装置内部及外部检查。
(2) 装置绝缘检查。
(3) 装置通电检查。
1) 液晶显示检查。
2) 装置通讯检查。
(4) 装置电气性能检查。
(5) 保护装置整组试验。
(6) 保护装置传动试验。

4.3 适 用 范 围

本试验方法适用于 WH-P01.DT 微机保护定期检验工作。

4.4 资 源 配 置

(1) 人员配置：工作负责人 1 人，试验人员 2 人。
(2) 设备配置（见表 4-1）。

表 4-1 设 备 配 置 表

设备名称	设备规格及要求	设备数量
微机试验仪	5108D 或其他配套实验仪	1 台
试验线		2 包
多用插座		1 个
直流毫安表	0.5 级 15~1500mA	1 块
模拟断路器		1 台

(3) 资料配置。装置说明书、工作任务书、危险因素明白卡、定值通知单、WH-

P01.DT 微机保护试验报告、本间隔保护图纸（1 套）。

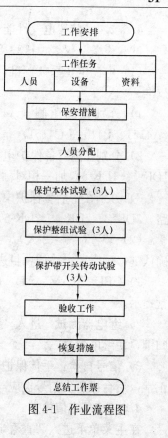

图 4-1   作业流程图

4.5   作业流程图（见图 4-1）

4.6   作 业 流 程

4.6.1   现场安全措施

4.6.1.1   组织措施

（1）工作负责人负责填写工作、危险因素明白卡、工作任务书，并经签发人签发。

（2）工作负责人办理工作许可手续后，对工作票中安全措施进行检查。

（3）工作区间断路器在断开位置，隔离开关确已拉开。

（4）接地线装设接地开关符合工作要求。

（5）悬挂的标示牌和装设的遮栏符合工作票要求。

（6）工作区间与带电间隔的安全距离符合《国家电网公司电力安全工作规程（发电厂和变电所电气部分）》要求。

（7）工作负责人宣读工作票内容，交代安全注意事项，并分派工作任务。

4.6.1.2   技术措施

（1）工作负责人监护，工作班成员执行保证安全的技术措施。

（2）工作负责人监护，检查工作任务书中所填写所有技术措施确已全部执行。

4.6.2   保护装置内部及外部检查

工作负责人为全部检验工作的监护人。

4.6.2.1   外观及接线检查（1 人）

（1）装置外形应端正，无明显损坏及变形。

（2）检查保护装置所有接地端子应可靠接地。

（3）打开机壳，检查继电器插件接触是否良好，继电器是否松脱，若无明显问题，再通电检查。

4.6.2.2   绝缘电阻检测（2 人）

（1）绝缘检测：在保护屏端子排处将所有外部引入的回路及电缆全部断开，用 500V 摇表分别测量各回路对地及回路间的绝缘电阻，均应大于 $10M\Omega$。

（2）整个二次回路的绝缘电阻检测：在保护屏端子排处将所有交直流回路的端子连接在一起，将电流回路的接地点拆开，用 1000V 摇表测量整个回路的绝缘电阻，应大于 $1M\Omega$。

4.6.2.3   装置通电检查

（1）检查液晶显示是否正常。

（2）检查通信是否正常（RS-485 接口）。

（3）时钟校正。

4.6.2.4　装置电气性能检查（2人）

试验设备、仪表、试验接线由工作负责人检查无误后方可开始下一步工作。

（1）电流电压系数校准，进入"系数校准菜单"，选中所需校准相别通道，分别进行校准。

1）分别在高压侧（A411、B411、C411）中压侧（A4131、B4131、C4131）低压侧（A4151、B4151、C4151）差动电流回路加5A电流，观察面板显示，调整刻度。

2）分别在高后备保护电流回路（A461、B461、C461）加5A电流。电压回路（1DK-2、1DK-4、1DK-6）加三相对称100V电压，观察面板显示，调整刻度。

3）分别在中后备保护中压侧电流回路（A4111、B4111、C4111）加5A，中压侧电压回路（2DK-2、2DK-4、2DK-6）加对称100V电流电压，面板显示正确。

（2）装置检测（2人）。主菜单下进入"自检"菜单，光标定位于本项，利用上下键和确认键，到需要自检的项目进行自检，选择返回键回到上级菜单。

1）CPU、RAM、AD、EPROM、E^2PROM自检，每次自检正常时，装置应有自检正常提示。

2）继电器测试：进入"测试"菜单，逐个检测各个继电器，每次操作完之后按信号复归键，使继电器复归。

3）信号自检：手传保护动作，保护告警，保护故障信号时，保护装置相应信号显示应正常，后台机所发信号也应与保护装置一致。

4.6.2.5　定值检查

在主菜单下进入"查看定值"菜单，观察定值显示并认真核对，显示定值应与定值通知单相符。

4.6.2.6　开入回路检查

用开入公共电源分别点各开入端子，保护装置应有相应变化，后台显示应与保护装置相同，具体检查项目如下。

闭合重瓦斯触点，报警信号：ZW。

闭合有载重瓦斯触点，报警信号：YZ。

闭合压力释放触点，报警信号：YL。

闭合本体轻瓦斯触点，报警信号：QW。

闭合油温过高触点，报警信号：YG。

闭合有载轻瓦斯触点，报警信号：YQ。

闭合油温低触点，报警信号：YD。

4.6.3　保护装置整组试验（2人）

4.6.3.1　主变压器差动保护检验

（1）依次在装置的各侧的A、B、C相加入单相电流，电流大于1.05×各侧平衡系数×差动动作值时差动应动作，电流小于0.95×各侧平衡系数×差动动作值时差动应不动作。动作时间符合定值要求。

（2）比率制动特性检验。将保护定值中各侧的平衡系数整定为1，各侧电流的制动电流必须大于拐点电流，固定一侧电流，调节另一侧电流，直至差动动作或返回。分别在A相高、中压侧通入相位相反的电流I_H、I_M，既I_H相角为180°，I_M的相角为0°，减小I_M，使差动作。

差动电流：$I_d = (I_H + I_M)$

制动电流：$I_{res} = MAX(I_H, I_M, I_L)$

制动系数：$K_{res} = I_{d2} - I_{d1}/0.5[I_{res2} - I_{res1}]$

（3）谐波制动检验：在单相通入 2 倍差动整定值基波电流，使差动保护可靠动作，逐渐增大叠加的谐波电流，当谐波电流大于相应整定值时，使差动保护可靠返回。

（4）差流速断检验：依次在装置的各侧的差动回路 A、B、C 相加入单相电流，电流大于（$1.05 \times$ 各侧平衡系数 $\times$ 差流速断动作值）差流速断应动作，电流小于（$0.95 \times$ 各侧平衡系数 $\times$ 差流速断动作值）差流速断应不动作。动作时间符合定值要求。

4.6.3.2 主变压器后备保护整组试验

（1）高压相间过流 I 段 1 时限。在高后备电流回路（A461、B461、C461）加入 $1.05I_1$，测量出口时间应与定值相符，方法如下：断开出口正电源，将出口接点串入测时回路。

2D1-21LP2、1D106-25LP2、3D1-22LP2、1D113-26LP2、4D1-23LP2、1D121-27LP2 加 $0.95I_1$ 时，保护应不动作。

（2）高压零序 I 段 1 时限。在高压零序电流回路加入 $1.05I_{01}$，测量出口时间应与定值相符，方法如下：断开出口正电源，将出口接点串入测时回路。

1D109-24LP2 加 $0.95I_{01}$ 时，保护应不动作。

（3）复合电压元件试验。在高压侧电压输入端子加入三相正序电压，加 $1.05I_1$ 时保护应不动作；加入负序电压，低于整定值 6V，加 $1.05I_1$ 时保护应不动作；在中压侧电压加入三相正序低电压，低于保护整定值，加 $1.05I_1$（I_2）保护应动作；加入负序电压，高于整定值 6V，加 $1.05I_1$（I_2）保护应动作。

（4）间隙过流保护试验。在间隙过流端子加入 $1.05I_{0j}$，测量出口时间应与定值相符，方法如下：断开出口正电源，将出口接点串入测时回路。

2D1-21LP2、1D106-25LP2、3D1-22LP2、1D113-26LP2、4D1-23LP、1D121-27LP2、24LP2-1D109 加入 $0.95I_{0j}$ 时，保护应不动作。

（5）零序过压保护试验。在零序电压端子排上加入 1.05 零序过压定值，测量出口时间应与定值相符，方法为：断开出口正电源，将出口接点串入测时回路。

2D1-1LP2、1D106-25LP2、3D1-22LP2、1D113-26LP2、4D1-23LP2、24LP2-1D109 加入 0.95 定值，保护不动作。

（6）过负荷保护试验。电流端子加入 1.05 过负荷定值，测量出口时间应于定值相符，报警信号为：FH。

（7）过负荷闭锁调压试验。电流端子加 1.05 倍闭锁调压定值，测量出口时间应与定值相符，方法如下：断开出口正电源，将出口接点串入测时回路。

37LP1-37LP2 报警信号为：TY。

（8）主变压器 35kV 后备保护试验。

1）在中压侧后备保护电流端子（A4111、B4111、C4111）加 $1.05I_1$，测量出口时间应与定值相符，方法如下：断开出口正电源，将出口接点串入测时回路。

1D114-35LP2、3D2-31LP2 加 $0.95I_1$，保护应不动作。

2）加入相间过流Ⅱ段定值。加 $1.05I_2$，测量出口时间应与定值相符，方法如下：断开出口正电源，将出口触点串入测时回路。

1D117-34LP2 加 $0.95I_2$ 时，保护应不动作。

3）复合电压闭锁保护试验。在中压侧电压加入三相正序正常电压，加 $1.05I_1$（I_2）保护应不动作；在中压侧电压加入三相正序低电压，低于保护整定值，加 $1.05I_1$（I_2）保护应动作；加入负序电压，低于整定值 6V，加 $1.05I_1$（I_2）保护应不动作；加入负序电压，高于整定值 6V，加 $1.05I_1$（I_2）保护应动作。

4）过负荷启动风机试验。电流端子加入 $1.05I_g$，测量出口时间应与定值相符，方法如下：断开出口正电源，将出口触点串入测时回路。

D130-36LP2 报警信号：FS。

5）过负荷闭锁调压。电流端子加入 $1.05I_{TY}$，测量出口时间应与定值相符，方法如下：断开出口正电源，将出口触点串入测时回路。

37LP1-37LP2 报警信号：TY。

（9）主变压器 10kV 后备保护试验。

1）在低后备电流端子（A4141、B4141、C4141）端子分别加入电流。

加入 $1.05I_1$ 时，测量出口时间应与定值相符，方法如下：断开出口正电源，将出口触点串入测时回路。

1D122-45LP2，4D2-41LP2，加入 $0.95I_1$ 时，保护应不动作。

加入 $1.05I_2$，测量出口时间应与定值相符，方法如下：1D125-44LP2 加入 $0.95I_2$，保护应不动作。

2）复合电压闭锁保护试验。在低压侧电压加入三相正序正常电压，加 $1.05I_1$（I_2）保护应不动作；在低压侧电压加入三相正序低电压，低于保护整定值，加 $1.05I_1$（I_2）保护应不动作；加入负序电压，低于整定值 6V，加 $1.05I_1$（I_2）保护应不动作；加入负序电压，高于整定值 6V，加 $1.05I_1$（I_2）保护应动作。

3）过负荷启动风机。加 $1.05I_g$，测量出口时间应与定值相符，方法为：断开出口正电源，将出口触点串入测时回路。

1D130-36LP2 报警信号为：FS，加入 $0.95I_g$ 时应不动作。

4）过负荷闭锁调压。加 $1.05I_{TY}$，测量出口时间应与定值相符，方法为：断开出口正电源，将出口触点串入测时回路。

37LP1-37LP2 报警信号为：TY，加入 $0.95I_{TY}$ 时应不动作。

4.6.4　保护装置传动试验（3 人）（接线不变）

（1）投入所有保护连接片。

（2）会同值班人员手动操作断路器跳、合闸应正确。

（3）合上断路器，投上保护出口连接片，分别模拟以上所试所有瞬时性相间故障、接地故障，保护出口、信号、断路器跳闸均应正确。

4.6.5　结束工作（3 人）

（1）申请上级技术部门现场验收。

（2）验收合格后，工作班成员恢复工作任务书中所有所做技术措施。

（3）工作负责人认真检查所有接线已恢复，并会同运行值班员共同检查设备及现场情况，确无问题后，总结工作票，结束工作。

4.7 生 成 记 录

（1）变电第一种工作票。

（2）工作任务书。

（3）危险因素明白卡。

（4）WH-P01.DT 微机保护检验报告

（5）二次设备工作记录。

4.8 引 用 标 准

（1）《国家电网公司电力安全工作规程（发电厂和变电所电气部分）》。

（2）《继电保护及电网安全自动装置检验条例》水电电生字［1987］108 号。

（3）《继电保护和电网安全自动装置现场工作保安规定》电生供字［1987］254 号。

5 WH-P01. DT 微机保护试验报告

5.1 外部及内部检查

（1）液晶显示检查：正常（　　），不正常（　　）。

（2）电源检查：正常（　　），不正常（　　）。

（3）各插件接触良好，无异常痕迹：合格（　　），不合格（　　）。

5.2 绝 缘 检 查

交流回路对地为____MΩ，直流回路对地为____MΩ，交直流回路间为____MΩ，各回路对地绝缘电阻为____MΩ。

5.3 保护电流、电压输入回路检查

（1）高压侧差动电流回路（见表 5-1）。

表 5-1　　　　　　　　　　高压侧差动电流回路

内　容	所加电流（A）	高压侧（A）	中压侧（A）	低压侧（A）
A 相	5			
B 相	5			
C 相	5			

（2）高压侧后备电流回路（见表 5-2）。

表 5-2　　　　　　　　　　高压侧后备电流回路

内　容	显示电流（A）	内　容	显示电流（A）
A 相电流		零序电流	
B 相电流		零序间隙电流	
C 相电流			

（3）高压侧电压回路（见表 5-3）。

（4）中压侧电流回路（见表 5-4）。

表 5-3　　　高压侧电压回路

内　容	显示电压（V）
AB 相电压	
BC 相电压	
CA 相电压	

表 5-4　　　中压侧电流回路

内　容	所加电流（A）	显示电流（A）
A 相	5	
B 相	5	
C 相	5	

(5) 中压侧电压回路（见表 5-5）。

表 5-5 　　　　　　　　　　　中压侧电压回路

内　容	显示电压（V）	内　容	显示电压（V）	内　容	显示电压（V）
AB 相电压		BC 相电压		CA 相电压	

5.4　装　置　自　检

(1) CPU、RAM、AD、EPROM、E^2PROM 自检：正确（　　），不正确（　　）。

(2) 信号自检：正确（　　），不正确（　　）。

(3) 出口自检：正确（　　），不正确（　　）。

5.5　定值及定值区号检查

合格（　　），不合格（　　）。

5.6　开入回路检查

合格（　　），不合格（　　）。

5.7　差动保护整组试验

(1) 比率制动特性检查。

1) 低压侧制动，高压侧动作（动作 5A，折算 3.45A，制动 8A 折算 5.52A）（见表 5-6）。

表 5-6 　　　　　　　　　　　比率制动特性一

	动作电流（A）	制动电流（A）	制动系数
A 相			
B 相			
C 相			

2) 中压侧制动，高压侧动作（动作 5A，折算 2.9A，制动 8A 折算 4.67A）（见表 5-7）。

表 5-7 　　　　　　　　　　　比率制动特性二

	动作电流（A）	制动电流（A）	制动系数
A 相			
B 相			
C 相			

（2）谐波制动检查（见表 5-8）。

表 5-8　　　　　　　　　　　　谐波制动特性

高压侧	基　波	二次谐波	K_x（10%～25%）
A 相			
B 相			
C 相			

（3）差动保护动作时间测试（见表 5-9）。

表 5-9　　　　　　　　　　　　差动保护动作时间测试

	高压侧（ms）	中压侧（ms）	低压侧（ms）
A 相			
B 相			
C 相			

（4）差动速断保护动作值检查（见表 5-10）。

表 5-10　　　　　　　　　　　　差动速断保护动作值检查

内　　容	动作电流（A）	返回电流（A）	返回系数	动作时间（ms）
A 相高压侧				
B 相高压侧				
C 相高压侧				

5.8　高压侧后备保护整组试验（见表 5-11）

表 5-11　　　　　　　　　　　　高压侧后备保护整组试验

	$1.05I$（t）	$0.95I$（t）
相间过流Ⅰ段 1 时限		
相间过流Ⅰ段 2 时限		
零序Ⅰ段 1 时限		
零序Ⅰ段 2 时限		
零序Ⅱ段 1 时限		
零序Ⅱ段 2 时限		
间隙过流		
零序过压		
过负荷		
过负荷闭锁调压		

5.9　中压侧后备保护整组试验（见表5-12）

表5-12　　　　　　　　　　中压侧后备保护整组试验

	$1.05I$ (t)	$0.95I$ (t)
相间过流Ⅰ段1时限		
相间过流Ⅰ段2时限		
过负荷启动风机		
过负荷闭锁调压		

5.10　低压侧后备保护（见表5-13）

表5-13　　　　　　　　　　低 压 侧 后 备 保 护

	$1.05I$ (t)	$0.95I$ (t)
相间过流Ⅰ段1时限		
相间过流Ⅰ段2时限		
过负荷启动风机		
过负荷闭锁调压		

5.11　保护装置带断路器传动试验

（1）手动分合闸试验：正确（　　），不正确（　　）。

（2）防跳回路试验：正确（　　），不正确（　　）。

（3）所有保护加定值带断路器传动试验：正确（　　），不正确（　　）。

5.12　试　验　结　论

合格（　　），不合格（　　）。

6 DISA-2800 微机保护试验方法

6.1 工 作 目 的

通过该保护的定期检验，对保护装置的性能予以调试检查，对长期运行造成的偏差予以调整，使其能正确反映电力系统发生的故障及异常情况，确保电力系统的安全、稳定运行。

6.2 工 作 内 容

（1）通电检查。

（2）定值写入与修改。

（3）死区系数修正。

（4）比例系数修正。

（5）开关输入量测试。

（6）开关输出量测试。

（7）保护整组试验。

（8）传动试验。

（9）恢复措施。

6.3 适 用 范 围

本试验方法适用于 DISA-2800 微机保护定期检验工作。

6.4 资 源 配 置

（1）人员配置：工作负责人 1 人，试验人员 3 人。

（2）设备配置（见表 6-1）。

表 6-1　　　　　　　　　　　　　设 备 配 置 表

设 备 名 称	设 备 规 格	设 备 数 量
微机试验仪	5108D	1 台
交流电流表	0.5 级　5～100A	1 块
交流电压表	0.5 级　15～750V	1 个
万用表	DT9203A	1 块
多用插座		1 个
试验线		2 包

（3）资料配置：试验手册、危险因素明白卡片、工作任务书、定值通知单、DISA-2800 变压器高压侧后备保护检验报告、本间隔图纸一套、DISA-2800 说明书一本。

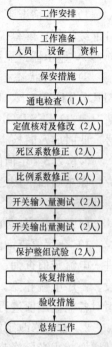

图 6-1　作业流程图

6.5　作业流程图（见图 6-1）

6.6　作　业　流　程

6.6.1　现场安全措施

6.6.1.1　组织措施

（1）工作负责人宣读工作票内容，交代安全注意事项，并分派工作人员任务。

（2）检查现场安全措施与工作票是否相符。

（3）高压侧断路器在断开位置，隔离开关确已拉开，中、低压侧手车断路器拉至试验位置。

（4）悬挂的标示牌是否符合工作票要求。

（5）与带电间隔的安全距离符合《国家电网公司电力安全工作规程（发电厂和变电所电气部分）》要求。

6.6.1.2　技术措施

（1）取下高压侧二次操作熔断器。

（2）断开保护屏上所有连接片。

（3）在保护屏端子排上断开高压侧保护用电流互感器二次回路所有连接片。

（4）在保护屏断开高压侧保护用电压小开关并从端子排上断开保护用电压互感器二次接线。

（5）在保护屏端子排上断开保护用高压侧电压互感器开口三角电压。

（6）在本间隔保护屏上断开事故及预告信号小母线（701）。

（7）拆开的带电线头用绝缘胶布包好，带电端子排用绝缘物防护，用验电设备检查工作回路确不带电。

（8）试验设备、仪表、试验接线由工作负责人检查无误后方可进行下一步工作。

6.6.2　装置调试

6.6.2.1　绝缘检查

各插件各端子并联，用 500V 摇表分别对地摇绝缘，绝缘电阻应大于 $100M\Omega$。

6.6.2.2　通电检查

（1）通电前的检查。

1）装置面板、指示灯、按键对位整齐、操作灵活可靠。

2）装置面板、背板印制清晰、准确，各电量参数与现场要求相符，端子连接线正确。

3）装置应有接地标志，接地螺钉应与地可靠连接。

（2）接通装置电源，打开装置背部电源开关检查。

1）正常情况下，会听到装置发出啪嗒声，前面四个指示灯同时点亮后熄灭，装置运行灯继续闪烁，屏幕闪过初始画面后进入主画面。

2）显示器：显示正常，对比度适中。

3）装置状态自检，选择装置状态-SYS STATUS 1 命令，装置显示保护定值情况 BHDZ TEST OK、电源情况 POWER TEST OK、时钟情况 TIMER TEST OK、A/D 采样情况 A/D TEST OK；如果某项检查不对，画面提示检查错误，同时给出装置异常报警信号，此时应及时检查相应硬件及保护定值情况，直到装置个状态检查正确方可运行。

6.6.2.3 定值的写入和修改

在主画面下按定值设定键，进入定值查询修改画面，分别按下列操作、检查、核对定值通知单一致。

（1）电流定值查询修改（CURRENT SET）。

1）在定值查询修改画面里选择序号 1，屏幕显示密码输入画面，输入密码 10000，就可进入电流定值查询、修改画面：复压过流Ⅰ段、复压过流Ⅱ段、复压过流Ⅲ段、零序电流Ⅰ段、零序电流Ⅱ段、间隙零序过流Ⅰ段、过负荷电流、间隙零序电流Ⅱ段，可使用确认或取消对各电流定值进行翻页查询。

2）若要修改定值，输入密码即可对各电流定值在允许范围内使用左右键移动光标加减键增加减小光标修改电流定值。

（2）电压定值查询修改（VOLTAGE SET）。

1）在定值查询修改画面里选择序号 2，屏幕显示密码输入画面，输入密码 10 000，就可进入电压定值查询、修改画面：零序闭锁电压、零序过压Ⅰ段、零序过压Ⅱ段，可使用确认或取消对各电流定值进行翻页查询。

2）若要修改定值，输入密码即可对各电压定值在允许范围内使用左右键移动光标进行修改加减键增减光标修改电压定值。

（3）时限定值查询修改（TIME SET）。

1）在定值查询修改画面里选择序号 3，屏幕显示密码输入画面，输入密码 10000，就可进入电压定值查询、修改画面：过流Ⅰ段时间、过流Ⅱ段时间、冷控失电时间、零序Ⅰ段时间、零序Ⅱ段时间、间隙零序Ⅰ段时间、间隙零序Ⅱ段时间、零序过压Ⅰ段时间、零序过压Ⅱ段时间、过负荷启动冷风、过负荷闭锁调压、过负荷告警时间，可使用确认或取消对各电流定值进行翻页查询。

2）若要修改定值，输入密码即可对各时间定值在允许范围内使用左右键移动光标进行修改加减键增减光标修改时间定值。

（4）控制字方式 1（CONTROL B1T1）。

1）在定值查询修改画面里选择序号 4，屏幕显示密码输入画面，输入密码 10000，就可进行控制字方式 1 的查询修改。通过控制字方式 1 可对复压过流Ⅰ段 OVER Ⅰ-1、复压过流Ⅱ段 OVER Ⅰ-2、Ⅰ段电压闭锁 OVER Ⅴ-1、Ⅱ段电压闭锁 OVER Ⅴ-2、本体轻瓦斯告警 BT-QWSGJ、本体重瓦斯 BT-ZWSGJ、有载重瓦斯 YZ-QWSGJ、油温高闭锁 YWG-BS 进行投退。

2）若要将某保护投入，只要按确认键在其后的方框里划上对号即可；若要取消已投入的某项保护，只要按取消键将其后方框里的对号划掉即可。

（5）控制字方式 2（CONTROL B1T2）。

1）在定值查询修改画面里选择序号 5，屏幕显示密码输入画面，输入密码 10000，就可进行控制字方式 2 的查询修改。通过控制字方式 2 可对过负荷 LOAD-ON、PT 断线 PT BREAK、冷控失电告警 LKRU-GJ、冷控失电跳闸 LKRU-TZ、压力释放告警 YKSF-GJ、压力释放跳闸 YLSF-TZ、本体油位异常告警 BT-YCGJ、有载油位异常告警 XZ-YCGJ 进行投退。

2）若要将某保护投入，只要按确认键在其后的方框里划上对号即可；若要取消已投入的某项保护，只要按取消键将其后方框里的对号划掉即可。

（6）控制字方式 3（CONTROL B1T3）。

1）在定值查询修改画面里选择序号 6，屏幕显示密码输入画面，输入密码 10000，就可进行控制字方式 3 的查询修改。通过控制字方式 3 可对电压闭锁零序过流 V0-BS-I0、零序过流Ⅰ段 I_0 OVER-1、零序过流Ⅱ段 I_0 OVER-2、间隙零序过流Ⅰ段 IJ0 OVER-1、间隙零序过流Ⅱ段 IJ0 OVER-2、零序过压Ⅰ段 UJ0 OVER-1、零序过压Ⅱ段 UJ0 OVER-2、油温高告警 YWGGJ 进行投退。

2）若要将某保护投入，只要按确认键在其后的方框里划上对号即可；若要取消已投入的某项保护，只要按取消键将其后方框里的对号取消即可。

（7）控制字方式 4（CONTROL B1T4）。

1）在定值查询修改画面里选择序号 7，屏幕显示密码输入画面，输入密码 10000，就可进行控制字方式 4 的查询修改。通过控制字方式 4 可对有载轻瓦斯告警 YZ-QWSGJ 进行投退。

2）若要将该保护投入，只要按确认键在其后的方框里划上对号即可；若要取消已投入的某项保护，只要按取消键将其后方框里的对号划掉即可。

（8）系统设定（SYSTEM SET）。在定值查询修改画面里选择序号 7，屏幕显示密码输入画面，输入密码 10000 即可进行系统各种变比查询设定。

1）TA 变比的形式为 * * * * * : 5，只需设定 * * * * * 的值即可。

2）TV 变比的形式为 * * * . * : 100，只需设定 * * * . * 的值即可。

3）电度变比的形式为 * * * * * : 1，只需设定 * * * * * 的值即可。

4）分合闸脉冲时间 * * . * * s，只需设定 * * . * * 的值即可。

（9）装置设定（UNIT SET）。在定值查询修改画面里选择序号 7，屏幕显示密码输入画面，输入密码 10000 即可进行通信波特率 XXXXXBT、通信地址 XXXXXID、通信方式 BTP、测量刷新时间 XXX.XS、装置背光时间 XXX.XS、值班员密码 XXXXXMA、操作员密码 XXXXXMA、调试员密码 XXXXXMA、系统员密码 XXXXXMA 进行查询修改。

（10）存储数据（SAVE DATA…）。当定值设定或修改完毕，选择定值查询修改画面的最后一项 SAVE DATA…来存入数据，否则所改的定值无效。按确认键选择该项后，屏幕提示保存定值请等待，待定值保存后装置返回主画面。

6.6.2.4　死区系数修正

（1）本装置可通过死区系数修正检查各模入通道的零点漂移，检查时不施加任何激励量，选择装置参数修正-ZERO GROUP，输入密码 10000 进入通道死区修正画面，可用取消和确认键来翻页查看各通道的情况。（通道 NO.0、NO.1、NO.2、NO.3、NO.4、NO.5、

NO. 6、NO. 6 分别对应 BIA、BIB、BIC、CIO、CIOG、UAB、UBC、UL)。

(2) 面板显示的第一个方括号中的数字为相应通道用来修正的数值，可通过上下键来增减其数值；第二个方括号中的数字为相应通道采集到的信号漂移真实值，可通过增减修正数值将其调整为零（以上工作必须在没有外部模拟量输入的情况下进行）。

(3) 修正完毕后，必须选择装置参数修正-SAVE DATA⋯存储所作的修改才有效。

6.6.2.5 比例系数修正（接线方式见图 6-2）

装置的采样精度可通过通道比例系数进行修正。

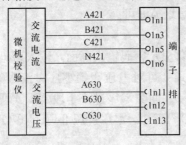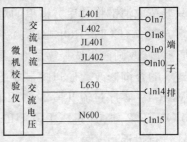

图 6-2 比例系数修正接线图

(1) 将所有电流端子顺极性串联相接，再串接 0.2 级电流表，通过微机校验仪加 TA 额定电流值；将所有电压端子同极性并联，并入 0.2 级电压表，通入 50V 交流电压（要求误差小于 1%）。

(2) 选择系数修正-RATE GROUP，输入密码 10000 进入系数修正画面，可用取消和确认键来翻页查看各通道的情况，面板显示的第一个方括号中的数值为相应通道的比例系数，范围为 0.5～2.000，可通过上下键来增减其数值；第二个方括号中的数值为相应通道采集到的信号值，可通过增减比例系数将其调整为外部输入信号对应的准确值。（通道 NO. 0、NO. 1、NO. 2、NO. 3、NO. 4、NO. 5、NO. 6、NO. 6 分别对应 BIA、BIB、BIC、CIO、CIOG、UAB、UBC、UL）。

(3) 修正完毕后，必须选择装置参数修正-SAVE DATA⋯存储所作的修改才有效。

6.6.2.6 开关输入量测试

(1) 选择装置刷新选择-METER IN，屏幕显示 16 个开关量输入通道的状态。

(2) 用+110V 点通道 1N1、1N2、1N3、1N4、1N5、1N6、1N7、1N8、1N9、1N10、1N11、1N12、1N13、1N14、跳位指示、合位指示、KK 状态装置开入量主画面分别显示 1、4、5、9、10、11、12、2、3、13、14、15、16、8、6、7、8 变位的信息。

6.6.2.7 开关输出量测试

(1) 选择分合测定-DOUT GROUP，输入密码 10000 即可进入开关通道测定画面。

(2) 用确认键打开开关通道、取消键关闭开关通道，用上下键进行开关通道翻转；在各开关通道在打开的状态下，对应输出触点可用万用表的电阻档检查闭合状态；开出通道 OUT1/OUT2、OUT2/OUT4、OUT5、OUT6、OUT7、OUT8、OUT9、OUT10、OUT11、OUT12、OUT13、OUT14 分别对应触点 39-40、41-42、43-44、45-46、47-48、49-50、51-52、53-54、55-56、57-58、57-59、57-60。

6.6.2.8 整组试验（接线方式见图 6-2）

高压侧后备保护测试。

（1）复合电压闭锁过流保护。保护反应变压器低电压、负序电压及电流大小。

1）电流动作值测试：加低电压或负序电压，分别在 A、B、C 相加电流并逐渐增加至 1.1 倍过流 I 段值，保护动作、指示灯 B 亮，动作时间满足定值要求。分别在 A、B、C 相加电流并逐渐增加至 0.95 倍过流 I 段值，保护不动作、指示灯 B 不亮。

2）电流动作值测试：加低电压或负序电压，分别在 A、B、C 相加电流并逐渐增加至 1.1 倍过流 II 段值，保护动作、指示灯 B 亮，动作时间满足定值要求。分别在 A、B、C 相加电流并逐渐增加至 0.95 倍过流 II 段值，保护不动作、指示灯 B 不亮。

3）低电压动作值测试：加 1.1 倍过电流定值，0.9 倍低电压定值，保护动作、指示灯 B 亮，动作时间满足定值要求。

4）负序电压动作值测试：加 1.1 倍电流定值，加 1.1 倍负序电压定值，保护动作、指示灯 B 亮，动作时间满足定值要求。加 1.1 倍电流定值，加 0.95 倍负序电压定值，保护不动作、指示灯 B 不亮。

（2）零序过流保护。

1）零序过流 I 段动作值测试：分别在 A、B、C 相加 1.1 倍零序过流 I 段值，保护动作、指示灯 C 亮，动作时间满足定值要求。分别在 A、B、C 相加 0.95 倍零序过流 I 段值，保护不动作、指示灯 C 不亮。

2）零序过流 II 段动作值测试：分别在 A、B、C 相加 1.1 倍零序过流 II 段值，保护动作、指示灯 C 亮，动作时间满足定值要求。分别在 A、B、C 相加 0.95 倍零序过流 II 段值，保护不动作、指示灯 C 不亮。

（3）I 段零序无流闭锁零序过压。

1）加零序电流，加 1.1 倍零序过压定值，零序过压保护动作、指示灯 C 亮，动作时间满足定值要求。加零序电流，加 0.95 倍零序过压定值，零序过压保护不动作、指示灯 C 不亮。

2）不加零序电流，加 1.1 倍零序过压定值，零序过压保护不动作。

（4）间隙零序过流。

1）分别在 A、B、C 相加 1.1 倍间隙零序过流 I 段动作值，保护动作、指示灯 D 亮，动作时间满足定值要求。分别在 A、B、C 相加 0.95 倍间隙零序过流 I 段动作值，保护不动作、指示灯 D 不亮。

2）分别在 A、B、C 相加 1.1 倍间隙零序过流 II 段动作值，保护动作、指示灯 D 亮，动作时间满足定值要求。分别在 A、B、C 相加 0.95 倍间隙零序过流 II 段动作值，保护不动作、指示灯 D 不亮。

（5）过负荷、启动冷风、过负荷闭锁有载调压。

1）加 1.1 倍过负荷定值，过负荷动作，动作时间满足定值要求。加 0.95 倍过负荷定值，过负荷不动作。

2）加 1.1 倍启动通风定值，启动通风。加 0.95 倍启动通风定值，不启动。

3）加 1.1 倍过负荷闭锁有载调压定值，闭锁调压。加 0.95 倍过负荷闭锁有载调压定值，不闭锁调压。

（6）非电量。在 1N23、1N24、1N25、1N26、1N27、1N30、1N31 端子上分别加 +110V 电压，指示灯 F 均亮并分别报本体重瓦斯、调压重瓦斯、压力释放、复压闭锁、压力释放告警、调压轻瓦斯、本体轻瓦斯。

（7）TV 断线。加正常电流电压装置正常，再拆除一相电压，报 TV 断线，指示灯 F 亮。

6.6.2.9　传动试验

（1）会同值班人员，手动跳合高压侧断路器一次。

（2）分别取下高压侧断路器正负操作熔断器，观察所出信号正确。

（3）模拟复压过流保护动作，跳三侧断路器，信号正确。

（4）模拟零序过流保护动作，跳母联及三侧断路器，信号正确。

（5）模拟间隙过流保护动作，跳母联及三侧断路器，信号正确。

（6）模拟开关量保护动作，三侧断路器跳闸，信号正确。

（7）根据定值通知单与实际接线要求进行其他相应断路器时试验，并记录动作时间应符合要求。

6.6.3　结束工作

（1）给上高压侧二次操作熔断器。

（2）恢复保护屏上所有连接片。

（3）在保护屏端子排上恢复高压侧保护用电流互感器二次回路所有连接片。

（4）在保护屏端子排上恢复高压侧保护用电压互感器二次接线。

（5）在保护屏端子排上恢复保护用三侧电压互感器开口三角电压。

（6）在保护屏端子排上恢复事故及预告信号小母线（701）。

（7）拆开的带电线头恢复。

（8）工作负责人认真检查所有接线确以恢复，并清理现场，结束工作。

6.7　生　成　记　录

（1）变电一种工作票。

（2）工作任务书。

（3）危险因素明白卡。

（4）DISA-2800 微机保护检验报告。

（5）二次设备工作记录。

6.8　引　用　标　准

（1）《国家电网公司电力安全工作规程（发电厂和变电所电气部分)》。

（2）《继电保护电网安全自动装置现场工作保安规定》电生供字［1987］254 号。

（3）《继电保护及电网安全自动装置检验条例》水电电生字［1987］108 号。

（4）《DISA-2800 变压器高压侧后备保护装置说明书》。

DISA-2800 微机保护试验报告

DISA-2800 微机保护试验报告，见表 7-1。

表 7-1 **DISA-2800 微机保护试验报告表**

保护设备			装置型号			
制造厂			出厂编号			
检验设备	设备名称			设备型号		
	微机试验仪					
	交流电压表					
	交流电流表					
	万用表					
	摇表					

绝缘检查		直流—地	交流—地	24V—地	直流—交流
	绝缘电阻				

通电检查	
定值核对	核对_____号定值确已执行

版本检查	版本号	
	高后备保护	

死区系数修正		BI_a	BI_b	BI_c	CI_0	CI_{0G}	U_{AB}	U_{BC}	U_L
	零漂值								

比例系数修正		BI_a	BI_b	BI_c	CI_0	CI_{0G}	U_{AB}	U_{BC}	U_L
	实加值								
	测量值								

开关输入量测试	
开关输出量测试	

整组试验	过电流	$1.1I_1$	$1.1I_2$	低电压	动作值	负序电压	
	A（ms）			AB	V	动作值＝_____V	
	B（ms）			BC	V		
	C（ms）			CA	V		
	零序过流	$1.1I_{01}$	$0.9I_{01}$	$1.1I_{02}$	$0.9I_{02}$	
	A（ms）					
	B（ms）					
	C（ms）					
	Ⅰ段零序无流闭锁零序电压	$1.1U_{0L}$		$0.9U_{0L}$		
	零序有流					
	零序无流					
	间隙过流	$1.1I_{01}$	$0.9I_{01}$	$1.1I_{02}$	$0.9I_{02}$	
	动作时间					
	过负荷					
	非电量保护					

传动试验		
检验结论		
检验日期		
检验人员		审核

8 DISA-2801 微机保护试验方法

8.1 工 作 目 的

通过该保护的定期检验，对保护装置的性能予以调试检查，对长期运行造成的性能偏差予以调整，使其能正确反映电力系统发生的故障及异常情况，确保电力系统的安全、稳定运行。

8.2 工 作 内 容

(1) 通电检查。
(2) 定值写入与修改。
(3) 死区系数修正。
(4) 比例系数修正。
(5) 开关输入量测试。
(6) 开关输出量测试。
(7) 保护整组试验。
(8) 传动试验。
(9) 恢复措施。

8.3 适 用 范 围

本试验方法适用于 DISA-2801 微机保护定期检验工作。

8.4 资 源 配 置

(1) 人员配置：工作负责人 1 人，试验人员 3 人。
(2) 设备配置（见表 8-1）。

表 8-1   设 备 配 置 表

设备名称	设备规格	设备数量
微机试验仪	5108D	1 台
交流电流表	0.5 级 5～100A	1 块
交流电压表	0.5 级 15～750V	1 个
万用表	DT9203A	1 块
多用插座		1 个
试验线		2 包

(3) 资料配置：试验手册、危险因素明白卡片、工作任务书、定值通知单、DISA-2801

微机保护检验报告、本间隔图纸一套、DISA-2801 说明书一本。

8.5 作业流程图（见图 8-1）

8.6 作 业 流 程

8.6.1 现场安全措施

8.6.1.1 组织措施

（1）工作负责人宣读工作票内容，交代安全注意事项，并分派工作人员任务。

（2）检查现场安全措施与工作票是否相符。

（3）中、低压侧断路器在断开位置，手车断路器拉至试验位置，高压侧断路器断开，隔离开关确已拉开。

（4）悬挂的标示牌是否符合工作票要求。

（5）与带电间隔的安全距离符合《国家电网公司电力安全工作规程（发电厂和变电所电气部分）》要求。

8.6.1.2 技术措施

（1）取下中、低压侧二次操作熔断器。

（2）断开保护屏上所有连接片。

（3）在保护屏端子排上断开中、低压侧保护用电流互感器二次回路所有连接片。

（4）在保护屏断开中、低压侧保护用电压小开关并从端子排上断开保护用电压互感器二次接线。

（5）在保护屏端子排上断开保护用三侧电压互感器开口三角电压。

（6）在本间隔保护屏上断开事故及预告信号小母线（701）。

（7）拆开的带电线头用绝缘胶布包好，带电端子排用绝缘物防护，用验电设备检查工作回路确不带电。

（8）试验设备、仪表、试验接线由工作负责人检查无误后方可进行下一步工作。

8.6.2 装置调试

8.6.2.1 绝缘检查

各插件各端子并联，用 500V 摇表分别对地摇绝缘，绝缘电阻应大于 $100M\Omega$。

8.6.2.2 通电检查

（1）通电前的检查要求达到：①装置面板、指示灯、按键对位整齐、操作灵活可靠；②装置面板、背板印制清晰、准确，各电量参数与现场要求相符，端子连接线正确；③装置应有接地标志，接地螺钉应与地可靠连接。

（2）接通装置电源，打开装置背部电源开关检查。

1）正常情况下，会听到装置发出"啪嗒"声，前面四个指示灯同时点亮后熄灭，装置运行灯继续闪烁，屏幕闪过初试画面后进入主画面。

2）显示器：显示正常，对比度适中。

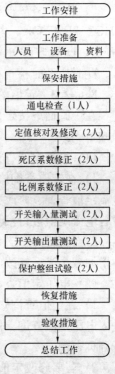

图 8-1 作业流程图

（流程图内容：工作安排 → 工作准备（人员 设备 资料）→ 保安措施 → 通电检查（1人）→ 定值核对及修改（2人）→ 死区系数修正（2人）→ 比例系数修正（2人）→ 开关输入量测试（2人）→ 开关输出量测试（2人）→ 保护整组试验（2人）→ 恢复措施 → 验收措施 → 总结工作）

3）装置状态自检，选择装置状态-SYS STATUS 1 命令，装置显示保护定值情况 BHDZ TEST OK、电源情况 POWER TEST OK、时钟情况 TIMER TEST OK、A/D 采样情况 A/D TEST OK；如果某项检查不对，画面提示检查错误，同时给出装置异常报警信号，此时应及时检查相应硬件及保护定值情况，直到装置个状态检查正确方可运行。

8.6.2.3　定值的写入和修改

在主画面下按定值设定键，进入定值查询修改画面，分别按下列操作、检查、核对定值通知单一致。

（1）电流定值查询修改（CURRENT SET）。

1）在定值查询修改画面里选择序号 1，屏幕显示密码输入画面，输入密码，就可进入电流定值查询、修改画面：复压过流Ⅰ段、复压过流Ⅱ段、过负荷电流，可使用确认或取消对各电流定值进行翻页查询。

2）若要修改定值，输入密码即可对各电流定值在允许范围内使用左右键移动光标加减键增加减小光标修改电流定值。

（2）电压定值查询修改（VOLTAGE SET）。

1）在定值查询修改画面里选择序号 2，屏幕显示密码输入画面，输入密码 10000，就可进入电压定值查询、修改画面：低电压、负序电压定值，可使用确认或取消对各电流定值进行翻页查询。

2）若要修改定值，输入密码即可对各电压定值在允许范围使用左右键移动光标内进行修改加减键增减光标修改电压定值。

（3）时限定值查询修改（TIME SET）。

1）在定值查询修改画面里选择序号 3，屏幕显示密码输入画面，输入密码，就可进入电压定值查询、修改画面：过流Ⅰ段时间、过流Ⅱ段时间、过负荷时间、PT 断线时间，可使用确认或取消对各电流定值进行翻页查询。

2）若要修改定值，输入密码即可对各时间定值在允许范围使用左右键移动光标内进行修改加减键增减光标修改时间定值。

（4）控制字方式 1（CONTROL B1T1）。

1）在定值查询修改画面里选择序号 4，屏幕显示密码输入画面，输入密码 10000，就可进行控制字方式 1 的查询修改。通过控制字方式 1 可对复压过流Ⅰ段 OVER Ⅰ-1、复压过流Ⅱ段 OVER Ⅰ-2、Ⅰ段电压闭锁 OVER Ⅴ-1、Ⅱ段电压闭锁 OVER Ⅴ-2、过负荷 OVER LOAD、TV 断线告警 TV BREAK、TV 断线闭锁 TV-BSGL 进行投退。

2）若要将某保护投入，只要按确认键在其后的方框里划上对号即可；若要取消已投入的某项保护，只要按取消键将其后方框里的对号取消即可。

（5）控制字方式 2（CONTROL B1T2）。

1）在定值查询修改画面里选择序号 5，屏幕显示密码输入画面，输入密码 10000，就可进行控制字方式 2 的查询修改。通过控制字方式 2 可对控制回路断线 LINE ALARM、低量程 LOW-XT 进行投退。

2）若要将某保护投入，只要按确认键在其后的方框里划上对号即可；若要取消已投入的某项保护，只要按取消键将其后方框里的对号取消即可。

（6）系统设定（SYSTEM SET）。在定值查询修改画面里选择序号 6，屏幕显示密码输入画面，输入密码即可进行系统各种变比查询设定。

1）TA 变比的形式为＊＊＊＊＊：5，只需设定＊＊＊＊的值即可。

2）TV 变比的形式为＊＊＊.＊：100，只需设定＊＊＊.＊的值即可。

3）电度变比的形式为＊＊＊＊＊：1，只需设定＊＊＊＊＊的值即可。

4）分合闸脉冲时间＊＊.＊＊s，只需设定＊＊.＊＊的值即可。

（7）装置设定（UNIT SET）。在定值查询修改画面里选择序号 7，屏幕显示密码输入画面，输入密码 10000 即可进行通信波特率 XXXXXBT、通信地址 XXXXXID、通信方式 BTP、测量刷新时间 XXX.XS、装置背光时间 XXX.XS、值班员密码 XXXXXMA、操作员密码 XXXXXMA、调试员密码 XXXXXMA、系统员密码 XXXXXMA 进行查询修改。

（8）存储数据（SAVE DATA…）。当定值设定或修改完毕，选择定值查询修改画面的最后一项 SAVE DATA…来存入数据，否则所改的定值无效。按确认键选择该项后，屏幕提示保存定值请等待，待定值保存后装置返回主画面。

8.6.2.4 死区系数修正

（1）本装置可通过死区系数修正检查各模入通道的零漂，检查时不施加任何激励量，选择装置参数修正-ZERO GROUP，输入密码进入通道死区修正画面，可用取消和确认键来翻页查看各通道的情况。（通道 NO.0、NO.1、NO.2、NO.3、NO.4、NO.5、NO.6、NO.6 分别对应 BIA、BIB、BIC、CIA、CIB、CIC、UAB、UBC）。

（2）面板显示的第一个方括号中的数字为相应通道用来修正的数值，可通过上下键来增减其数值；第二个方括号中的数字为相应通道采集到的信号漂移真实值，可通过增减修正数值将其调整为零（以上工作必须在没有外部模拟量输入的情况下进行）。

（3）修正完毕后，必须选择装置参数修正-SAVE DATA…存储所作的修改才有效。

8.6.2.5 比例系数修正（接线见图 8-2）

装置的采样精度可通过通道比例系数进行修正。

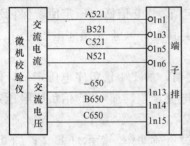

图 8-2　比例系数修正接线图

（1）将所有电流端子顺极性串联相接，在串接 0.2 级电流表，通过微机校验仪加 TA 额定电流值；将所有电压端子同极性并联，并入 0.2 级电压表，通入 50V 交流电压（要求误差小于±1%）。

（2）选择系数修正-RATE GROUP，输入密码 10000 进入系数修正画面，可用取消和确认键来翻页查看各通道的情况，面板显示的第一个方括号中的数值为相应通道的比例系数，范围为 0.5～2.000，可通过上下键来增减其数值；第二个方括号中的数值为相应通道采集到的信号值，可通过增减比例系数将其调整为外部输入信号对应的准确值（通道 NO.0、NO.1、NO.2、NO.3、NO.4、NO.5、NO.6、NO.6 分别对应 BIA、BIB、BIC、CIA、

CIB、CIC、UAB、UBC)。

（3）修正完毕后，必须选择装置参数修正-SAVE DATA…存储所作的修改才有效。

8.6.2.6 开关输入量测试

（1）选择装置刷新选择-METER IN，屏幕显示 16 个开关量输入通道的状态。

（2）用＋110V 点通道 1N1、1N2、1N3、1N4、1N5、1N6、1N7、1N8、1N9、1N10、1N11、1N12、1N13、1N14、跳位指示、合位指示、KK 状态装置开入量主画面分别显示 1、4、5、9、10、11、12、2、3、13、14、15、16、8、6、7、8 变位的信息。

8.6.2.7 开关输出量测试

（1）选择分合测定-DOUT GROUP，输入密码即可进入开关通道测定画面。

（2）用确认键打开开关通道、取消键关闭开关通道，用上下键进行开关通道翻转；在各开关通道在打开的状态下，对应输出触点可用万用表的电阻档检查闭合状态：开出通道 OUT1/OUT3、OUT0/OUT2、OUT4、OUT5、OUT6、OUT7、OUT8、OUT9、OUT10、OUT11、OUT12 分别对应触点 41-45、41-47、44-48、46-48、51-59、53-52、54-55、50-49、56-57、58-59、58-60。

8.6.2.8 整组试验（接线见图 8-2）。

中、低压侧后备保护测试。

（1）复合电压闭锁过流保护。保护反应变压器低电压、负序电压、及电流大小。

1）电流动作值测试：加低电压或负序电压，分别在 A、B、C 相加电流并逐渐增加至 1.1 倍过流Ⅰ段值，保护动作、指示灯 B 亮，动作时间满足定值要求；分别在 A、B、C 相加电流并逐渐增加至 0.95 倍过流Ⅰ段值，保护不动作、指示灯 B 不亮。

2）电流动作值测试：加低电压或负序电压，分别在 A、B、C 相加电流并逐渐增加至 1.1 倍过流Ⅱ段值，保护动作、指示灯 C 亮；分别在 A、B、C 相加电流并逐渐增加至 0.95 倍过流Ⅱ段值，保护不动作、指示灯 B 不亮。

3）低电压动作值测试：加 1.1 倍过电流定值，0.9 倍低电压定值，保护动作、指示灯 B 亮，动作时间满足定值要求；加 1.1 倍电流定值，加 0.95 倍负序电压定值，保护不动作、指示灯 B 不亮。

4）负序电压动作值测试：加 1.1 倍电流定值，加 1.1 倍负序电压定值，保护动作、指示灯 B 亮，动作时间满足定值要求；加 1.1 倍电流定值，加 0.95 倍负序电压定值，保护不动作、指示灯 B 不亮。

（2）过负荷告警。加 1.1 倍过负荷定值，过负荷动作，指示灯 E 亮；加 0.95 倍过负荷定值，过负荷不动作。

（3）TV 断线。加正常电流电压装置正常，再拆除一相电压，报 TV 断线，指示灯 E 亮。

（4）控制回路断线。分别取下中、低压侧断路器正负操作熔断器，报控制回路断线。

8.6.2.9 传动试验

（1）会同值班人员，手动跳合中、低压侧断路器一次。

（2）分别取下中低压侧断路器正负操作熔断器，观察所出信号正确。

（3）模拟中压侧复压过流保护动作，跳本侧断路器及中压侧分段，信号正确。

（4）模拟低压侧复压过流保护动作，跳本侧断路器及低压侧分段，信号正确。

（5）根据定值通知单与实际接线要求进行其他相应断路器试验，并记录动作时间应符合要求。

8.6.3　结束工作

（1）给上中低压侧二次操作熔断器。

（2）恢复保护屏上所有连接片。

（3）在保护屏端子排上恢复中低压侧保护用电流互感器二次回路所有连接片。

（4）在保护屏端子排上恢复中低压侧保护用电压互感器二次接线。

（5）在保护屏端子排上恢复保护用三侧电压互感器开口三角电压。

（6）在保护屏端子排上恢复事故及预告信号小母线（701）。

（7）拆开的带电线头恢复。

（8）工作负责人认真检查所有接线确以恢复，并清理现场，结束工作。

8.7　生　成　记　录

（1）变电第一种工作票。

（2）工作任务书。

（3）危险因素明白卡。

（4）DISA-2801 微机保护检验报告。

（5）二次设备工作记录。

8.8　引　用　标　准

（1）《国家电网公司电力安全工作规程（发电厂和变电所电气部分）》

（2）《继电保护电网安全自动装置现场工作保安规定》电生供字［1987］254 号；

（3）《继电保护及电网安全自动装置检验条例》水电电生字［1987］108 号。

（4）《DISA-2801 变压器中低压侧后备保护装置说明书》。

9 DISA-2801 微机保护试验报告

DISA-2801 微机保护试验报告（见表 9-1）。

表 9-1   DISA-2801 微机保护试验报告表

保护设备			装置型号					
制造厂			出厂编号					
检验设备	设备名称		设备型号					
	微机试验仪							
	交流电压表							
	交流电流表							
	万用表							
	摇表							
绝缘检查			直流—地	交流—地		24V—地	直流—交流	
	绝缘电阻							
通电检查								
定值核对		核对_____号定值确已执行						
版本检查		版本号						
	中低压侧后备保护							
死区系数修正		BI_a	BI_b	BI_c	CI_a	CI_b	CI_c	U_{AB}	U_{BC}
	零漂值							
比例系数修正		BI_a	BI_b	BI_c	CI_a	CI_b	CI_c	U_{AB}	U_{BC}
	实加值							
	测量值							
开关输入量测试								
开关输出量测试								
整组试验	过电流	$1.1I_1$	$1.1I_2$	低电压	动作值	负序电压		
	A（ms）			AB		动作值＝_____V		
	B（ms）			BC				
	C（ms）			CA				
	过负荷告警							
	TV 断线							
	控制回路断线							
传动试验								
检验结论								
检验日期								
检验人员			审核					

10 PST-1200 微机保护试验方法

10.1 工 作 目 的

通过该保护的定期检验，对保护装置的性能予以调试检查，对长期运行造成的性能偏差予以调整，使其能正确反映电力系统发生的故障及异常情况，确保电力系统的安全、稳定运行。

10.2 工 作 内 容

（1）保安措施。

（2）通电前检查。

（3）整体回路绝缘检查。

（4）上电检查。

（5）版本检查。

（6）定值核对。

（7）信号回路检查。

（8）出口回路检查。

（9）交流回路调试。

（10）保护整组试验。

（11）恢复措施。

10.3 适 用 范 围

本试验方法适用 PST-1200 微机保护定期检验工作。

10.4 资 源 配 置

（1）人员配置：工作负责人 1 人，试验人员 3 人。

（2）设备配置（见表 10-1）。

表 10-1   设 备 配 置 表

设备名称	设备规格	设备数量
微机试验仪	5108D	1 台
交流电流表	0.5 级　5～100A	1 块
交流电压表	0.5 级　15～750V	1 个
多用插座		1 个
万用表	DT9203A	1 块
试验线		2 包

工作安排

工作准备

| 人员 | 设备 | 资料 |

保安措施

通电前检查（1人）

绝缘检查（2人）

上电检查（2人）

定值核对（1人）　　版本检查（1人）

信号回路检查（2人）　　出口回路检查（2人）

交流量输入调试（2人）

保护整组试验（2人）

恢复措施

验收措施

总结工作

图 10-1　作业流程图

（3）资料配置：试验手册、危险因素明白卡片、工作任务书、定值通知单、PST-1200 数字式变压器保护检验报告、本间隔图纸一套。

10.5　作业流程图（见图 10-1）

10.6　作　业　流　程

10.6.1　现场安全措施

10.6.1.1　组织措施

（1）工作负责人宣读工作票内容，交代安全注意事项，并分派工作人员任务。

（2）检查现场安全措施与工作票是否相符。

（3）断路器在断开位置，隔离开关确已拉开。

（4）悬挂的标示牌是否符合工作票要求。

（5）与带电间隔的安全距离符合《国家电网公司电力安全工作规程（发电厂和变电所电气部分）》要求。

10.6.1.2　技术措施

（1）取下高、低压侧二次操作熔断器，拉开信号开关 DK 或断开 FM、PM。

（2）断开保护屏上所有连接片。

（3）在保护屏端子排上断开保护用电流互感器二次回路所有连接片。

（4）在保护屏端子排上断开保护用电压互感器二次接线。

（5）在保护屏端子排上断开保护用高、低压侧电压互感器开口三角电压。

（6）在本间隔控制屏上断开预告信号小母线 1、2、3、4YBM。

（7）在本间隔控制屏上断开事故音响信号小母线 SYM、闪光信号小母线（＋）SM。

（8）拆开的带电线头用绝缘胶布包好，带电端子排用绝缘物防护，用验电设备检查工作回路确不带电。

（9）试验设备、仪表、试验接线由工作负责人检查无误后方可进行下一步工作。

10.6.2　装置调试

10.6.2.1　通电前的检查

通电前检查外观应完好，应无损坏，端子无松脱，装置参数与要求一致。

10.6.2.2　整体回路绝缘检查

各插件各端子并联，用 500V 摇表分别对地摇绝缘，绝缘电阻应大于 100MΩ。

10.6.2.3　上电检查

装置运行灯亮，液晶显示器主画面，指示装置正常。检查装置的日历时钟，应该准确，如果不对，即校准。

10.6.2.4 版本检查

在主菜单下按回车键，选择版本菜单查看及打印差动保护、高后备保护、低后备保护、MMI 的版本号及 CRC。

10.6.2.5 定值核对

（1）在主菜单下按回车键，选择定值打印菜单打印运行区定值进行核对。

（2）在主菜单下按回车键，选择定值修改菜单用上下左右键及加减键修改，修改密码为 99。

10.6.2.6 开出回路检查

选择测试功能-开出传动-传动保护，观测面板上信号灯是否点亮，检查装置输出端子对应的出口继电器接点是否闭合及返回。

10.6.2.7 开入回路检查

选择测试功能-开入测试，通过液晶显示器核对开入量是否正确。

10.6.2.8 交流输入回路调试

采样通道的幅值试验：在装置各路模拟量端子加相应的额定电压、额定电流，各通道显示值与相应输入的额定电压、额定电流相一致（额定电压 50V；额定电流 5A）。接线如图 10-2 所示。

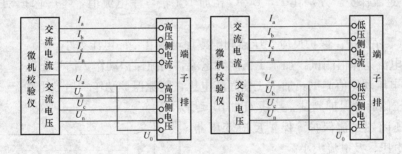

图 10-2 交流输入回路调试接线

10.6.2.9 整组试验

（1）差动保护。接线如图 10-3 所示。

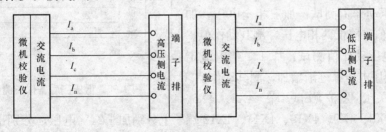

图 10-3 差动保护接线

1）分别在装置的高、低侧 A、B、C 相加入 1.1 倍差动电流定值，差动动作；0.9 倍差动电流定值，差动保护不动作。

2）分别在装置的高、低侧 A、B、C 相加入 1.1 倍差动电流速断定值，差动动作；0.9 倍差动速断电流定值，差动保护不动作。

3）分别在装置的高、低侧 A、B、C 相加入 1.1 倍启动通风定值，启动风机。

4）分别在装置的高、低侧 A、B、C 相加入 1.1 倍过负荷定值，延时发过负荷信号。

5）分别在装置的高、低侧 A、B、C 相加入 0.1 倍额定电流，经延时发差流越限信号。

（2）高压侧后备保护测试。接线如图 10-4 所示。

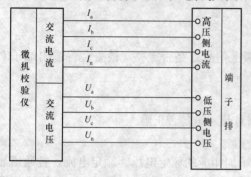

图 10-4　高压侧后备保护测试接线

1）复合电压闭锁过流保护。保护反应变压器电压、负序电压、及电流大小。

a. 电流动作值测试：加低电压或负序电压，分别在 A、B、C 相加电流并逐渐增加至过流值，测其动作值。

b. 低电压动作值测试：加三相全电压，加 1.1 倍过电流定值，降低两相电压，测其动作值。

c. 负序电压动作值测试：加 1.1 倍电流定值，加三相负序电压并逐渐增加，测其动作值。

2）零序过流保护。分别在 A、B、C 相加 1.1 倍零序电流值，零序保护动作，信号正确。

3）间隙零序保护。保护反应变压器间隙零序电流和零序电压大小。

a. 间隙电流动作值测试：加 1.1 倍间隙电流，间隙保护动作，信号正确。

b. 间隙电压动作值测试：加 1.1 倍间隙电压，间隙保护动作，信号正确。

（3）低压侧后备保护测试。接线如图 10-5 所示。

复合电压闭锁过流保护。保护反应变压器电压、负序电压、及电流大小。

a. 电流动作值测试：加低电压或负序电压，分别在 A、B、C 相加电流并逐渐增加至过流动作值，测其实际动作值。

b. 低电压动作值测试：加三相全电压，加 1.1 倍电流定值，降低两相电压，测其动作值。

c. 负序电压动作值测试：加 1.1 倍电流定值，加三相负序电压并逐渐增加，测其动作值。

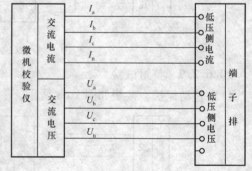

图 10-5　低压侧后备保护测试接线

（4）开关量保护测试。在 4X4、4X5、4X6、4X7、4X8、4X9、4X10、4X11、4X12 端子上分别加＋24V 电压，分别出重瓦斯、调压重瓦斯、轻瓦斯、调压轻瓦斯、压力释放、绕组温度、油位异常、油温高、风冷消失信号。

10. 6. 2. 10　传动试验

（1）会同值班人员，手动跳合断路器一次。

（2）分别去下正负操作熔断器，观察所出信号正确。

（3）模拟差动保护动作，高、低压侧断路器跳闸，信号正确。

（4）模拟高后备保护动作，高、低压侧及高压侧分段断路器跳闸，信号正确。

（5）模拟低后备保护动作，高、低压侧及低压侧分段断路器跳闸，信号正确。

（6）模拟开关量保护动作，高、低压侧断路器跳闸，信号正确。

10.6.3　结束工作

（1）合上高、低压侧二次操作熔断器，合上信号开关 DK 或恢复 FM、PM。

（2）恢复保护屏上所有连接片。

（3）在保护屏端子排上恢复保护用电流互感器二次回路所有连接片。

（4）在保护屏端子排上恢复保护用电压互感器二次接线。

（5）在保护屏端子排上恢复保护用高低压侧电压互感器开口三角电压。

（6）在本间隔控制屏上恢复预告信号小母线 1、2、3、4YBM。

（7）在本间隔控制屏上恢复事故音响信号小母线 SYM、闪光信号小母线（＋）SM。

（8）拆开的带电线头恢复。

（9）工作负责人认真检查所有接线确以恢复，并清理现场，结束工作。

10.7　生　成　记　录

（1）变电一种工作票。

（2）工作任务书。

（3）危险因素明白卡。

（4）PST-1200 微机保护检验报告。

（5）二次设备工作记录。

10.8　引　用　标　准

（1）《国家电网公司电力安全工作规程（发电厂和变电所电气部分）》。

（2）《继电保护电网安全自动装置现场工作保安规定》电生供字 [1987] 254 号。

（3）《继电保护及电网安全自动装置检验条例》水电电生字 [1987] 108 号。

（4）《PST-1200 系列数字式变压器保护装置说明书》。

11 PST-1200 微机保护试验报告

PST-1200 微机保护试验报告（见表 11-1）。

表 11-1　　　　　　　　　　　　PST-1200 微机保护试验报告表

保护设备			装置型号							
制造厂			出厂编号							
检验设备	设备名称				设备型号					
	微机试验仪									
	交流电压表									
	万用表									
	交流电流表									
通电前检查										
绝缘检查	正—地									
	负—地									
	交流—直流									
上电检查										
版本检查			版本号			CRC				
	MMI									
	差动保护									
	高后备保护									
	低后备保护									
定值核对	核对_____号定值确已执行									
信号回路检查										
出口回路检查										

交流输入回路检查	高压侧	I_a	I_b	I_c	I_0	U_a	U_b	U_c	U_0	I_J	U_J
	实加值										
	测量值										
	低压侧	I_a	I_b	I_c	I_0	U_a	U_b	U_c	U_0		
	实加值										
	测量值										

整组试验	差动保护		$1.1I_d$	$0.9I_d$		$1.1I_d$	$0.9I_{sd}$
		A（ms）					
		B（ms）					
		C（ms）					
	高后备	过电流	$1.1I_1$	$0.9I_1$	低电压	动作值	负序电压
		A（ms）			AB		
		B（ms）			BC		动作值=____V
		C（ms）			CA		
		零序过流	$1.1I_{01}$			$0.9I_{01}$	
		A（ms）					
		B（ms）					
		C（ms）					
		间隙保护	1.1JGL		0.9JGL	1.1JGY	0.9JGY
		动作时间					
	低后备	过流保护	$1.1I_1$	$0.9I_1$	低电压	动作值	负序电压
		A（ms）			AB		
		B（ms）			BC		动作值=____V
		C（ms）			CA		
	开关量保护						
传动试验							
检验结论							
检验日期							
检验人员			审　核				

12 QJ 型气体继电器保护检验工作试验方法

12.1 工作目的

通过对气体继电器保护的定期检验，对装置性能予以调试检查，对长期运行造成的性能偏差予以调整，使其能正确反映被保护变压器的内部故障，确保变压器的安全运行。

12.2 工作内容

(1) 绝缘检查。
(2) 机械性能检查、调试。
(3) 动作可靠性检查、调试。
(4) 继电器主要特性调试。
(5) 气体继电器保护整组试验。
(6) 气体继电器保护传动试验。

12.3 适用范围

(1) 本试验方法适用于气体继电器保护定期检验。
(2) 本试验方法适用于 QJ-25、50、80 型气体继电器的检验工作。
(3) MR 等型号进口气体继电器参照本试验手册执行。

12.4 资源配置

(1) 人员配置：工作负责人 1 人，试验人员 1 人、电气配合人员 2 人、油务配合试验人员 2 人。
(2) 设备配置（见表 12-1）。

表 12-1　　　　　　　　　　　　设备配置表

设 备 名 称	设 备 规 格	设 备 数 量
气体继电器校验装置	RLC-7	1 台
流速尺	QJ-25/50/80	1 把
摇表	2500V	1 块
气筒		1 个
通灯		1 个

(3) 资料配置：试验手册、工作任务书、危险因素明白卡、QJ 型气体继电器试验报告、

定值通知单。

12.5　作业流程图（见图12-1）

12.6　作　业　流　程

12.6.1　现场安全措施

12.6.1.1　组织措施

（1）工作负责人负责填写工作票、危险因素明白卡、工作任务书，工作签发人负责签发。

（2）经工作许可人办理工作许可手续后，工作负责人负责对工作票中安全措施进行检查。

（3）检查变压器各侧断路器在断开位置，隔离开关确已拉开。

（4）检查接地线装设接地开关符合工作要求。

（5）检查悬挂的标示牌和装设的遮栏符合工作票要求。

（6）检查工作区间与带电间隔的安全距离符合《国家电网公司电力安全工作规程（发电厂和变电所电气部分）》要求。

（7）工作负责人宣读工作票内容，交代工作区间及安全注意事项，并分派工作任务。

12.6.1.2　技术措施

（1）工作负责人负责监护，工作班成员执行保证安全的技术措施。

（2）在保护柜端子排上断开被试主保护联跳运行间隔的二次回路所有跳闸连线，断开连线的一侧应在装置内部。

（3）核对填写工作任务书技术措施执行内容。

12.6.2　气体继电器拆卸

（1）工作负责人监护，保护人员将气体继电器二次接线端端子排联线拆除，并核对标号正确（2人）。

（2）电气工作人员负责关闭储油柜至气体继电器阀门，将气体继电器拆卸，并将导油管两头密封（2人）。

（3）无专用阀门的变压器，由工作负责人监护，油务人员将储油柜放油，电气工作人员将气体继电器拆卸，并将导油管两头密封（4人）。

12.6.3　气体继电器保护试验

各试验应在专用气体继电器检验室内进行。

（1）工作班成员检查并记录互感器的铭牌参数应完整并与上次检验记录应一致（1人）。

（2）继电器结构与外观检查调试（2人）。

1）继电器壳体、玻璃窗、出线端子、探针和波纹管等应完好。

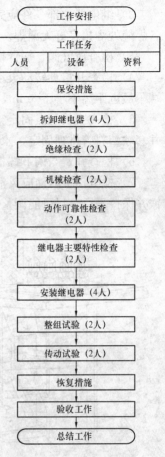

图12-1　作业流程图

（流程图内容：工作安排 → 工作任务（人员　设备　资料）→ 保安措施 → 拆卸继电器（4人）→ 绝缘检查（2人）→ 机械检查（2人）→ 动作可靠性检查（2人）→ 继电器主要特性检查（2人）→ 安装继电器（4人）→ 整组试验（2人）→ 传动试验（2人）→ 恢复措施 → 验收工作 → 总结工作）

2）继电器内部零件应完好，各螺钉加装弹簧垫并拧紧，检查固定支架牢固可靠，检查各焊缝处焊接良好无漏焊。

3）检查放气阀、探针操作灵活，调整探针头与挡板挡舌间保持 1.5～2.5mm 的间隙。

4）检查开口杯转动灵活，轴向活动范围在 0.3～0.5mm 内，开口杯转动过程中与出线端子最近距离不小于 3mm，否则应进行调整。

5）检查干簧触点固定牢固，玻璃管应完好，根部引出线焊接可靠，引出硬柱不能弯曲并套软塑料管排列固定，永久磁铁在框架内固定牢固。

6）检查弹簧与调节螺杆连接平稳可靠，并与挡板静止位置垂直。

7）检查挡板转动应灵活，轴向活动范围为 0.3～0.5mm。干簧触点可动片面向永久磁铁并保持平行，尽可能调整两个触点同时断合。

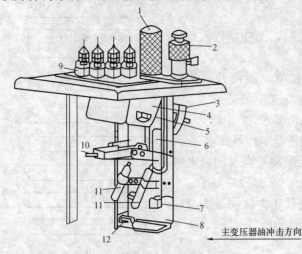

图 12-2　继电器内部结构图

1—探针；2—放气阀；3—重锤；4—开口杯；5—磁铁；6—干簧
触点（信号用）；7—磁铁；8—挡板；9—接线端子；10—调节杆；
11—干簧触点（跳闸用）；12—终止挡

8）检查开口杯的干簧触点应接在动作于"信号"的出线端子上，挡板的两个干簧触点应串接在动作于"跳闸"的回路中。检查接线盒漏水孔应畅通。

9）气体继电器内部结构图（见图12-2）。

（3）继电器动作可靠性检查（1人）。

1）检查动作于跳闸的干簧触点动作可靠性。

a. 转动挡板至干簧触点刚开始动作处，调整永久磁铁面距干簧触点玻璃管面的间隙保持在 2.5～4.0mm 范围内。

b. 继续转动挡板到终止位置，检查干簧触点应可靠吸合，并保持其间隙在 0.5～1.0mm 范围内，否则应进行调整。

2）检查动作于信号的干簧触点动作可靠性。转动开口杯，自干簧触点刚开始动作处至动作终止位置，检查干簧触点应可靠吸合，并保持其滑行距离不小于 1.5mm，否则应进行调整。

（4）绝缘检查（2人）。

1）用 2500V 摇表测量出线端子对地绝缘电阻，其电阻值不应小于 300MΩ。

2）用 2500V 摇表测量各出线端子间绝缘电阻，其电阻值不应小于 300MΩ。

（5）继电器特性试验（2人）。

1）密封性能试验。

a. 继电器充满变压器油，在常温下加压至 0.15MPa、稳压 20min 后，检查放气阀、波纹管、出线端子、壳体各密封处应无渗漏。

b. 降压为零后，取出继电器芯子检查干簧触点应无渗漏痕迹。

c. 试验时，探针罩要拧紧，去掉压力后，才能打开罩检查波纹管有无渗漏。

2）动作于信号的容积整定。继电器气体容积整定要求继电器在 250～300mL 范围内可靠动作。试验时可用调整开口杯另一侧重锤的位置来改变动作容积，重复试验三次，应能可靠动作。

3）动作于跳闸的流速整定。

a. 根据气体继电器型号选用与其型号一致的流速尺，将其固定在挡板受油冲击侧（见图 12-2）。

b. 根据定值通知单，将流速尺砝码固定至整定值处。

c. 调整挡板调节杆整定螺钉，将流速尺由水平位置缓慢放下至干簧触点处，干簧触点刚好动作。

d. 重复试验 3 次，每次试验值与整定值之差不应大于 0.05m/s 。

（6）气体继电器保护整组试验（2 人）。

1）由电气人员将气体继电器装回变压器，并检查继电器上的箭头应指向储油柜。

2）有保护人员将气体继电器二次接线恢复，保证接线螺钉旋紧。

3）用打气法从继电器放气阀打入气体检查动作于信号回路的正确性，本体保护有轻瓦斯告警信号，检验完毕打开放气阀（见图 12-2），并由电气人员将油管阀门打开，将继电器内部气体排尽，至变压器油流出。

4）按下探针（见图 12-2）检查动作于跳闸回路的正确性，保护装置应按定值通知单及实际接线要求出口动作，并报重瓦斯动作信号。

5）强迫油循环冷却变压器在新安装及大修后，补充进行开、停全部油泵及冷却系统油路切换试验，试验次数不少于三次，继电器应可靠不误动。

（7）气体继电器保护传动试验（2 人）。

1）按定值及图纸要求，合上气体继电器动作应跳闸断路器，保证跳闸回路完整。

2）按下探针，检查应跳闸断路器的动作情况应正确，检查音响、信号回路动作情况应正确。

（8）申请工作验收应合格，否则应予以重复试验。

12.6.4 结束工作

（1）恢复气体继电器保护二次回路所有连接片及断开的连线。

（2）工作负责人认真检查所有接线已恢复，气体继电器防雨措施确已恢复良好。

（3）清理现场，总结工作。

12.7 生成记录

（1）变电第一种工作票。

（2）工作任务书。

（3）危险因素明白卡。

（4）气体继电器保护检验报告。

（5）二次设备工作记录。

12.8 引 用 标 准

（1）《国家电网公司电力安全工作规程（发电厂和变电所电气部分）》。

（2）《继电保护电网安全自动装置现场工作保安规定》电生供字［1987］254 号。

（3）《继电保护及电网安全自动装置检验条例》水电电生字［1987］108 号。

（4）《QJ-25、50、80 型气体继电器检验规程》DL/T 540—1994。

13 QJ型气体继电器保护检验工作试验报告

QJ型气体继电器检验工作试验报告（见表13-1）。

表 13-1 QJ型气体继电器检验工作试验报告表

保护设备		继电器型号	
导油管径		变压器容量	
制造厂		出厂编号	
报告编号		依据标准	DL/T 540—1994
检验设备	设备名称		设备型号
	气体继电器校验台		RLC-7QYG
	摇表		

环境温度_____℃

检 验 结 果

机械部分检查	
继电器动作可靠性检查	动作于跳闸的干簧触点动作可靠性_____ 动作于信号的干簧触点动作可靠性_____
绝缘强度试验（2500V摇表）	触点对外壳
	触点间
密封性试验（加压150kPa，历时20min）	放气阀、波纹管、出线端子、壳体
	干簧触点
轻瓦斯动作容积整定试验	实测动作值为_____ cm³
重瓦斯动作流速整定试验	实测动作流速为_____ m/s
检验结论	
检验日期	
检验人员	审核

14 CSL-103(C)微机保护试验方法

14.1 工 作 目 的

通过对 CSL-103(C)系列微机保护的定期检验，对装置性能予以调试检查，对长期运行造成的性能偏差予以调整，使其能正确反映保护线路的各种故障状态，确保系统的安全运行。

14.2 工 作 内 容

(1) 保护装置本体特性检验。
(2) 保护装置整组试验。
(3) 保护装置传动试验。

14.3 适 用 范 围

本试验方法适用于 CSL-103（C）微机保护定期检验工作。

14.4 资 源 配 置

(1) 人员配置：工作负责人 1 人，试验人员 3 人。
(2) 设备配置（见表 14-1）。

表 14-1   试 验 配 置 表

设 备 名 称	设 备 规 格	设 备 数 量
微机试验仪	5108D	1 台
试验线		2 包
多用插座		1 个
尾纤插头		1 根
万用表	DT9203A	1 块
转插板		1 块

(3) 资料配置：作业指导书、工作任务书、危险因素明白卡、定值通知单、CSL-103 (C) 保护标准试验报告、本间隔保护图纸（1 套），CSL-103（C）说明书一本。

14.5 作业流程图（见图14-1）

14.6 作 业 流 程

14.6.1 现场安全措施

14.6.1.1 组织措施

（1）工作负责人宣读工作票内容，交代安全注意事项，并分派工作人员任务。

（2）检查现场安全措施与工作票是否相符。

（3）断路器在断开位置，隔离开关确已拉开。

（4）悬挂的标示牌是否符合工作票要求。

（5）与带电间隔的安全距离符合《国家电网公司电力安全工作规程（发电厂和变电所电气部分）》要求。

14.6.1.2 技术措施

（1）取下二次操作熔断路。

（2）断开保护屏上所有连接片。

（3）在保护屏端子排上断开保护用电流互感器二次回路连接片。

（4）在保护屏端子排上断开保护用电压互感器二次接线。

（5）在保护屏端子排内部断开保护用电压互感器开口三角电压。

（6）在保护屏端子排上断开抽压 TV 二次接线。

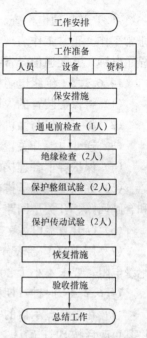

图 14-1 作业流程图

（7）拆开的带电线头用绝缘胶布包好，带电端子排用绝缘物防护，用验电设备检查工作回路确不带电。

（8）试验设备、仪表、试验接线由工作负责人检查无误后方可开始下一步工作。

14.6.2 保护装置本体特性检验

14.6.2.1 通电前检查

（1）拔出所有插件，逐个检查个插件上的元件是否有松动脱落，有无机械损伤及连线有否被扯断。

（2）检查各插件与插座之间的插入深度是否到位，锁紧机构锁紧。

（3）电源接线正确，MMI 板与继电器插件相连的扁平电缆方向正确。

14.6.2.2 装置通电检查

（1）直流稳压电源通电检查。只插入电源插件，给上额定直流电源，失电告警继电器应可靠吸合，用万用表测其触点（X104-X106）应断开，在用电压表在转接电源插件上测量各级输出电压是否在表 14-2 范围内。

表 14-2 输 出 电 压 范 围

插件端子	d-b-z30-32	d-b-z28-26	d-b-z24-26	d-b-z8-14	d-b-z20-22
标准电压（V）	+5	+15	−15	−24	+24
允许范围（V）	4.8～5.2	13～17	−17～13	−26～22	22～26

（2）整机通电检查。按顺序插入装置的全部插件，给上额定直流电源，检查装置是否正常工作。正常工作表现为：①面板上工作指示绿色灯亮，其他指示灯灭；②LCD 第一行显示时钟，并无通信异常报警（显示 CHZ READY）。

14.6.2.3　绝缘电阻检查

（1）将保护装置的 VFC、CPU、MMI、SIG 插件拔下。

（2）将打印机与微机保护断开。

（3）逆变电源开关置 ON 位置。

（4）保护屏上各连接片投入，重合闸方式切换开关置停用位置。

（5）在保护屏端子排内部分别短接交流电压回路、交流电流回路、直流电源回路、跳闸和合闸回路、开关量回路、运动回路及信号回路。

（6）断开直流电源、交流电压回路，并断开保护装置与其他装置的有关连线。

（7）用 1000V 摇表分别测量各组电流、电压、直流和开入信号回路对地及相互之间的绝缘电阻，要求不小于 20MΩ。

14.6.2.4　时钟日期检查

（1）在液晶显示器的一级菜单中选择 CLK，按 SET 后液晶显示时间和日期，用选择键将其更改后按 SET 确认。

（2）按 Q 键回到液晶显示的正常状态，观察第一行显示的时钟是否正确。

（3）装置掉电几分钟，然后再给上，检查液晶显示的始终应仍然正确。

14.6.2.5　软件版本及 CRC 校验码检查

软件的正确性是通过其 CRC 校验码来判别的。选择菜单中 CRC-CPU 号，等几秒钟后，液晶显示版本号及 CRC 校验码。与要求的 CRC 码保持一致，则程序正确。MMI 中的程序可以选择菜单中 CRC-MMI，检查其版本号不变。

14.6.2.6　打印机检查

（1）打开打印机外壳，将其内部＋5V 引至打印机并口的 18 脚。

（2）在确认打印机不带电的情况下，把打印卡的一端通过专用的打印电缆与打印机相连，另一端通过另一种专用打印电缆与主网 1（X114.X115）相连，然后打开打印机。每次打开打印机都应打印一行打印卡的版本号，否则即认为打印卡工作不正常，应更换。

（3）选择菜单中 SET-PNT-CPU 号-定值区号，打印机应打印出相应的定值。

（4）选择菜单中 VFC-SAM-CPU 号，打印机应打印出相应的采样值。

（5）将打印卡改接至主网 2（X112.X113），重做前两项试验。

14.6.2.7　定值检查

（1）可通过 MMI 的 SET 命令，打印并核对运行区定值与定值通知单一致。

（2）可通过 MMI 的 SET 命令，进入定值修改菜单利用上下左右及 SET 键修改，修改密码为 8888。

14.6.2.8　开入量检查

（1）连接片类开入量检查。

1）当用＋24V 点入端子 X99 时，相当于连接片投入，液晶显示器显示 DI-CHG？P-RST，复位确认后液晶显示 CD：ON。

2）当用＋24V 点入端子 X98 时，相当于连接片投入，液晶显示器显示 DI-CHG？P-

RST，复位确认后液晶显示 S：00 JL DIN98OFF-ON。

3）当用＋24V 点入端子 X97 时，相当于连接片投入，液晶显示器显示 DI-CHG？P-RST，复位确认后液晶显示 S：00 LX DIN97OFF-ON。

（2）定值区切换开入量检查。定值区切换开入检查，X101、X102、X103 为交换区开入端子，同时作用于 CPU1、CPU2。检查前应先将 CPU 的 00、01、02、04 区固化上定值，否则切换到无定值区告警。

1）当 X101、X102、X103 全部不加＋24V 时，液晶显示器显示 DI-CHG？P-RST，复位确认后液晶显示定值区号为 00。

2）当 X101、X102、X103 分别单独加＋24V 时，液晶显示器显示 DI-CHG？P-RST，复位确认后液晶显示分别显示相应的定值区号为 04、02、01。

3）当 X101、X102、X103 全部加＋24V 时，液晶显示器显示 DI-CHG？P-RST，复位确认后液晶显示显示相应的定值区号为 07。

4）当 X101、X102 或 X102、X103 或 X101、X103 分别单独加＋24V 时，液晶显示器显示 DI-CHG？P-RST，复位确认后液晶显示分别显示相应的定值区号为 06、03、05。

（3）信号复归开入检查。在连接片开入需要确认时，用 X104 端子点 X90 端子，相当于已复归，液晶显示器恢复正常显示。

14.6.2.9　开出传动试验

开出传动前，将逻辑板上的 LX1 短接。进入 CTL-DOT 菜单，选择 CPU 号，进行传动。装置相应继电器接点动作，并有灯光信号，检查结果填入调试记录，按复归按钮复归已驱动的开出。试验结果应符合表 14-3、表 14-4 的要求。

表 14-3　　　　　　　　　　　　　**CPU1 测试结果**

编号	开出功能	应传动的 CPU	应亮的信号灯	触点动作情况
01	驱动 A 相跳闸	1	保护动作、重合闸灯亮	X62-X46、X6-X9、X107-X110、X25-X23、X6-X10 闭合
02	驱动 B 相跳闸	1		
03	驱动 C 相跳闸	1		
04	驱动永跳跳闸出口	1	保护动作、重合闸灯亮	X62-X46、X6-X9、X25-X23、X6-X10 闭合
05	驱动三相跳闸出口	1	保护动作、重合闸灯亮	X62-X46、X6-X9、X107-X110、X25-X23、X6-X10 闭合
06	启动	1	运行灯闪烁	
07				
08				
09	驱动告警 I 动作	1	告警	X11-X6 闭合

表 14-4　　　　　　　　　　　　　**CPU2 测试结果**

选择菜单	应闭合的触点	测试现象	测试结果	备注
01 保护跳闸	X107-X110、X46-＋WC、X23-X25、X6-X9 闭合	保护动作灯亮，运行监视灯亮，合闸充电灯亮		信号灯亮后，用 24V 电压接通 X17，此信号应复归
02 保护合闸	X107-X111、X45-＋WC、X23-X24、X6-X10 闭合	重合闸灯亮，运行监视灯亮，重合闸充电灯亮		
03 远方跳闸	X62-X50、X23-X25	运行监视灯亮，重合闸充电灯亮		

续表

选择菜单	应闭合的触点	测 试 现 象	测试结果	备 注
04 远方合闸	+WC-X44、X23-X25	运行监视灯亮，重合闸充电灯亮		
05 备用开出		运行监视灯亮，重合闸充电灯亮		
06 告警 I	X11-X6	告警灯亮	复归后充电灯亮后又灭	
07 告警 II	X11-X6	告警灯亮		
装置掉电	X6-X12			

14.6.2.10 零点漂移检查（通电 5min 后进行）

装置各交流端子均开路，转插 VFC 插件，利用人机对话或 PC 机调试软件，选择菜单中 VFC-DC-COU 号-模拟量项，检查电流、电压回路零漂，根据液晶显示的数值调整相应电位器使之在 $-0.2 \sim 0.2$ 的范围内。

电位器 R_{W2n}（分别对应 I_a、I_b、I_c、$3I_0$、U_a、U_b、U_c、$3U_0$、U_x）。

14.6.2.11 电流电压刻度检查（通电 5min 后进行）（接线如图 14-2 所示）

首先将控制字 D15 置 0，并将各 CPU 的启动定值临时改大，避免频繁启动或告警。

（1）将电流回路顺极性串联，在 X63 与 X66 间通入额定电流，用 0.2 级电流表串入监视。

（2）将电压回路并极性并联，在 X82 与 X85 间通入 50V 电压，用 0.2 级电压表并入监视。

（3）选择 VFC-DC-CPU 号-模拟量项，观察各通道有效值，根据液晶显示的数值调整电位器（显示值与表计指示值误差小于 3%）。

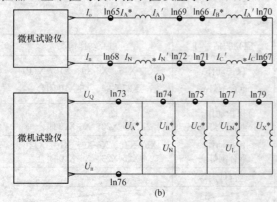

图 14-2 电流电压回路接线

(a) 电流回路；(b) 电压回路

电位器 R_{w1n}（分别对应 I_a、I_b、I_c、$3I_0$、U_a、U_b、U_c、$3U_0$、U_x）。

14.6.2.12 电流、电压回路极性检查（接线方式见图 14-2）

连接好装置网络端子、打印机接口盒、打印机，保持 14.6.2.4 的试验条件不变，并加入 50V 电压、额定交流电流、电压超前于电流的相角 60°，然后选择菜单中 VFC-SAM-CPU 号，打印各通道采样值。观察 I_a、I_b、I_c、$3I_0$ 通道的采样值相位一致，U_a、U_b、U_c、$3U_0$、U_x 通道的采样值相位应一致。

14.6.2.13 电流电压线性度检查（接线方式见图 14-2）

在二次额定电流为 5A 时，通入电流分别 25、10（上述两时间不超过 10s）、2、1、0.4A，通入电压 60、30、5、1、0.4V，观察液晶显示，要求电压通道 1、0.4V 时液晶显示值与外部表计值的误差小于 10%，其余小于 2%；电流通道在 1、0.4A 时液晶显示值与外部表计值的误差小于 10%，其余小于 2%。

14.6.2.14 通道检查

（1）自环检查。

1）将装置内 64KB 通信接口板上的跳线 S1～S3 和 S1 * ～S3 * 的连接片全部置于 2-3 主时钟方式。

2）用试验尾纤将装置光端机的收、发连接起来，将装置通电，观察液晶循环显示是否有本侧和对侧及三相电容电流，若有则正常。否则应检查装置插件是否完好，正常时 64KB 通信接口板上靠上的四个灯应全灭。

（2）带通道检测。装置与光缆连接时，尾纤插头应用酒精棉球擦拭清洁，自环检查完毕后，应按通道恢复 64KB 通信接口板上时钟设置。通道开通后，应观察两侧液晶循环显示是否有本侧和对侧电流和三相电容电流。

（3）通道检测。

1）通道正常时装置液晶应显示本侧和对侧电流和三相电容电流。

2）64KB 接口板无时钟信号，即无法产生接收、发送中断，时间持续 1min 装置告警，报 TDOWCLK。

3）64KB 接口板持续 2min 收不到同步字，即通道正常的信息，装置告警，报 NO-DA-TA。

14.6.3 保护装置整组试验（接线见图 14-3）

14.6.3.1 差动保护

（1）投入差动保护连接片。

（2）分别在 A、B、C 相加 1.05 差动电流定值，差动保护动作、重合闸动作，时间符合要求。

（3）分别在 A、B、C 相加 0.95 差动电流定值，差动不保护。

（4）分别在 AB、BC、CA 相加 1.05 差动电流定值，差动保护动作、重合闸动作，时间符合要求。

（5）分别在 AB、BC、CA 相加 0.95 差动电流定值，差动不保护（1.3 倍差动定值动作时间不大于 30ms）。

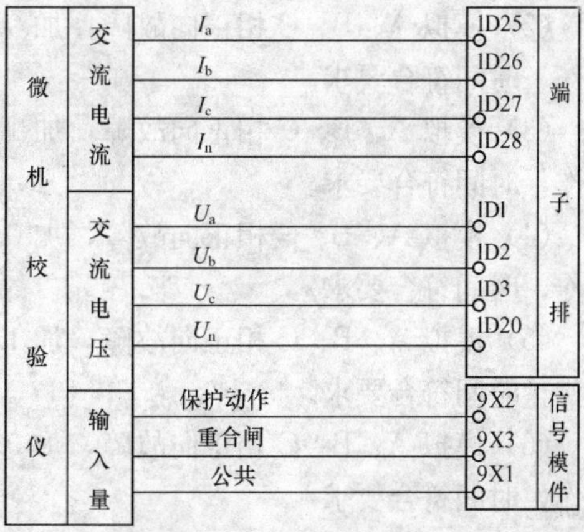

14.6.3.2 距离保护

（1）相间距离保护。

1）模拟 AB、BC、CA 相间正向故障，加 0.95 倍Ⅰ段整定阻抗，距离保护Ⅰ段动作，重合闸动作，时间符合要求。

2）模拟 AB、BC、CA 相间正向故障，加 1.05 倍Ⅰ段整定阻抗，距离保护Ⅱ段动作，重合闸动作，时间符合要求。

3）模拟 AB、BC、CA 相间正向故障，加 0.95 倍Ⅱ段整定阻抗，距离保护Ⅱ段动作，重合闸动作，时间符合要求。

4）模拟 AB、BC、CA 相间正向故障，加 1.05 倍Ⅱ段整定阻抗，距离保护Ⅲ段动作，重合闸动作，时间符合要求。

图 14-3 整组试验接线图

5) 模拟 AB、BC、CA 相间正向故障，加 0.95 倍Ⅲ段整定阻抗，距离保护Ⅲ段动作，重合闸动作，时间符合要求。

6) 模拟 AB、BC、CA 相间正向故障，加 1.05 倍Ⅲ段整定阻抗，距离保护不动作。

(2) 接地距离保护。

1) 模拟 A、B、C 相间正向故障，加 0.95 倍Ⅰ段整定阻抗，距离保护Ⅰ段动作，重合闸动作，时间符合要求。

2) 模拟 A、B、C 相间正向故障，加 1.05 倍Ⅰ段整定阻抗，距离保护Ⅱ段动作，重合闸动作，时间符合要求。

3) 模拟 A、B、C 相间正向故障，加 0.95 倍Ⅱ段整定阻抗，距离保护Ⅱ段动作，重合闸动作，时间符合要求。

4) 模拟 A、B、C 相间正向故障，加 1.05 倍Ⅱ段整定阻抗，距离保护Ⅲ段动作，重合闸动作，时间符合要求。

5) 模拟 A、B、C 相间正向故障，加 0.95 倍Ⅲ段整定阻抗，距离保护Ⅲ段动作，重合闸动作，时间符合要求。

6) 模拟 A、B、C 相间正向故障，加 1.05 倍Ⅲ段整定阻抗，距离保护不动作。

14.6.3.3　零序保护

(1) 模拟 A、B、C 相正向故障，加 1.1 倍Ⅰ段零序定值，零序保护Ⅰ段动作，重合闸动作，时间符合要求。

(2) 模拟 A、B、C 相正向故障，加 0.9 倍Ⅰ段零序定值，零序保护Ⅱ段动作，重合闸动作，时间符合要求。

(3) 模拟 A、B、C 相正向故障，加 1.1 倍Ⅱ段零序定值，零序保护Ⅱ段动作，重合闸动作，时间符合要求。

(4) 模拟 A、B、C 相正向故障，加 0.9 倍Ⅱ段零序定值，零序保护Ⅲ段动作，重合闸动作，时间符合要求。

(5) 模拟 A、B、C 相正向故障，加 1.1 倍Ⅲ段零序定值，零序保护Ⅲ段动作，重合闸动作，时间符合要求。

(6) 模拟 A、B、C 相正向故障，加 0.9 倍Ⅲ段零序定值，零序保护Ⅳ段动作，重合闸动作，时间符合要求。

(7) 模拟 A、B、C 相正向故障，加 1.1 倍Ⅳ段零序定值，零序保护Ⅳ段动作，重合闸动作，时间符合要求。

(8) 模拟 A、B、C 相正向故障，加 0.9 倍Ⅳ段零序定值，零序保护不动作。

(9) 模拟 A、B、C 相反向各段故障，零序保护不动作。

14.6.3.4　传动试验

(1) 会同值班人员，手动跳合断路器一次。

(2) 分别去下正负操作保险，观察所出信号正确。

(3) 模拟差动保护动作，断路器跳闸后重合成功，信号正确。

(4) 模拟距离保护动作，断路器跳闸后重合成功，信号正确。

(5) 模拟零序保护动作，断路器跳闸后重合成功，信号正确。

(6) 模拟永久性故障，保护动作，断路器跳闸后重合，后加速动作，信号正确。

（7）防跳跃闭锁：KK 开关置合闸时，模拟距离保护动作，断路器不重合。

（8）断路器偷跳试验正确。

14.6.4　结束工作（3 人）

（1）合上二次操作熔断器。

（2）恢复保护屏上所有连接片。

（3）在保护屏端子排上恢复保护用电流互感器二次回路所有连接片。

（4）在保护屏端子排上恢复保护用电压互感器二次接线。

（5）在保护屏端子排上恢复保护用拆开的 TV 二次开口三角回路。

（6）在保护屏端子排上恢复抽压 TV 二次接线。

（7）拆开的带电线头恢复。

（8）工作负责人认真检查所有接线确以恢复，并清理现场，结束工作。

14.7　生　成　记　录

（1）变电第一种工作票。

（2）工作任务书。

（3）危险因素明白卡。

（4）CSL-103（C）保护检验报告。

（5）二次设备工作记录。

14.8　引　用　标　准

（1）《国家电网公司电力安全工作规程（发电厂和变电所电气部分)》

（2）《继电保护及电网安全自动装置检验条例》水电电生字［1987］108 号。

（3）《继电保护和电网安全自动装置现场工作保安规定》电生供字［1987］254 号。

（4）《CSL-103（C）数字式输电线路纵联差动保护装置使用说明书》。

15 CSL-103(C)微机保护试验报告

CSL-103（C）微机保护试验报告（见表 15-1）。

表 15-1　　　　　　　　CSL-103（C）微机保护试验报告表

保护设备				装置型号				
制造厂				出厂编号				
检验设备	设备名称			设备型号				
	微机试验仪							
	尾纤插头							
	转插板							
通电前检查								
装置通电检查	插件端子	d-b-z30-32	d-b-z28-26	d-b-z24-26	d-b-z8-14	d-b-z20-22		
	允许范围(V)	4.8~5.2	13~17	−13~17	−22~26	22~26		
	实际值(V)							
绝缘检查	直流一地			开入一地				
	电流一地			相互之间				
	电压一地							
时钟日期检查								
版本检查		MMI	差动保护	后备保护	重合闸			
	版本号							
	CRC							
打印机检查								
定值核对	核对＿＿＿＿＿＿＿号定值确已执行							
开入回路检查								
开出回路检查								
零漂检查	通道号	I_a	I_b	I_c	I_0	U_a	U_b	U_c	U_0	U_x
	零漂值									
刻度检查	通道号	I_a	I_b	I_c	I_0	U_a	U_b	U_c	U_0	U_x
	外加值									
	显示值									
极性检查	通道号	I_a	I_b	I_c	I_0	U_a	U_b	U_c	U_0	U_x
	外加相位									
	显示相位									

续表

	通道号	I_a	I_b	I_c	I_0	U_a	U_b	U_c	U_0	U_x
线性度检查	$U=60/I=25$									
	$U=30/I=10$									
	$U=5/I=2$									
	$U=1/I=1$									
	$U=0.4/I=0.4$									
光纤通道测试										

			$1.1I_d$				$0.9I_d$	
整组试验	差动保护	A						
		B						
		C						
	距离保护		0.95XX1	1.05XX1	0.95XX2	1.05XX2	0.95XX3	1.05XX3
		AB						
		BC						
		CA						
			0.95XD1	1.05XD1	0.95XD2	1.05XD2	0.95XD3	1.05XD3
		A						
		B						
		C						
	零序保护		$1.1I_{01}$	$0.9I_{01}$	$1.1I_{02}$	$0.9I_{02}$	$1.1I_{03}$	$0.9I_{03}$	$1.1I_{04}$	$0.9I_{04}$
		A								
		B								
		C								

传动试验	
检验结论	
检验日期	
检验人员	审 核

16 CSL-163B 微机保护试验方法

16.1 工 作 目 的

通过对 CSL-163B 系列微机保护的定期检验，对装置性能予以调试检查，对长期运行造成的性能偏差予以调整，使其能正确反映被保护线路的各种故障状态，确保系统的安全运行。

16.2 工 作 内 容

(1) 保护装置本体特性试验。
(2) 保护装置整组试验。
(3) 保护装置带断路器传动试验。

16.3 适 用 范 围

本试验方法适用于 CSL-163B 系列微机保护定期检验工作。

16.4 资 源 配 置

(1) 人员配置：工作负责人 1 人，试验人员 2 人。
(2) 设备配置（见表 16-1）。

表 16-1 设 备 配 置 表

设 备 名 称	设 备 规 格	设 备 数 量
微机试验仪	5108D	1 台
试验线		2 包
多用插座		1 个
芯片		1 包
模拟断路器		1 台
转插板	CSL-163B	1 块

(3) 资料配置：试验手册，CSL-163B 标准试验报告，工作任务书，危险因素明白卡，定值通知单，CSL-163B 保护装置书（1 本），本间隔保护图纸（1 套）。

16.5 作业流程图（见图 16-1）

16.6 作业流程

16.6.1 现场安全措施

16.6.1.1 组织措施

（1）工作负责人负责填写工作、危险因素明白卡，并经签发人签发。

（2）工作负责人办理工作许可手续后，对工作票中安全措施进行检查。

（3）工作区间断路器在断开位置，隔离开关确已拉开。

（4）接地线装设及接地开关符合工作要求。

（5）悬挂的标示牌和装设的遮栏符合工作票要求。

（6）工作区间与带电间隔的安全距离符合《国家电网公司电力安全工作规程（发电厂和变电所电气部分）》要求。

（7）工作负责人宣读工作票内容，交代安全注意事项，并分派工作任务。

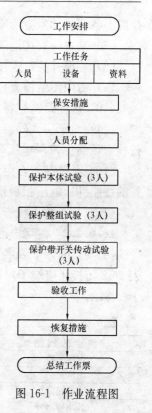

图 16-1　作业流程图

16.6.1.2 技术措施

（1）工作负责人监护，工作班成员执行保证安全的技术措施。

（2）在保护屏端子排上断开被试保护联跳其他运行间隔的跳闸线，断开连线的一侧应在装置内部。

（3）在保护屏端子排断开交流电流 IA、IB、IC、IN（1D9、1D10、1D11、1D12）连接片，断开交流电压 UA、UB、UC、UN、UL、UX（1D1、1D2、1D3、1D4、1D5、1D8）连接片。

（4）拆掉事故音响信号端子。（指非综合自动化站）

（5）工作负责人检查工作任务书中填写的技术措施是否全部执行。

16.6.2 保护装置检验(工作负责人为全部工作的监护人,具体检验方法见标准试验报告)

16.6.2.1 外观及接线检查（1 人）

（1）装置型号及各项参数是否与设计一致，直流电源电压以及 TA 额定电流是否现场情况匹配。

（2）保护装置各部件固定良好，无松动现象，装置外形应端正，无明显损坏及变形。

（3）拔出所有插件，检查装置是否有明显的损伤，并逐个检查插件上的元器件是否有松动、脱落或断裂现象。

（4）各插件应插拔灵活，各插件和插座之间定位良好，插入深度合适。

（5）保护装置的背板接线有无断线、短路和焊接不良等现象，并检查背板上抗干扰元件的焊接，连线和元器件外观是否良好。

（6）保护装置的接线端子，特别是 TA 回路的螺钉及连接片，不允许有松动情况。端子及屏上各器件标号应清晰正确。

(7) 装置所有接地端子接地是否可靠。

(8) 切换开关、连接片、按钮、键盘等应操作灵活、手感良好。

(9) 对照图纸检查打印机电源及通信电缆接线是否正确。

(10) 应注意清扫各部件灰尘，保持各部件清洁良好。

(11) 对于引入外接 $3U_0$ 电压的保护装置，参照装置说明书对外接 $3U_0$ 电压回路极性进行核查，确保 $3U_0$ 电压端子接线正确。

(12) 某些装置在定值控制字中，对检同期电压的相别有明确规定，因此应检查引入装置的线路 TV 电压相别是否与定值要求一致。

(13) 用万用表检查各回路应无短路现象。

16.6.2.2 绝缘电阻检测（2 人）

(1) 拔出 VFC 及各 CPU 板，解开 MMI 板与逻辑继电器插件相连接的扁平电缆线，按表 16-2 短接相应端子，用 1000V 摇表检测装置各回路相互间及对地的绝缘电阻，要求不小于 20MΩ。

表 16-2 短 接 端 子

测 定 的 回 路	相 短 接 的 端 子
电压回路	X6-X8-X10
电流回路	X02-X04-X06-X08
直流回路	X35-X42
开出回路	X15-X16-X29-X31-X32-X40-X41-X43-X44
信号回路	X33-X36-X37-X38-X39
开入回路	X13-X14-X17-X18-X19-X20-X21-X22-X23-X24-X25-X26-X90

(2) 在保护屏端子排处将所有电流、电压及直流回路的端子连接在一起，并将电流回路的接地点拆开，用 1000V 摇表测量整个回路对地的绝缘电阻，其绝缘电阻应大于 1.0MΩ。

注：此项检验只有在被保护设备的断路器、电流互感器全部停电及电压回路已与其他单元设备的回路断开后，才允许行进。

16.6.2.3 逆变电源测试（2 人）

只插入电源插件，加上额定直流电压（X35 为正，X42 为负）。此时，失电告警继电器应可靠吸合，用万用表测其触点（X33-X39）应断开。用万用表在转接电源插件上测量各级输出电压（见表 16-3）。

表 16-3 输 出 电 压

电源插件端子	d-b-z 30-32	d-b-z 28-26	d-b-z 24-26	d-b-z 20-22
标准电压 (V)	+5	+15	−15	+24
允许范围 (V)	4.8～5.2	13～17	−13～−17	22～26

16.6.2.4 通电初步检验（1 人）

(1) 保护装置通电检验应正常。

将各保护装置插件插好，给上额定直流电源，检查装置是否正常工作，即：

1）面板上（运行监视）绿灯亮，其他灯灭。

2）LCD 第一行显示实时时钟，第二行轮流显示个模拟量的测量值，保护连接片等有关信息。

3）无通信异常报警。

（2）键盘检验应正确可靠。在保护装置正常工作状态下，分别操作人机对话插件上的方向键、取消键、确认键、复位键等键，各键盘应灵活可靠。

（3）打印机与保护装置联机检验应正常。

1）给打印机上电，打印机应能正确打印保护装置软件版本号信息。

2）将打印机与微机保护装置的通信电缆连接好，分别调用各打印功能子菜单，检查各项打印功能正确。

（4）时钟校对应正确。

1）在 LCD 的一级菜单中 CLK，按 SET 键，LCD 显示时间和日期，用选择键将日期和时间整定好后，按 SET 键确认。

2）按 QUIT 键使 LCD 回到正常状态，观察显示的日期、时间是否正确。

（5）时钟的失电保持功能检验应正常。拉掉电源几分钟，然后在合上，检查 LCD 显示的日期和时间是否仍然正确。

16.6.2.5 版本号检查（2 人）

（1）选择 CRC-CPU-CUP 号，液晶显示版本号及 CRC 校验码，其中 C0 为原码，C1 为新计算码，C0、C1 相等，表明程序正确。

（2）选择 CRC-MMI 号，液晶显示其版本号。

（3）检查打印并核对保护装置的软件版本号正确无误。

16.6.2.6 定值整定（2 人）

（1）定值修改闭锁功能检测应正确。装置对定值修改操作设置有闭锁功能（本装置设置口令闭锁）。选择 SET-LST-CPU 号进行定值修改，如输入口令正确，定值方能固化成功。如输入口令不正确，定值固化不成功。

（2）定值分区储存功能检测应正确。装置提供十个定值储存区域以存放多套不同定值，分别将定值储存于各区，观察并打印定值检查无误。

（3）整定定值输入。

1）选择 SET-PNT-CPU 号-定值区号，按〈SET〉显示"S-N0100"——再按 SET 键显示 00SN＝00——按照定值通知单按下键，LCD 即显示 KG1＝XXXX，用选择键输入定值后，按键确认——然后选择下一项定值。

2）在定值全部修改完毕后，LCD 显示"Send setting，Y：SET，N：QUIT"，如要设置密码——按 SET 键，LDE 显示"Are you sure? Code 0000"将"Code 0000"改为"Code 8888"——按 SET 键 LDE 显示"ANS success!"——再按 SET 键后显示"SET BURN OK 00"，——按 QUIT 键恢复正常。

（4）定值打印。选择 SET-PNT-CPU 号-定值区号，打印并核对运行定值区定值与定值通知单相符。

16.6.2.7 开入回路检查（2 人）

（1）用＋220（X35）端子点击各开入量端子，对应开入量变化输出正确（见表 16-4）。

（2）用＋24V 点（X26）端子击各开入量端子，对应开入量变化输出正确（见表 16-5）。

（3）定值区切换开入量检查。

表 16-4	开入量变化输出一
开入端子	CSL-163B
2n15	SF$_6$ 低气压报警
2n16	SF$_6$ 低气压闭锁
2n17	合闸弹簧未储能
2n18	电机运转
2n19	断路器机构故障
2n20	东刀闸合（分）
2n21	甲刀闸合（分）
2n22	旁刀闸合（分）

表 16-5	开入量输出变化二
1D24	不对应启动重合闸
1D25	闭锁重合闸
1D29	控制回路断线
1D27	压力降低禁止合闸
1D28	压力降低禁止重合
1D30	压力降低禁止操作
1D26	手动同期合闸
1n23	远方/就地控制

1) 选择 VFC-VI-S 子菜单，当在 X25、X24、X23 端子分别单独与＋24V（X26）端子相连时，LCD 显示对应的定值区为 01、02、04 区，当 X25、X24、X23 端子都在开路状态时，定值区显示 00 区。定值区号与 X25、X24、X23 端子的对应关系如表 16-6 所示。

表 16-6		定值区号与端子对应关系			
定值区号		X23、X24、X25	定值区号		X23、X24、X25
0		0 0 0	4		1 0 0
1		0 0 1	5		1 0 1
2		0 1 0	6		1 0 0
3		0 1 1	7		1 1 1

2) 在 LCD 显示为正常状态下，当在 X25、X24、X23 端子点入＋24V 时，LCD 显示 "SE_CHG? R_RST."——按下 RST 键后，显示 "Event Report" "ANS Sccueess CPU 号,"然后 LCD 显示 "SETCHG10X1-0X2"，说明保护的定值区号有前一定值切到后一定值区——按 RST 键复位后，LCD 显示正常状态。

若调整过程中不按 SET 键确认，经一段延时后，LCD 显示 "Setting erro"，——按 RST 键复归。

16.6.2.8 开出传动检查（1 人）

选择 CTL-DOT-CPU 号－开出量编号传动，LCD 显示 "DOT-N0：00"，按选择键，根据下表所列各开出功能的编号，输入编号，并设置密码后，再按 SET 键，则装置相应的保护及重合闸动作，LCD 显示 "SUCCESS TEST OUTPUT"，LED 的保护动作和重合闸动作信号灯亮，运行监视灯闪光，相应触点动作，可用万用表测定触点动作情况。按复归按钮退出试验。

如输入 06 或 07 编号时，LED 的告警信号灯亮，相应触点接通（见表 16-7）。

表 16-7		开 出 传 动 对 应		
编　号	开出功能	应亮的信号灯	触点动作情况
01	保护动作跳闸出口	保护动作	X34-X41、X31-X32
02	保护动作合闸出口	重合闸动作	X34-X40

续表

编 号	开出功能	应亮的信号灯	触点动作情况
03	远动遥控跳闸出口		X34-X41
04	远动遥控合闸出口		X34-X29
05	备用开出动作出口		X31-X32
06	告警 I 动作	告警	X33-X38
07	告警 II 动作	告警	X33-X38
08	驱动启动继电器		X15-X16、X28-X43

16.6.2.9　零漂检查（1人）

选择 VFC-DC 菜单后，在 LCD 上逐项显示各模拟量输入通道的零漂值，或选择 VFC-PNT-CPU 号打印其零漂采样值，要求在 ±0.2A（5A 额定值时）或 ±0.1A 范围内（1A 额定值时）范围内。如不满足要求，可调整 VFC 插件上调整零漂的电位器 R_{W2n}（$n=1\sim9$）

注：当零漂值偏大时，电位器应顺时针调整；当零漂值偏小时，电位器应逆时针调整。

16.6.2.10　电流电压刻度检查（2人）（试验接线方式见图 16-2）

（1）试验前先将控制字 KG1 的 D15 置"0"。

（2）将电流回路同极性串联通入额定交流电流，电压回路同极性并联通入 50V 电压。

（3）操作前面板菜单 VFC-VI-子菜单。

（4）误差要求在 ±3% 之间。不满足要求可调节电位器 R_{W1n}（$n=1\sim9$）。

注：当抽压为 100V，通入 50V 额定交流电压时，其有效值应为 $50/\sqrt{3}$ V；当抽压为 50V，通入 50V 额定交流电压时，其有效值应为 50V。

当刻度值偏大时，电位器应顺时针调整；当刻度值偏小时，电位器应逆时针调整。

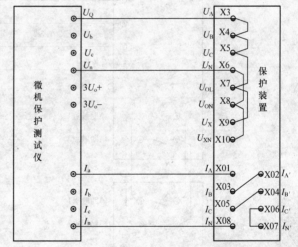

图 16-2　电流电压刻度检查试验接线

16.6.2.11　电流电压线性度检查（2人）

（1）接线方法不变。

（2）在二次额定电流为 5A 时，通入电流分别为 25、10、5、2、1A；在二次额定电流为 1A 时，通入电流分别为 5、2、1、0.4、0.2A；通入电压为 60、50、10、5、1V；要求电压通道在 1V 时的误差小于 10%，其余小于 2%；电流通道在 0.2IN 时的误差小于 10%，其余小于 2%。

（3）操作前面板菜单 VFC-VI-子菜单，打印其刻度值。抽压的换算方法同 16.6.2。

注：上电 5min 后才允许进行电流电压刻度调整。

16.6.2.12　电流电压回路极性检查（2人）

（1）接线方法不变。

（2）通入 50V 电压、额定交流电流（电流电压角度可自行设置）。

（3）打印各通道采样值，要求 I_A、I_B、I_C、$3I_0$ 通道的采样值相位一致，U_A、U_B、U_C、$3U_0$ 通道的采样值相位一致（并注意电流电压角度）。

注：若开口三角电压 $3U_0$ 为极性端接地时，则 $3U_0$ 采样值方向与 U_A、U_B、U_C 相反；当抽压为 100V，通入 50V 额定交流电压时，其瞬时值应为 $\sqrt{2} \cdot 50/\sqrt{3}$V；当抽压为 50V，通入 50V 额定交流电压时，其有效值应为 $50\sqrt{2}$V。

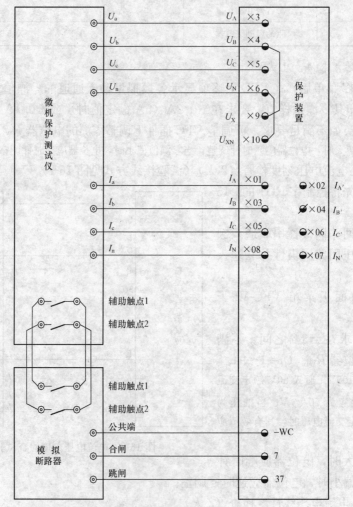

此虚线部分在模拟检无压(同期)故障时时接上。

图 16-3　整组试验接线

16.6.3　保护装置整组试验(3 人)（试验接线方式见图 16-3）

16.6.3.1　距离保护（仅投入距离保护连接片，重合闸置整定位置）

（1）相间距离。

1）根据定值通知单设置故障定值。

2）故障电流取值应大于 $0.2I_N$，且保证故障电压大于 5V，小于 50V。

3）分别模拟 AB、BC、CA 相间瞬时故障，进行 0.95 倍定值的拒动考核及 1.05 倍定值的误动考核。

4）当定值为 0.95 倍各段定值时，相应各段保护应可靠动作，当定值为 1.05 倍各段定值时，相应各段保护应可靠不动作，动作应符合定值要求。

（2）接地距离。

1）根据定值通知单设置故障定值。

2）故障电流取值应大于 $0.2I_N$，且保证故障电压大于 5V，小于 50V。

3）分别模拟 AN、BN、CN 相间瞬时故障，进行 0.95 倍定值的拒动考核及 1.05 倍定值的误动考核。

4）当定值为 0.95 倍各段定值时，相应各段保护应可靠动作，当定值为 1.05 倍各段定值时，相应各段保护应可靠不动作，动作应符合定值要求。

（3）零序保护。仅投入零序电流保护连接片，重合闸置整定位置。

1）根据定值通知单设置故障定值。

2）分别模拟 A、B、C 单相瞬时故障，进行 1.05 倍定值的拒动考核及 0.95 倍定值的误动考核。

3）当定值为 1.05 倍各段定值时，相应各段保护应可靠动作，当定值为 10.95 倍各段定值时，相应各段保护应可靠不动作，动作应符合定值要求。

（4）各保护反方向出口故障性能检测。

1）各保护连接片均投入，模拟反方向出口永久性短路出口。

2）模拟故障时间应不小于距离Ⅲ段和零序Ⅳ段整定值时间，动作阻抗设置为 $X=R=0.1\Omega$。

3）保护装置应当在单相接地和两相短路故障时可靠不动，在三相短路故障时以相间距离Ⅲ段的延时动作。

16.6.4　保护带断路器传动（3 人）

（1）会同运行值班人员，手动跳合断路器三次，断路器动作正确。

（2）取下操作熔断器，发控制回路断线信号正确。

（3）分别模拟瞬时性相间和接地故障、零序电流保护以及重合闸动作情况，保护与信号动作正确。

（4）分别模拟永久性故障带重合闸以及后加速带断路器试验，保护与信号动作正确。

（5）模拟偷跳，根据定值，试验在同期及无压情况下，重合闸动作应符合定值要求。

（6）防跳跃闭锁。将开关打至合闸位置，加故障电流，保护跳闸，重合闸应不启动，开关闭锁在跳闸位置。

16.6.5　结束工作（3 人）

（1）申请上级技术部门现场验收。

（2）验收合格后，工作班成员恢复工作任务书中所有所做技术措施。

（3）工作负责人认真检查所有接线已恢复，总结工作票，结束工作。

16.7　生　成　记　录

（1）变电第一种工作票。

（2）工作任务书。

（3）危险因素明白卡。

（4）CSL-163B 微机保护试验报告。

（5）二次设备工作记录。

16.8　引　用　标　准

（1）《国家电网公司电力安全工作规程（发电厂和变电所电气部分）》。

（2）《继电保护电网安全自动装置现场工作保定规程》电生供字［1987］254 号。

（3）《继电保护电网安全自动装置检验条例》水电电生字［1987］108 号。

（4）《CSL-163B 系列》微机线路保护装置使用说明书。

17 CSL-163B 微机保护试验报告

17.1 外观及接线检查(见表 17-1)

表 17-1　　　　　　　　　　　　外观及接线检查表

检 查 项 目	检查情况
装置型号及各项参数是否与设计一致，直流电源电压以及 TA 额定电流是否与现场情况匹配	
保护装置各部件固定良好，无松动现象，装置外形应端正，无明显损坏及变形	
拔出所有插件，检查装置是否有明显的损伤，并逐个检查插件上的元器件是否有松动、脱落或断裂现象	
各插件应插拔灵活，各插件和插座之间定位良好，插入深度合适	
保护装置的背板接线有无断线、短路和焊接不良等现象，并检查背板上抗干扰元件的焊接，连线和元器件外观是否良好	
保护装置的接线端子，特别是 TA 回路的螺钉及连接片，不允许有松动情况。端子及屏上各器件标号应清晰正确	
装置所有接地端子接地是否可靠	
切换开关、连接片、按钮、键盘等应操作灵活、手感良好	
对照图纸检查打印机电源及通信电缆接线是否正确	
应注意清扫各部件灰尘，保持各部件清洁良好	
对于引入外接 $3U_0$ 电压的保护装置，参照装置说明书对外接 $3U_0$ 电压回路极性进行核查，确保 $3U_0$ 电压端子接线正确	
某些装置在定值控制字中，对检同期电压的相别有明确规定，因此应检查引入装置的线路 TV 电压相别是否与定值要求一致	
用万用表检查各回路应无短路现象	

17.2 绝 缘 电 阻 检 测

（1）保护装置有关回路绝缘电阻检测（见表 17-2）。

表 17-2　　　　　　　　　　保护装置有关回路绝缘电阻检测表

测定的回路	绝 缘 电 阻
电压回路	
电流回路	
直流回路	
开出回路	
信号回路	
开入回路	

（2）整个二次回路绝缘电阻检测：＿＿＿＿MΩ。

17.3　逆变电源测试（见表17-3）

表 17-3　　　　　　　　　逆变电源测试表

电源插件端子	d-b-z 30-32	d-b-z 28-26	d-b-z 24-26	d-b-z 20-22
实测值				

17.4　通电初步检验（见表17-4）

表 17-4　　　　　　　　　通电初步检验表

检 验 项 目	合 格	不 合 格
保护装置通电检验		
键盘检验		
打印机与保护装置联机检验		
时钟的失电保持功能检验		
时钟校对：在一级子菜单中选择 CLK，整定时间和日期		

17.5　版本号检查（见表17-5）

表 17-5　　　　　　　　　版本号检查表

	版 本 号
CPU	
MMI	

17.6　定值整定（见表17-6）

表 17-6　　　　　　　　　定 值 整 定 表

检 验 项 目	合 格	不 合 格
定值修改闭锁功能检测		
定值分区储存功能检测		
定值整定：选择 SET-PNT-CPU 号—定值区打印		

17.7 开入回路检查(见表 17-7)

表 17-7 开 入 回 路 检 查 表

开 入 端 子	CSL-163B	显 示 情 况
2n15	SF$_6$ 低气压报警	
2n16	SF$_6$ 低气压闭锁	
2n17	合闸弹簧未储能	
2n18	电机运转	
2n19	断路器机构故障	
2n20	东刀闸合（分）	
2n21	甲刀闸合（分）	
2n22	旁刀闸合（分）	
1n24	不对应启动重合闸	
1D25	闭锁重合闸	
1D29	控制回路断线	
1D27	压力降低禁止合闸	
1D28	压力降低禁止重合	
1D30	压力降低禁止操作	
1D26	手动同期合闸	
1n23	远方/就地控制	

17.8 开出传动检查(见表 17-8)

表 17-8 开 出 传 动 检 查 表

编 号	开 出 功 用	显示情况
01	保护动作跳闸出口	
02	保护动作合闸出口	
03	远动遥控跳闸出口	
04	远动遥控合闸出口	
05	备用	
06	告警 1 动作	
07	告警 2 动作	
08	驱动启动继电器	

17.9　零　漂　检　查

合格（　），不合格（　）。

17.10　电流电压刻度检查

合格（　），不合格（　）。

17.11　电流电压线性度检查

合格（　），不合格（　）。

17.12　电流电压回路极性检查

合格（　），不合格（　）。

17.13　保护整组试验

（1）距离保护（见表 17-9）。

表 17-9　　　　　　　　　　距 离 保 护 试 验 数 据

故障类型	0.95XX1	1.05XX1	0.95XX2	1.05XX2	0.95XX3	1.05XX3
AB						
BC						
CA						
故障类型	0.95XD1	1.05XD1	0.95XD2	1.05XD2	0.95XD3	1.05XD3
AN						
BN						
CN						

（2）距离保护动作时间检测：正确（　），不正确（　）。

（3）零序电流保护（见表 17-10）。

表 17-10　　　　　　　　　　零序电流保护试验数据

故障类型	$1.05I_{01}$	$0.95I_{01}$	$1.05I_{02}$	$0.95I_{02}$	$1.05I_{03}$	$0.95I_{03}$	$1.05I_{04}$	$0.95I_{04}$
AN								
BN								
CN								

（4）零序电流保护动作时间检测：正确（　），不正确（　）。

（5）各保护反方向出口故障性能检测（见表 7-11）。

表 17-11　　　　　　　各保护反方向出口故障性能检测

保护类型	故障类型	动作正确	动作不正确
距离保护	BN		
	CA		
	ABC		
零序保护	BN		

17.14　保护带断路器传动

（1）手动分合闸试验：合格（ ），不合格（ ）。

（2）防跳回路试验：合格（ ），不合格（ ）。

（3）重合闸及后加速回路试验：合格（ ），不合格（ ）。

（4）保护加定值带断路器传动试验：合格（ ），不合格（ ）。

17.15　试　验　结　果

合格（ ），不合格（ ）。

18 CSL-216B 微机保护试验方法

18.1 工 作 目 的

通过对 CSL-216B 系列微机保护的定期检验，对装置性能予以调试检查，对长期运行造成的性能偏差予以调整，使其能正确反映被保护线路的各种故障状态，确保系统的安全运行。

18.2 工 作 内 容

（1）保护装置本体特性试验。
（2）保护装置整组试验。
（3）保护装置带断路器传动试验。

18.3 适 用 范 围

本试验方法适用于 CSL-216B 系列微机保护定期检验工作。

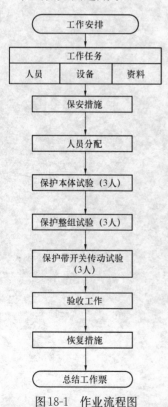

图18-1 作业流程图

18.4 资 源 配 置

（1）人员配置：工作负责人 1 人，试验人员 2 人。
（2）设备配置（见表 18-1）。

表 18-1　　　　设 备 配 置 表

设 备 名 称	设 备 规 格	设 备 数 量
微机试验仪	5108D	1 台
试验线		2 包
多用插座		1 个
芯片		1 包
模拟断路器		1 台
转插板	CSL-216B	1 块

（3）资料配置：试验手册，CSL-216B 标准试验报告，工作任务书，危险因素明白卡，定值通知单，CSL-216B 保护装置书（1 本），本间隔保护图纸（1 套）。

18.5　作业流程图(见图18-1)

18.6　作　业　流　程

18.6.1　现场安全措施

18.6.1.1　组织措施

(1) 工作负责人负责填写工作、危险因素明白卡,并经签发人签发。

(2) 工作负责人办理工作许可手续后,对工作票中安全措施进行检查。

(3) 工作区间断路器在断开位置,隔离开关确已拉开。

(4) 接地线装设及接地开关符合工作要求。

(5) 悬挂的标示牌和装设的遮栏符合工作票要求。

(6) 工作区间与带电间隔的安全距离符合《国家电网公司电力安全工作规程(发电厂和变电所电气部分)》要求。

(7) 工作负责人宣读工作票内容,交代安全注意事项,并分派工作任务。

18.6.1.2　技术措施

(1) 工作负责人监护,工作班成员执行保证安全的技术措施。

(2) 在保护屏端子排上断开被试保护联跳其他运行间隔的跳闸线,断开连线的一侧应在装置内部。

(3) 在保护屏端子排断开交流电流 I_A、I_C、I_N 连接片,断开交流电压 U_A、U_B、U_C、U_N 连接片。

(4) 拆掉事故音响信号端子(指非综合自动化站)。

(5) 工作负责人检查工作任务书中填写的技术措施是否全部执行。

18.6.2　保护装置检验

工作负责人为全部工作的监护人,具体检验方法见标准试验报告。

18.6.2.1　外观及接线检查(1人)

(1) 装置型号及各项参数是否与设计一致,直流电源电压以及 TA 额定电流是否现场情况匹配。

(2) 保护装置各部件固定良好,无松动现象,装置外形应端正,无明显损坏及变形。

(3) 拔出所有插件,检查装置是否有明显的损伤,并逐个检查插件上的元器件是否有松动、脱落或断裂现象。

(4) 各插件应插拔灵活,各插件和插座之间定位良好,插入深度合适。

(5) 保护装置的背板接线有无断线、短路和焊接不良等现象,并检查背板上抗干扰元件的焊接,连线和元器件外观是否良好。

(6) 保护装置的接线端子,特别是 TA 回路的螺钉及连接片,不允许有松动情况。端子及屏上各器件标号应清晰正确。

(7) 装置所有接地端子接地是否可靠。

(8) 切换开关、连接片、按钮、键盘等应操作灵活、手感良好。

（9）对照图纸检查打印机电源及通信电缆接线是否正确。

（10）应注意清扫各部件灰尘，保持各部件清洁良好。

（11）用万用表检查各回路应无短路现象。

18.6.2.2 绝缘电阻检测（2 人）

（1）采用 500V 摇表分别测量表 18-2 各组回路间及回路对地的绝缘电阻，绝缘电阻应大于 $100M\Omega$。

表 18-2   绝缘电阻测量项目

直流回路—地		交流回路—地		直流回路—交流回路
开关量输入回路—地			开关量输出回路—地	

（2）在保护屏端子排处将所有电流、电压及直流回路的端子连接在一起，并将电流回路的接地点拆开，用 1000V 摇表测量整个回路对地的绝缘电阻，其绝缘电阻应大于 $1.0m\Omega$。

注：此项检验只有在被保护设备的断路器、电流互感器全部停电及电压回路已与其他单元设备的回路断开后，才允许行进。

18.6.2.3 逆变电源测试（2 人）

除电源插件拔出所有的插件，装置通电，利用转插件检查各插件的各级电压是否正常（见表 18-3）。

表 18-3   逆变电源测试

标准电压（V）	+5	+15	−15	+24
允许范围（V）	4.8～5.2	13～17	−13～−17	22～26

18.6.2.4 通电初步检验（1 人）

（1）保护装置通电检验应正常。将各保护装置插件插好，给上额定直流电源，检查装置是否正常工作，即：面板上（运行监视）绿灯亮，其他灯灭。LCD 第一行显示实时时钟，第二行轮流显示个模拟量的测量值，保护连接片等有关信息。

（2）键盘检验应正确可靠。在保护装置正常工作状态下，分别操作人机对话插件上的方向键、取消键、确认键、复位键等键，各键盘应灵活可靠。

（3）打印机与保护装置联机检验应正常。

1）给打印机上电，打印机应能正确打印保护装置软件版本号信息。

2）将打印机与微机保护装置的通信电缆连接好，分别调用各打印功能子菜单，检查各项打印功能正确。

（4）时钟校对应正确。

1）在 LCD 的一级菜单中选择 CLK，按 SET 键，LCD 显示时间和日期，用选择键将日期和时间整定好后，按 SET 键确认。

2）按 QUIT 键使 LCD 回到正常状态，观察显示的日期、时间是否正确。

（5）时钟的失电保持功能检验应正常。拉掉电源几分钟，然后在合上，检查 LCD 显示的日期和时间是否仍然正确。

18.6.2.5 版本号检查（2 人）

（1）选择 CRC-CPU-CUP 号，液晶显示版本号及 CRC 校验码，其中 C0 为原码，C1 为新计算码，C0、C1 相等，表明程序正确。

（2）选择 CRC-MMI 号，液晶显示其版本号。

（3）检查打印并核对保护装置的软件版本号正确无误。

18.6.2.6 定值整定（2 人）

（1）定值修改闭锁功能检测应正确。装置对定值修改操作设置有闭锁功能（本装置设置口令闭锁）。选择 SET-LST-CPU 号进行定值修改，如输入口令正确，定值方能固化成功。如输入口令不正确，定值固化不成功。

（2）定值分区储存功能检测应正确。装置提供十个定值储存区域以存放多套不同定值，分别将定值储存于各区，观察并打印定值检查无误。

（3）定值的修改和固化。用 SET-LST 调出定值后，可以用上下左右键逐相修改定值。每项修改完毕后，将光标移动到数据末尾或按 SET 键，就可以修改其他定值了。修改完毕后，按 QUIT 键，出现提示："SEND SETTING?"，这时按 SET 键则下传定值，按 QUIT 键则退出。下传定值结束后，提示："BURN SETTING?"，按 QUIT 键即退出，不固化定值，若需要固化定值，则按 SET 键，提示："BURN TO XX"，用上下键修改所需要固化的定值区号，再按 SET 键，提示 "ARE YOU SURE?" 并要求输入密码。输入密码 8888，按 SET 键，定值固化。

（4）定值打印。选择 SET-PNT-CPU 号-定值区号，打印并核对运行定值区定值与定值通知单相符。

18.6.2.7 开入回路检查（2 人）

选择 VFC-VI-DI 命令，用+24V 依次连通开关量输入端子，液晶上将依次显示连通的端子号（见表 18-4）。

表 18-4 开关量输入端子表

开入端子	CSL-216B	开入端子	CSL-216B
1n25	隔离开关位置	1n30	弹簧未储能
1n26	隔离开关位置	1n31	远方操作闭缩
1n27	隔离开关位置	1n32	有功电度表
1n28	控制回路断线	1n33	无功电度表
1n29	闭锁重合闸		

18.6.2.8 开出传动检查（1 人）

选择命令 CTL-DOT 后，用上下键选择开出号，按 SET 键，提示："TURN ON：SET"，按 SET 键，提示："ARE YOU SURE?"，要求输入密码，输入 8888 后按 SET 键确认。过程中按 QUIT 键则退回正常显示。根据表 18-5 确认开出是否正确。

表 18-5 开出传动检查项目

编号	开出功能	现象
1	保护动作跳闸出口	运行灯闪烁，保护跳闸灯亮，+WC 与保护跳闸出口端子通，+WS 与跳闸信号端子通

编号	开出功能	现　　象
2	保护动作合闸出口	运行灯闪烁，保护跳闸灯亮，+WC与保护合闸出口端子通，+WS与合闸信号端子通
3	远方跳闸出口	运行灯闪烁，+WC与保护跳闸出口的端子通
4	远方合闸出口	运行灯闪烁，+WC与保护合闸出口端子通
5	备用出口	运行灯闪烁，备用开出端子通
6	告警Ⅰ动作	告警灯亮，+WS与告警端子通
7	告警Ⅱ动作	告警灯亮，+WS与告警端子通

18.6.2.9　零漂检查（1人）

（1）自动调整。

1）设定 KG 为 4000H 表明进入调试状态。

2）CTL-EN 命令退出所有的保护连接片。

3）CTL-EN 命令操作第 13 号连接片清零及刻度调整系数。

4）CIL-EN 命令操作第 10 号连接片调整所有通道的零漂。

5）用 VFC 菜单下 DC 检查零漂。

若在自动调整的过程中出现 VFCERR 告警，则需要手动调整相应模数变换电路的参数。

（2）手动调整。若模数变换插件上保留有可调电位器，则可以用 VFC-DC 菜单手动调整电位器校正通道零漂。

注：当零漂值偏大时，电位器应顺时针调整；当零漂值偏小时，电位器应逆时针调整。

18.6.2.10　电流电压刻度检查（2人）

试验接线图见图 18-2。

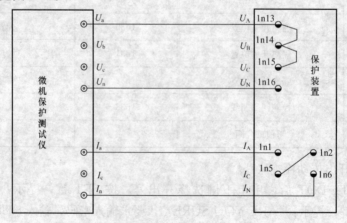

图 18-2　电流电压刻度检查试验接线

（1）自动调整。

1）设定 KG 为 4000H 表明进入调试状态。

2）CTL-EN 命令退出所有的保护连接片。

3）CTL-EN 命令操作第 13 号连接片清零及刻度调整系数。

4）所有电流通道串联通 I_n 标准电流，所有的电压通道并联通 50V 标准电压。

5）CTL-EN 命令操作第 11 号连接片调整电流回路刻度。

6）CTL-EN 命令操作第 12 号连接片调整电流回路刻度。

7）撤去电流、电压输入，用 CTL-EN 命令操作第 10 号连接片调整零漂。

8）用 VFC 菜单下 Ⅵ 检查刻度。

若在自动调整的过程中出现 VFCERR 告警，则需要手动调整相应模数变换电路的参数。

（2）手动调整。若模数变换插件上保留有可调电位器，则用 VFC-Ⅵ 菜单手动调整电位器校正通道刻度。

注：当刻度值偏大时，电位器应顺时针调整；当刻度值偏小时，电位器应逆时针调整。

18.6.2.11　电流电压线性度检查（2人）

（1）接线方法不变。

（2）在二次额定电流为 5A 时，通入电流分别为 25、10、5、2、1A；在二次额定电流为 1A 时，通入电流分别为 5、2、1、0.4、0.2A；通入电压为 60、50、10、5、1V；要求电压通道在 1V 时的误差小于 10%，其余小于 2%；电流通道在 $0.2I_N$ 时的误差小于 10%，其余小于 2%。

（3）操作前面板菜单 VFC-Ⅵ 子菜单，打印其刻度值。

注：上电 5min 后才允许进行电流电压刻度调整。

18.6.2.12　电流电压回路极性检查（2人）

（1）接线方法不变。

（2）通入 50V 电压、额定交流电流（电流电压角度可自行设置）。

（3）打印各通道采样值，要求 I_A、I_B、I_C、$3I_0$ 通道的采样值相位一致，U_A、U_B、U_C 通道的采样值相位一致（并注意电流电压角度）。

18.6.3　保护装置整组试验（3人）

整组试验接线方式如图 18-3 所示。

电流保护：投入零序电流保护连接片，重合闸置整定位置。

（1）根据定值通知单设置故障定值。

（2）分别模拟 A、B、C 单相瞬时故障，进行 1.05 倍定值的拒动考核及 0.95 倍定值的误动考核。

（3）当定值为 1.05 倍各段定值时，相应各段保护应可靠动作，当定值为 10.95 倍各段定值时，响应各段保护应可靠不动作，动作应符合定值要求。

18.6.4　保护带断路器传动（3人）

（1）会同运行值班人员，手动跳合断路器三次，断路器动作正确。

（2）取下操作熔断器，发控制回路断线信号正确。

（3）分别模拟瞬时性电流保护以及重合闸动作情况，保护与信号动作正确。

（4）分别模拟永久性故障带重合闸以及后加速带断路器试验，保护与信号动作正确。

（5）防跳回路试验：控制开关置合闸时位置，模拟永久性故障，断路器跳开后不会合闸。

18.6.5　结束工作（3人）

（1）申请上级技术部门现场验收。

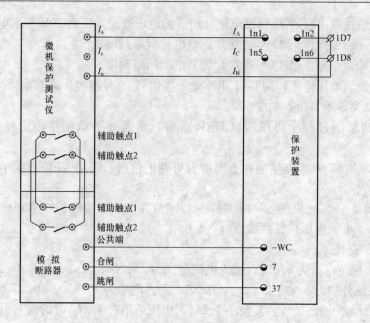

图 18-3 整组试验接线图

注：以电流保护 A 相为例。

（2）验收合格后，工作班成员恢复工作任务书中所有所做技术措施。

（3）工作负责人认真检查所有接线已恢复，总结工作票，结束工作。

18.7 生 成 记 录

（1）变电第一种工作票。

（2）工作任务书。

（3）危险因素明白卡。

（4）CSL-216B 微机保护试验报告。

（5）二次设备工作记录。

18.8 引 用 标 准

（1）《国家电网公司电力安全工作规程（发电厂和变电所电气部分）。

（2）《继电保护电网安全自动装置现场工作保安规程》电生供字〔1987〕254 号。

（3）《继电保护电网安全自动装置检验条例》水电电生字〔1987〕108 号。

（4）《CSL-216B 系列》微机线路保护装置使用说明书。

19 CSL-216B 微机保护试验报告

19.1 装置通电前检查

检查装置外观无破损，插件及配件齐备。合格（ ），不合格（ ）。

19.2 电源检查(见表 19-1)

表 19-1   电 源 检 查 表

端子号	标准电压（V）	实测值（V）（22.8～25.2）
1n23	+24	
1n24	−24	

19.3 绝缘检查(见表 19-2)

表 19-2   绝 缘 检 查 表

直流回路—地	
交流回路—地	
直流—交流	
整个二次回路—地	

19.4 版本号检查(见表 19-3)

表 19-3   版 本 号 检 查 表

CPU	
MMI	

19.5 键盘及打印机检查

合格( )，不合格( )。

19.6 时 钟 检 查

合格( )，不合格( )。

19.7 开入量检查

合格( )，不合格（ ）。

19.8 开出传动检查

合格( )，不合格（ ）。

19.9 零 漂 检 查

合格( )，不合格（ ）。

19.10 电流电压刻度检查

合格( )，不合格（ ）。

19.11 电流电压线性度检查

合格( )，不合格（ ）。

19.12 电流电压回路极性检查

合格( )，不合格（ ）。

19.13 整组试验(见表 19-4)

表 19-4 整 组 试 验

	$1.05I_1$	$0.95I_1$	$1.05I_2$	$0.95I_2$	$1.05I_3$	$0.95I_3$
A 相						
C 相						

19.14 传 动 试 验

(1) 远方和就地跳合闸：合格 （ ），不合格 （ ）。
(2) 加保护定值带断路器传动：合格 （ ），不合格 （ ）。
(3) 重合闸及加速回路试验：合格 （ ），不合格 （ ）。

（4）防跳回路检查：合格（ ），不合格（ ）。

（5）以上保护操作，后台显示：合格（ ），不合格（ ）。

19.5 试 验 结 果

合格（ ），不合格（ ）。

20 DISA-2000b 微机保护试验方法

20.1 工 作 目 的

通过该保护的定期检验，对保护装置的性能予以调试检查，对长期运行造成的性能偏差予其能正以调整，使其能正确反映电力系统发生的故障及异常情况，确保电力系统的安全、稳定运行。

20.2 工 作 内 容

(1) 通电检查。
(2) 定值写入与修改。
(3) 死区系数修正。
(4) 比例系数修正。
(5) 开关输入量测试。
(6) 开关输出量测试。
(7) 保护整组试验。
(8) 传动试验。

20.3 适 用 范 围

本试验方法适用于 DISA-2000b 微机保护定期检验工作。

20.4 资 源 配 置

(1) 人员配置：工作负责人 1 人，试验人员 3 人。
(2) 设备配置（见表 20-1）。

表 20-1   设 备 配 置 表

设备名称	设备规格	设备数量
微机试验仪	5108D	1 台
试验线		2 包
多用插座		1 个
直流毫安表	0.5 级　15～1500mA	1 块
模拟断路器		1 台

（3）资料配置：试验手册、工作任务书、危险因素明白卡、定值通知单、DISA-2000b 保护标准试验报告、本间隔保护图纸（1 套）、DISA-2000b 说明书一本。

20.5　作业流程图（见图 20-1）

20.6　作　业　流　程

20.6.1　现场安全措施

20.6.1.1　组织措施

（1）工作负责人宣读工作票内容，交代安全注意事项，并分派工作人员任务。

（2）检查现场安全措施与工作票是否相符。

（3）高压侧断路器在断开位置，隔离开关确已拉开，中、低压侧手车断路器拉至试验位置。

（4）悬挂的标示牌是否符合工作票要求。

（5）与带电间隔的安全距离符合《国家电网公司电力安全工作规程（发电厂和变电所电气部分)》要求。

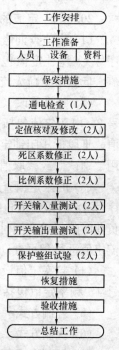

图 20-1　作业流程图

20.6.1.2　技术措施

（1）取下操作熔断器，断开保护电源小开关。

（2）断开跳闸连接片及重合闸出口连接片。

（3）在开关柜内端子排上断开被试电流互感器二次回路所有连接片。

（4）在开关柜内取下电压互感器二次熔断器。

（5）拆开的带电线头用绝缘胶布包好，带电端子排用绝缘物防护，用验电设备检查回路确不带电。

（6）试验设备、仪表、试验接线由工作负责人检查无误后方可开始下一步工作。

20.6.2　绝缘检查

各插件各端子并联，用 500V 摇表分别对地摇绝缘，绝缘电阻应大于 100MΩ。

20.6.3　通电检查

（1）通电前的检查。

（2）装置面板、指示灯、按键对位整齐、操作灵活可靠。

（3）装置面板、背板印制清晰、准确、各电量参数与现场要求相符因如连接线正确。

（4）装置应有接地标志，接地螺钉应与地可靠连接。

（5）接通装置电源，打开装置背部电源开关检查。

（6）正常情况下，会听到装置发出"啪嗒"声，前面四个指示灯同时点亮后熄灭，装置运行灯继续闪亮，屏幕闪过初试画面后进入主画面。

（7）显示器：显示正常，对比度适中。

20.6.4 定值的写入和修改

(1) 定值查询修改（CURRENT SET）。输入正确的密码，在定值查询修改画面里选择序号1。电流定值包括瞬时速断电流、限时速断、定时过流、小电流接地定值、过负荷电流、低频减负荷无流，可使用"确认"或"取消"对更电流定值进行翻页查询。

(2) 查询修改（VOLTAGE SET）。输入正确的密码，在定值查询修改画面里选择序号2。电压定值包括重合闸减无压、低频闭锁低压、Ⅰ段低压闭锁定值、Ⅱ段低压闭锁定值、Ⅲ段低压闭锁定值、Ⅰ段负序闭锁电压、Ⅱ段负序闭锁电压、Ⅲ段负序闭锁电压，可使用"确认"或"取消"对更电流定值进行翻页查询。

(3) 时限定值查询修改（TIME SET）。输入正确的密码，在定值查询修改画面里选择序号3。时限定值包括瞬时速断时限、限时速断时限、定时过流时限、小电流接地时限、过负荷时限、重合闸时限、后加速时限、低频减负荷时限。可使用"确认"或"取消"对更电流定值进行翻页查询。

(4) 频率定值设定（LOWF SET）。输入正确的密码，在定值查询修改画面里选择序号4。频率定值包括低频减负荷频率定值、频率变化值、频率变化值时限定值。

(5) 控制方式字1（CONTROL BIT1）。按定值通知单要求查看保护软连接片与定值一致。

(6) 控制方式字2（CONTROL BIT2）。按定值通知单要求查看保护软连接片与定值一致。

(7) 控制方式字3（CONTROL BIT3）。按定值通知单要求查看保护软连接片与定值一致。

(8) 系统设定（SYSTEM SET）。查看 TA 变比测量变比设定，TV 变比设定，分合脉冲时间设定应与定值一致。

(9) 存储数据（SAVE DATA）。当定值设定或修改完毕，选择定值查询修改画面里的最后一相 SAVE DATA 来存入数据，否则，所作的定值修改无效。

(10) 装置状态（SYS STATUS）。查看 BHDZ, POWER, TIMER, A/D 是否正确，否则发出装置异常报警，及时调整。以上逐项检查与定值通知单一致。

20.6.5 装置版本显示（VESION SHOW）

20.6.6 装置调试

(1) 死区系数修正（ZERO GROUP）。检查时不施加任何激励量，通道零漂应近似为0，否则进行调整。

(2) 比例系数（RATE GROUP）。由端子排加入电流5A/电压50V，查看装置显示是否正确，否则进行调整。比例系数范围为 $0.5 \sim 2.000$。

(3) 存储数据（SAVE DATA）。修正后的死区系数和比例系数需存入 E^2 PROM 方才永久有效，选择装置参数修正画面第四项（SAVE DATA）即可实现。

20.6.7 传动试验

(1) 保护装置整组试验接线如图 20-2 所示。

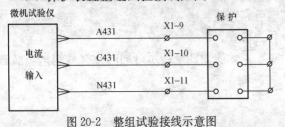

图 20-2　整组试验接线示意图

(2) 保护装置整组试验（2人）。

(3) 过流Ⅰ段保护试验。在电流回路（A411、C411、N411）加入 $1.05I_1$，测量出口时间应与定值相符，加 $0.95I_{01}$，保护应不动作。

（4）过流 II 段保护试验。在电流回路（A411、C411、N411）加入 $1.05I_2$，测量出口时间与定值相符，加 $0.95I_{02}$，保护应不动作。

（5）保护装置传动试验（3 人）。

1）投入所有保护连接片，重合闸装置投入。

2）会同值班人员手动操作断路器跳、合闸应正确。

3）合上断路器，投上保护出口连接片，分别以上所试所有瞬时性相间故障，保护出口、信号、断路器跳闸均应正确。

20.6.8　结束工作（3 人）

（1）申请上级技术部门现场验收。

（2）验收合格后，工作班成员恢复工作任务书中所有所做技术措施。

（3）工作负责人认真检查所有接线已恢复，总结工作票，结束工作。

20.7　生　成　记　录

（1）变电第一种工作票。

（2）工作任务书。

（3）危险因素明白卡。

（4）DISA-2000b 微机保护试验报告。

（5）二次设备工作记录。

20.8　引　用　标　准

（1）《国家电网公司电力安全工作规程（发电厂和变电所电气部分）》。

（2）《继电保护及电网安全自动装置检验条例》水电电生字［1987］108 号。

（3）《继电保护和电网安全自动装置现场工作保安规定》电生供字［1987］254 号。

21 DISA-2000b 微机保护试验报告

21.1 版本号检查(VESION SHOW)

选择"其他功能——OTHER"中的"版本号显示——VESION SHOW"键，即可显示本装置的版本号。

21.2 通 信 方 式

(1) 通信方式：B。
(2) 通信波特率：09600。
(3) 地址。

21.3 通 电 前 检 查

面板指示灯按键对位整齐，操作灵活可靠。装置面板，背板印制清晰、准确、各电量参数与现场要求相符，引入连接线路正确。装置应有接地标志，接地螺钉应与地可靠连接。

21.4 死区修正(ZERO GROUP)

当采集到各模拟量低于设定的门槛值时，通道视为零。其中共有八个通道，分别为No.0～No.7，其定义如表21-1所示。

表 21-1　　　　　　　　　　通 道 定 义

通道号	No.0	No.1	No.2	No.3	No.4	No.5	No.6	No.7
定义	BIA	BIC	BI0	CIA	CIC	CI0	UAB	UBC

用"取消"或"确认"键查看各通道情况。第一个通道内的数值用来作修正，第二个通道内的数值为信号漂移真实值。

以上工作必须在没有外部模拟量输入的情况下进行。修正完毕，必须选择第四项存储所做的修改才能有效。

21.5 比例系数(RATE GROUP)

比例系数共有八个通道，分别为No.0～No.7，其定义如表21-2所示。

表 21-2　　　　　　　　　　比 例 系 数 通 道 定 义

通道号	No.0	No.1	No.2	No.3	No.4	No.5	No.6	No.7
输入满度	100A	100A	10A	10A	10A	120V	120V	120V
显示满度	100%	100%	100%	100%	100%	100%	100%	100%

用"取消"或"确认"键查看各通道情况。第一个通括号中的数值用来作修正，范围为0.5～2；第二个括号中的数值为通道采集的信号值。

修正完毕，必须选择第五项存储所做的修改才能有效。

21.6 定值查询、输入及修改

在主画面下按下"定值设定"键，用"取消"或"确认"键查看，上下键修改，左右键移动，范围内修改，其定值输入共分为 11 项，其定义如表 21-3 所示。

表 21-3 定 值 选 项 含 义

序号	选 项 内 容	选 项 含 义
1	CURRENT SET	各种保护电流定值查询修改
2	VOLTAGE SET	各种保护电压定值查询修改
3	TIME SET	各种保护时间定值查询修改
4	LOWF SET	各种保护频率定值查询修改
5	CONTROL BIT1	控制方式 1 设定
6	CONTROL BIT2	控制方式 2 设定
7	CONTROL BIT3	控制方式 3 设定
8	SYSTEM SET	系统变比设定
9	UNIT SET	装置参数设定
10	SAVE DATA…	存储数据

电流定值查询：电流定值包括瞬时速断电流、限时速断电流、定时过电流、小电流接地定值、过负荷定值、低频减负荷无流电流，可使用"确认"或"取消"键，对各电流定值进行翻页检查。

定值单：

(1) 限时电流速断：$I=\underline{\quad}$ A，$T=\underline{\quad}$ s。

(2) 过电流：$I=\underline{\quad}$ A，$T=\underline{\quad}$ s。

(3) 重合闸：$T=\underline{\quad}$ s。

(4) 低频：$f=\underline{\quad}$ Hz，$T=\underline{\quad}$ s。

(5) 频率变化值：$\underline{\quad}$ Hz。

(6) 频率变化时限定值：$T=\underline{\quad}$ s。

(7) 低频低压闭锁：$U=\underline{\quad}$ V。

(8) TA 变比$\underline{\quad}$。

(9) TV 变比$\underline{\quad}$。

保护投入功能（见表 21-4）。

表 21-4 保 护 投 入 功 能 表

瞬时电流速断选退	(投入)√	低频减负荷选退	
限时电流速断选退	(投入)√	控制回路断线选退	(投入)√
定时过流选退	(投入)√	低频减负荷变化选退	
保护重合闸选退	(投入)√	低频闭锁低压选退	
间接重合闸选退	(投入)√		

21.7 指示灯测试 (LED TEST)

测试时，面板指示灯 B、C、D、E、F 依次循环点亮。若点未亮，则说明该指示灯故障。"EXIT" 退出。

21.8 故障查询 (FAULT SHOW)

故障查询显示保护动作的类型、故障参数大小、动作发生时间以及该故障序号，各记录可通过上下键进行查看。

21.9 开 入 量 检 测

在主画面按下"显示设定"键，则该画面出现 METER SELECT（测量内容选择）、FLASH TIME（刷新时间）和 WATT-HOUR SET（电度表底数设定）三个选项。

按下"测量内容选择"，在该功能键里，共有七个选项，如表 21-5 所示。

表 21-5　　　　　　　　　　　测 量 内 容 选 项

序号	选项内容	选项含义	显示内容
1	METER I	测量电流	$CI_A = XXX.XA$ $CI_C = XXX.XA$
2	PROTECT I	保护电流	$BI_A = XXX.XA$ $BI_C = XXX.XA$ $BI_0 = XXX.XA$
3	METER V	测量电压	$U_{AB} = XXX.XV$ $U_{BC} = XXX.XV$ $U_O = XXX.XV$
4	METER P	测量有功、无功功率	$P = XXX.XMW$ $Q = XXX.XMVar$ $\cos\theta = X.XX$
5	METER D	测量有功、无功电度	$P_H = XXXXX.XkW$ $Q_H = XXXXX.Xkvar$
6	METER IN	开关输入量	
7	SPEAKER NO	设置蜂鸣器发声与否	

选择第六项"METER IN"，本选项监视 16 个开关量输入通道，其定义如表 21-6 所示。

表 21-6		开 关 量 输 入 通 道		
开入通道	定　义		开入通道	定　义
1	断路器状态		9	遥信开入
2	闭锁重合闸		10	公共端 220V
3	遥信开入		11	有功电度表脉冲
4	遥信开入		12	无功电度表脉冲
5	遥信开入		13	电度脉冲公共端
6	遥信开入		14	跳闸回路
7	遥信开入		15	合闸回路
8	遥信开入			

要选择某项作为显示内容，只需在其后方的方框里划上"√"，可多选，也可不选。如果不选，装置默认第一项。

21.10　开出量检测（DOUT GROUP）

选择"DOUT GROUP"即可进入开关通道检定画面，其通道定义同开入量。

使用上下键选择开关通道号，画面提示"YES TO ON"和"NO TO OFF"，按下"确认"键，装置相应继电器线圈吸合触点；按下"取消"键，继电器线圈掉电，触点弹开。

21.11　整　组　传　动

（1）手动拉合断路器两次，断路器动作正确。

（2）在 TA 二次保护装置侧加电流，A、C 相分别通入 1.1 倍过流定值，过流保护动作正确；在 A、C 相分别通入 0.9 倍过流定值，过流保护不动作。在 A、C 相分别通入 1.1 倍限时电流速断定值，限时电流速断保护动作正确；在 A、C 相分别通入 0.9 倍限时速断过流定值，过流保护不动作。在 A、C 相分别通入 1.1 倍瞬时电流速断定值，瞬时电流速断动作；在 A、C 相分别通入 0.9 倍瞬时电流速断定值，瞬时电流速断不动作。

（3）模拟瞬时性故障，保护跳闸、重合闸动作正确。

（4）模拟永久性故障，保护跳闸、重合闸动作、加速正确。

（5）加低频动作定值，保护装置动作、不重合。

（6）模拟控制回路断线，信号告警与后台显示一致。

（7）信号指示与后台显示一致。

22 PSL-620D 微机保护试验方法

22.1 工作目的

通过该保护的定期检验,对保护装置的性能予以调试检查,对长期运行造成的性能偏差予以调整,使其能正确反映电力系统发生的故障及异常情况,确保电力系统的安全、稳定运行。

22.2 工作内容

(1) 保安措施。

(2) 通电前检查。

(3) 整机绝缘检查。

(4) 上电检查。

(5) 版本检查。

(6) 定值核对。

(7) 开关输入量检查。

(8) 电压切换回路检查。

(9) 操作回路检查。

(10) 交流量采样精度及相序检查。

(11) 光纤通道测试。

(12) 保护整组试验。

(13) 保护传动试验。

(14) 恢复措施。

22.3 适用范围

本试验方法适用于 PSL-620D 系列微机保护的定期检验工作。

22.4 资源配置

(1) 人员配置:工作负责人1人,试验人员3人。

(2) 设备配置(见表22-1)。

(3) 资料配置:作业指导书、危险因素明白卡片、工作任务书、定值通知单、PSL-620D 系列保护检验报告、本间隔保护图纸一套。

表 22-1   设 备 配 置 表

设备名称	设备规格	设备数量	设备名称	设备规格	设备数量
微机试验仪	5108D	1台	滑线电阻	1.8A/200Ω	2块
直流电流表	0.5级 15～1500mA	2块	万用表	DT9203A	1个
交流电流表	0.5级 5～100A	1个	试验线		2包
交流电压表	0.5级 15～750V	1块	刀闸板		1个
多用插座		1个			

22.5 作业流程图（见图 22-1）

22.6 作 业 流 程

22.6.1 现场安全措施

22.6.1.1 组织措施

（1）工作负责人宣读工作票内容，交代安全注意事项，并分派工作人员任务。

（2）检查现场安全措施与工作票是否相符。

（3）断路器在断开位置，隔离开关确已拉开。

（4）悬挂的标示牌是否符合工作票要求。

（5）与带电间隔的安全距离符合《国家电网公司电力安全工作规程（发电厂和变电所电气部分）》要求。

22.6.1.2 技术措施

（1）取下二次操作熔断器，拉开信号小刀闸 DK 或断开 FM、PM。

（2）断开保护屏上所有连接片。

（3）在保护屏端子排上断开保护用电流互感器二次回路所有连接片。

（4）在保护屏端子排上断开保护用电压互感器二次接线。

（5）在保护屏端子排上断开抽压 TV 二次接线。

（6）在本间隔控制屏上断开预告信号小母线 1、2、3、4YBM。

（7）在本间隔控制屏上断开事故音响信号小母线 SYM、闪光信号小母线（＋）SM。

（8）拆开的带电线头用绝缘胶布包好，带电端子排用绝缘物防护，用验电设备检查工作回路确不带电。

（9）试验设备、仪表、试验接线由工作负责人检查无误后方可开始下一步工作 。

22.6.2 装置调试

22.6.2.1 通电前的检查

通电前检查外观应完好，应无损坏，端子无松脱，装置参数与要求一致。特别是电源的电压、TA 的额定电流、跳闸额定电流及合闸额定电流。

图 22-1 作业流程图

22.6.2.2　整体回路绝缘检查

各插件各端子并联，用 500V 摇表分别对地摇绝缘，绝缘电阻应大于 100MΩ。由于电源插件 24、220V 出口带滤波器，对地有电容，摇绝缘时可将电源插件取下。

22.6.2.3　上电检查

装置运行灯亮，液晶显示器主画面，指示装置正常。检查装置的日历时钟，应该准确，如果不对，即校准。

22.6.2.4　版本检查

在主菜单下按回车键，选择版本菜单查看及打印差动保护、距离保护、零序及重合闸、MMI 的版本号及 CRC。

22.6.2.5　定值核对

(1) 在主菜单下按回车键，选择定值打印菜单打印运行区定值进行核对。

(2) 在主菜单下按回车键，选择定值修改菜单用上下左右键及加减键修改，修改密码为 99。

22.6.2.6　开关输入量检查

4 号、5 号模件 X9 接电源地 8X4，装置上电，操作键盘进入硬件测试——开入变位菜单，用 24V（8X3）依次点表 22-2 中端子装置液晶显示及打印表 22-2 中的信息。

表 22-2　　　　　　　　　　　　　　　　端　子　信　息

序号	端子号	加 24V 时	取下 24V 时
1	5X4	闭锁重合闸 分—合	闭锁重合闸 合—分
2	5X4	邻线允许加速 分—合	邻线允许加速 合—分
3	4X3	重合闸投退 分—合	重合闸投退 合—分
4	5X5	低压减载 分—合	低压减载 合—分
5	5X8	低频减载 分—合	低频减载 合—分
6	5X7	零序总 分—合	零序总 合—分
7	5X3	零序Ⅱ段 分—合	零序Ⅱ段 合—分
8	5X2	零序Ⅰ段 分—合	零序Ⅰ段 合—分
9	5X1	接地距离 分—合	接地距离 合—分
10	4X2	相间距离 分—合	相间距离 合—分
11	4X1	差动总 分—合	差动总 合—分
12	6X3	分相差动 分—合	分相差动 合—分
13	6X2	零序差动 分—合	零序差动 合—分
14	6X1	分相差动 分—合	分相差动 合—分

22.6.2.7　输出接点的初步检查

(1) 接通装置直流电源，复归所用动作信号，对照表 22-3 检测各输出触点的初始状态。

表 22-3 　　　　　　　　　　　触 点 状 态 表

模件号	名　称	触　点　组	动作状态
1	电压切换模件	1X23—1X31、1X24—1X32、1X25—1X33、1X26—1X34、1X27—1X31、1X28、1X32、1X29—1X—33、1X30—1X34、1X8—1X9、1X8—1X10、1X11—1X12、1X11—1X13、1X14—1X16、1X17—1X19	断开
		1X14—1X15、1X17—1X19	接通
8	电源模件	8X5—8X6	断开
9	信号模件	9X1—9X2、9X1—9X3、9X1—9X4、9X1—9X5、9X1—9X6、9X7—9X8、9X7—9X9、9X7—9X10、9X7—9X11、9X7—9X12、9X13—9X14、9X15—9X16、9X17—9X18、9X19—9X20、9X21—9X22	断开
10	开关位置模件	10X4—10X5、10X6—10X7、10X6—10X8、10X9—10X10、10X9—10X10、10X9—10X11、10X12—10X13、10X14—10X15、10X16—10X17	断开
		10X18—10X19、10X20—10X21	接通
11	跳闸模件	11X17—11X18、11X17—11X19、11X20—11X21、11X20—11X22	断开

（2）切除装置直流电源，测量以下三组接点是否闭和：8X5—8X6、9X1—9X4、9X7—9X10。

22.6.2.8　电压切换回路检查

（1）将＋WC 与 735 接通，面板母线Ⅰ灯亮，1X23—1X31、1X24—1X32、1X25—1X33、1X26—1X34、1X8—1X9、1X11—1X12、1X14—1X15、1X17—1X18、1X14—1X16（断开）、1X17—1X19（断开）。

（2）将＋WC 与 737 接通，面板母线Ⅱ灯亮，1X27—1X31、1X28—1X32、1X29—1X33、1X30—1X34、1X8—1X10、1X11—1X13、1X14—1X15、1X17—1X18、1X14—1X16（断开）、1X17—1X19（断开）。

（3）将＋WC 与 735、737 接通，面板母线Ⅰ、Ⅱ灯亮，1X14—1X16、1X17—1X19。

（4）将＋WC 与 735、737 断开，面板母线Ⅰ、Ⅱ灯灭，1X14—1X15、1X17—1X18。

22.6.2.9　操作回路检查

（1）开出检验。进入硬件测试-开入变位的菜单，选择零序保护传动（见表 22-4）。每完一项操作后即复归该项操作，并复归信号。

表 22-4 　　　　　　　　　　　传 动 检 验

序号	传动操作		模件号	测量触点	传动前	传动后	备　注
1	三跳	11X15、11X16 不接直流正电源	11	11X—11X7、11X1—11X8	断	合	做此项试验前，先传动启动触点。面板"保护动作"灯亮
			9	9X1—9X2、9X7—9X8、9X13—9X14	断	合	
		11X15、11X16 接直流正电源	11	11X1—11X7	断	断	
				11X1—11X8	断	合	
2	永跳	11X15、11X16 不接直流正电源	11	11X—11X7、11X1—11X8	断	合	做此项试验前，先传动启动触点。面板"保护动作"灯亮
			9	9X1—9X2、9X7—9X8、9X13—9X14	断	合	
		11X15、11X16 接直流正电源	11	11X1—11X7	断	断	
				11X1—11X8	断	合	

续表

序号	传动操作		模件号	测量触点	传动 前	传动 后	备　注
3	重合闸	11X14、11X15 不接直流正电源	11	11X—11X,11X1—11X10,11X1—11X11	断	合	做此项试验前,先传动启动触点。面板"重合动作"灯亮
			9	9X1—9X1,9X7—9X9,9X15—9X16	断	合	
		11X14 或 11X15 接直流正电源	11	11X1—11X11	断	断	
				11X1—11X,11X1—11X10	断	合	
4	遥跳	11X15、11X16 不接直流正电源	11	11X1—11X,11X1—11X8	断	合	做此项试验前,先传动启动触点
			9	9X1—9X2,9X7—9X8,9X13—9X14	断	断	
5	遥合	11X14、11X15 不接直流正电源	11	11X1—11,11X1—11X10,11X1—11X11	断	断	做此项试验前,先传动启动触点
			9	9X1—9X3,9X7—9X9,9X15—9X16	断	断	
6	告警		9	9X1—9X4,9X7—9X10	断	合	面板"告警"灯亮
7	TV 断线		9	9X1—9X5,9X7—9X11	断	合	面板"TV 断线"灯亮
8	呼唤		9	9X1—9X6,9X7—9X12	断	合	
9	重合允许				断	合	面板"允许重合"灯亮
10	手动跳闸		11	11X1—11X7、11X1—11X8	断	合	没有键盘传动命令,直接将直流电源接至 11X4
11	手动合闸		11	11X1—11X11	断	合	没有键盘传动命令,直接将直流电源接至 11X5

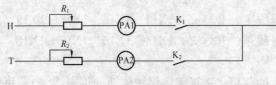

图 22-2　继电器校验接线图

（2）TBJ（跳闸闭锁继电器）、HBJ（合闸闭锁继电器）继电器校验。将 11X1 和 11X2 接正电源,11X12 接负电源;11X9 接 HBJ 端;11X7 接 TBJ 端。接线如图22-2所示,将 H 端和 T 端接正电源,调节 R_1、R_2 使 PA1、PA2 中的电流分别等于额定合闸电流和额定分闸电流。

1）TBJ 防跳试验：① 按图 22-2 接好线后,合上 K_2,将正电源和 11X6 接通后断开,电流表 PA2 中有电流;② 短接正电源和 11X11,断开 K_2,然后再合上 K_1,电流表 PA1 中没有电流;③ 断开 K_1,撤除正电源和 11X11 之间的短接线。

2）TBJ 电流自保持特性检查：① 合上 K_2,短接正电源和 11X6,电流表 PA2 中有电流;② 调节电阻 R_2 使 PA2 电流为额定跳闸电流的 0.7 倍,断开正电源和 11X6 之间的短接线,电流表 PA2 中应有电流;③ 断开 K_2。

3）HBJ 电流自保持特性检查：① 合上 K_1,短接正电源和 11X11,电流表 PA1 中应有电流;② 调节电阻 R_1 使 PA1 电流为额定电流的 0.7 倍,断开正电源和 11X11 之间的短接线,电流表 PA1 中应有电流;③ 断开 K_1。

22.6.2.10　交流模拟量采样精度及相序检查

接线如图 22-3 所示,操作键盘进入硬件测试——交流测试菜单。

(1) 打开交流量实时显示对话框，观察各交流量的直流偏移值(交流电流直流偏移值不超过 0.1I；交流电压直流偏移量不超过 0.1U)。

(2) 加入额定电压(57.7V)和额定电流(5A)，记录 MMI 显示的电压和电流值及相位角(本装置采样精度无调节，采样误差不大于 1%。试验时将装置各相电流输入端串联，接 5A；电压输入端并联，接 50V，装置显示准确值并且各相一致)。

22.6.2.11 交流电流回路功耗检查(接线见图 22-4)

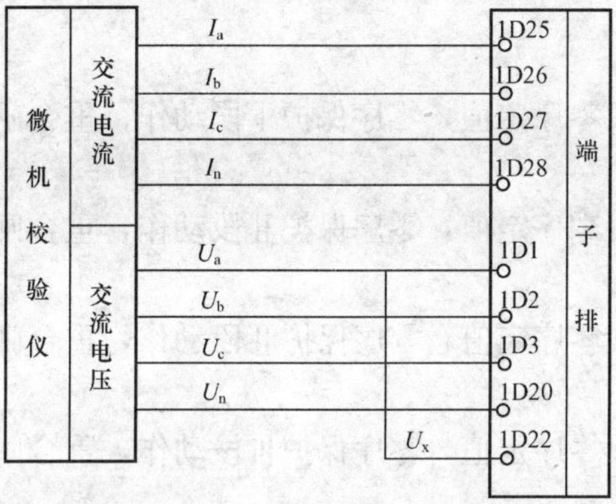

图 22-3 交流模拟量采样精度及相序检查接线图

注：幅值误差不超过 1%，相位误差不超过 1。

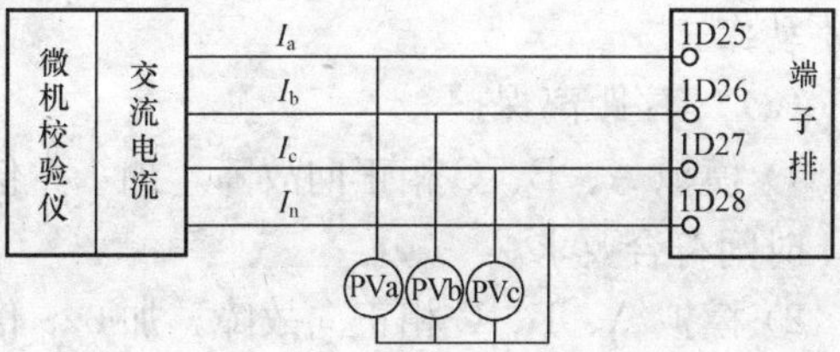

图 22-4 交流电流回路功耗检查接线图

注：额定电流下，交流功耗应不大于 0.9VA。

22.6.2.12 光纤通道测试

用尾纤将装置收发自环，装置显示"光纤通道通信正常"，不出现"差动数据通道中断"报告。或出现"差动数据通道中断"再出现"差动数据通道恢复"，此时装置主画面显示"光纤通道通信正常"。

22.6.2.13 整组试验(接线见图 22-5)

(1) 差动保护。

1) 依次在装置 A、B、C 相加入 1.1 倍差动电流定值，差动保护动作；

2) 依次在装置 A、B、C 相加入 0.9 倍差动电流定值，差动保护不动作。

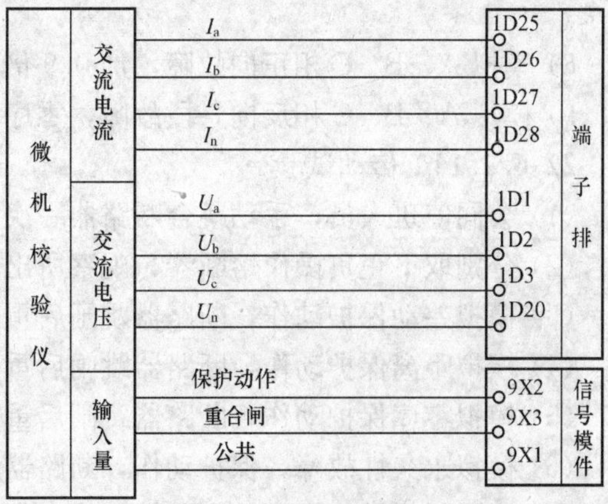

图 22-5 整组试验接线图

(2) 距离保护。

1) 相间距离保护：① 模拟 AB、BC、CA 相间正向故障，加 0.95 倍Ⅰ段整定阻抗，距离保护Ⅰ段动作，重合闸动作，时间符合要求；② 模拟 AB、BC、CA 相间正向故障，加 1.05 倍Ⅰ段整定阻抗，距离保护Ⅱ段动作，重合闸动作，时间符合要求；③模拟 AB、BC、CA 相间正向故障，加 0.95 倍Ⅱ段整定阻抗，距离保护Ⅱ段动作，重合闸动作，时间符合要求；④模拟 AB、BC、CA 相间正向故障，加 1.05 倍Ⅱ段整定阻抗，距离保护Ⅲ段动作，重合闸动作，时间符合要求；⑤模拟 AB、BC、CA 相间正向故障，加 0.95 倍Ⅲ段整定阻抗，距离保护Ⅲ段动作，重合闸动作，时间符合要求。⑥模拟 AB、BC、CA 相间正向故障，加 1.05 倍Ⅲ段整定阻抗，距离保护不动作。

2) 接地距离保护：①模拟 A、B、C 相间正向故障，加 0.95 倍Ⅰ段整定阻抗，距离保

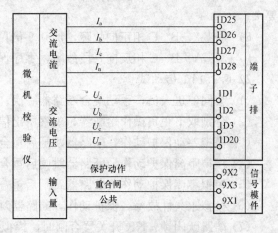

护Ⅰ段动作，重合闸动作，时间符合要求；②模拟A、B、C相间正向故障，加1.05倍Ⅰ段整定阻抗，距离保护Ⅱ段动作，重合闸动作，时间符合要求；③模拟A、B、C相间正向故障，加0.95倍Ⅱ段整定阻抗，距离保护Ⅱ段动作，重合闸动作，时间符合要求；④模拟A、B、C相间正向故障，加1.05倍Ⅱ段整定阻抗，距离保护Ⅲ段动作，重合闸动作，时间符合要求；⑤模拟A、B、C相间正向故障，加0.95倍Ⅲ段整定阻抗，距离保护Ⅲ段动作，重合闸动作，时间符合要求。⑥模拟A、B、C相间正向故障，加1.05倍Ⅲ段整定阻抗，距离保护不动作。

(3) 零序距离保护。

1) 模拟A、B、C相正向故障，加1.1倍Ⅰ段零序定值，零序保护Ⅰ段动作，重合闸动作，时间符合要求。

2) 模拟A、B、C相正向故障，加0.9倍Ⅰ段零序定值，零序保护Ⅱ段动作，重合闸动作，时间符合要求。

3) 模拟A、B、C相正向故障，加1.1倍Ⅱ段零序定值，零序保护Ⅱ段动作，重合闸动作，时间符合要求。

4) 模拟A、B、C相正向故障，加0.9倍Ⅱ段零序定值，零序保护Ⅲ段动作，重合闸动作，时间符合要求。

5) 模拟A、B、C相正向故障，加1.1倍Ⅲ段零序定值，零序保护Ⅲ段动作，重合闸动作，时间符合要求。

6) 模拟A、B、C相正向故障，加0.9倍Ⅲ段零序定值，零序保护Ⅳ段动作，时间符合要求。

7) 模拟A、B、C相正向故障，加1.1倍Ⅳ段零序定值，零序保护Ⅳ段动作，时间符合要求。

8) 模拟A、B、C相正向故障，加0.9倍Ⅳ段零序定值，零序保护不动作。

9) 模拟A、B、C相反向各段故障，零序保护不动作。

22.6.2.14　传动试验

(1) 会同值班人员，手动跳合断路器一次。

(2) 分别取下正负操作熔断器，观察所出信号正确。

(3) 模拟差动保护动作，断路器跳闸后重合成功，信号正确。

(4) 模拟距离保护动作，断路器跳闸后重合成功，信号正确。

(5) 模拟零序保护动作，断路器跳闸后重合成功，信号正确。

(6) 模拟永久性故障，保护动作，断路器跳闸后重合，后加速动作，信号正确。

(7) 防跳跃闭锁：KK开关置合闸时，模拟距离保护动作，断路器不重合。

(8) 断路器偷跳试验正确。

22.6.3　结束工作

(1) 合上二次操作熔断器，合上信号小刀闸DK或恢复FM、PM。

(2) 恢复保护屏上所有连接片。

(3) 在保护屏端子排上恢复保护用电流互感器二次回路所有连接片。

(4) 在保护屏端子排上恢复保护用电压互感器二次接线。

(5) 在保护屏端子排上恢复抽压TV二次接线。

（6）在本间隔控制屏上恢复预告信号小母线 1、2、3、4YBM。

（7）在本间隔控制屏上恢复事故音响信号小母线 SYM、闪光信号小母线（＋）SM。

（8）拆开的带电线头恢复。

（9）工作负责人认真检查所有接线确以恢复，并清理现场，结束工作。

22.7 生 成 记 录

（1）变电一种工作票。

（2）工作任务书。

（3）危险因素明白卡。

（4）PSL-620D 微机保护检验报告。

（5）二次设备工作记录。

22.8 引 用 标 准

（1）《国家电网公司电力安全工作规程（发电厂和变电所电气部分）》。

（2）《继电保护电网安全自动装置现场工作保安规定》电生供字［1987］254 号。

（3）《继电保护及电网安全自动装置检验条例》水电电生字［1987］108 号。

（4）《PSL-620D 数字式差动保护装置技术说明书》。

23 PSL-620D 数字式差动保护装置试验报告

PSL-620D 数字式差动保护装置试验报告（见表 23-1）。

表 23-1　　　　　　　　PSL-620D 数字式差动保护装置试验报告表

<table>
<tr><td>保护设备</td><td></td><td>装置型号</td><td></td></tr>
<tr><td>制造厂</td><td></td><td>出厂编号</td><td></td></tr>
<tr><td rowspan="7">检验设备</td><td>设备名称</td><td colspan="2">设备型号</td></tr>
<tr><td>微机试验仪</td><td colspan="2"></td></tr>
<tr><td>交流电压表</td><td colspan="2"></td></tr>
<tr><td>万用表</td><td colspan="2"></td></tr>
<tr><td>直流电流表</td><td colspan="2"></td></tr>
<tr><td>交流电流表</td><td colspan="2"></td></tr>
<tr><td>滑线电阻</td><td colspan="2"></td></tr>
<tr><td>通电前检查</td><td colspan="3"></td></tr>
<tr><td rowspan="3">绝缘检查</td><td colspan="3">正—地</td></tr>
<tr><td colspan="3">负—地</td></tr>
<tr><td colspan="3">交流—直流</td></tr>
<tr><td>上电检查</td><td colspan="3"></td></tr>
<tr><td rowspan="5">版本检查</td><td></td><td>版本号</td><td>CRC</td></tr>
<tr><td>MMI</td><td></td><td></td></tr>
<tr><td>差动保护</td><td></td><td></td></tr>
<tr><td>距离保护</td><td></td><td></td></tr>
<tr><td>零序及重合闸</td><td></td><td></td></tr>
<tr><td>定值核对</td><td colspan="3">核对_____号定值确已执行</td></tr>
<tr><td>电压切换回路检查</td><td colspan="3"></td></tr>
<tr><td>操作回路检查</td><td colspan="3"></td></tr>
</table>

<table>
<tr><td rowspan="5">采样精度及相位检查</td><td></td><td>I_a</td><td>I_b</td><td>I_c</td><td>I_0</td><td>U_a</td><td>U_b</td><td>U_c</td><td>U_x</td></tr>
<tr><td>实加值</td><td></td><td></td><td></td><td></td><td></td><td></td><td></td><td></td></tr>
<tr><td>实加值</td><td></td><td></td><td></td><td></td><td></td><td></td><td></td><td></td></tr>
<tr><td>测量值</td><td></td><td></td><td></td><td></td><td></td><td></td><td></td><td></td></tr>
<tr><td>测量值</td><td></td><td></td><td></td><td></td><td></td><td></td><td></td><td></td></tr>
</table>

续表

	测试条件	测试结果			功率损耗		
交流电流回路功耗检查	额定电流 =5A	A			A		
		B			B		
		C			C		
		I_0			I_0		
光纤通道测试							
整组试验	差动保护		$1.1I_d$			$0.9I_d$	
		A					
		B					
		C					
	距离保护	0.95XX1	1.05XX1	0.95XX2	1.05XX2	0.95XX3	1.05XX3
		AB					
		BC					
		CA					
		0.95XD1	1.05XD1	0.95XD2	1.05XD2	0.95XD3	1.05XD3
		A					
		B					
		C					
	零序保护	$1.1I_{01}$	$0.9I_{01}$	$1.1I_{02}$	$0.9I_{02}$	$1.1I_{03}$	$0.9I_{03}$	$1.1I_{04}$	$0.9I_{04}$
		A					
		B					
		C					
传动试验							
检验结论							
检验日期							
检验人员			审　核				

24 PXH-43A 保护试验方法

24.1 工 作 目 的

通过对 PXH-43A 保护的定期检验，对装置性能予以调试检查，对长期运行造成的性能偏差予以调整，使其能正确反映并处理被保护设备的故障，确保电网安全稳定地运行。

24.2 工 作 内 容

(1) 交直流继电器的检验。
(2) 保护装置本体特性检验。
(3) 保护装置整组试验。
(4) 保护装置传动试验。

24.3 适 用 范 围

本试验方法适用于 PXH-43A 型线路保护定期检验工作。

24.4 资 源 配 置

(1) 人员配置：工作负责人 1 人，试验人员 5 人。
(2) 设备配置（见表 24-1）。

表 24-1   设 备 配 置 表

设备名称	设 备 规 格	设 备 数 量
微机试验仪	5108D	1 台
试验线		2 包
多用插座		1 个
甲电池	1.5V	2 个
直流毫安表	0.5 级 15～1500mA	1 块
交流电流表	0.5 级 5～100A	1 块
刀闸板		1 个
转插板		1 个
滑线电阻	1.8A/200Ω	1 个
直流电压表	0.5 级 15～750V	1 个
模拟断路器		1 台

（3）资料配置：试验手册、工作任务书、危险因素明白卡、定值通知单、PXH-43A 保护标准试验报告、本间隔保护图纸（1 套）、PXH-43A 保护装置说明书。

24.5　作业流程图（见图 24-1）

24.6　作 业 流 程

24.6.1　现场安全措施
24.6.1.1　组织措施

（1）工作负责人负责填写工作、危险因素明白卡、工作任务书，并经签发人签发。

（2）工作负责人办理工作许可手续后，对工作票中安全措施进行检查。

（3）工作区间断路器在断开位置，隔离开关确已拉开。

（4）接地线装设接地开关符合工作要求。

（5）悬挂的标示牌和装设的遮栏符合工作票要求。

（6）工作区间与带电间隔的安全距离符合《国家电网公司电力安全工作规程（发电厂和变电所电气部分）》要求。

（7）工作负责人宣读工作票内容，交代安全注意事项，并分派工作任务。

24.6.1.2　技术措施

（1）工作负责人监护，工作班成员执行保证安全的技术措施。

（2）在端子排外侧，拆开保护装置电压回路（U_A、U_B、U_C、U_N、U_L、U_{LN}、U_X、U_{XN}）线头，并用绝缘胶布包好。

（3）在端子排外侧，打开保护装置电流回路连接片（I_A、I_B、I_C、I_N）。

（4）在端子排内侧，拆开本保护装置跳其他运行间隔的跳闸线，并用绝缘胶布包好。

24.6.2　交直流继电器检验（2 人）

工作负责人为全部检验工作的监护人。

将本保护所有单个交直流继电器取下，按照《保护继电器检验规程》中所列定期检验项目进行检验。

24.6.3　阻抗继电器检验（3 人）

试验接线须经工作负责人检查无误后方可进行。

24.6.3.1　极化继电器校验试验及接线（见表 24-2）

（1）表 24-2 中极化继电器均使用 500V 摇表，遥测继电器各线圈与线圈、线圈与触点、与外壳间绝缘电阻均满足大于 5MΩ。

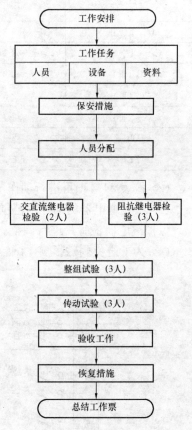

图 24-1　作业流程图

表 24-2   极化继电器试验接线

继电器名	试验接线	+	−
AB（Ⅰ、Ⅱ）	2-3 短接	4	1
BC（Ⅰ、Ⅱ）	2-3 短接	4	1
CA（Ⅰ、Ⅱ）	2-3 短接	4	1
AB（Ⅲ）	2-3 短接	4	1
BC（Ⅲ）	2-3 短接	4	1
CA（Ⅲ）	2-3 短接	4	1
DBJ	2-3 短接	4	1
FLJ	2-3 短接	4	1

（2）按表 24-2 项目进行动作试验。

（3）极化继电器的动作值范围应在 $0.5\sim0.6\text{mA}$，返回系数均不应小于 0.45，否则应按照《保护继电器检验》进行调整。

（4）为了避免剩磁影响，试验时应缓慢进行，应以 3 次的平均值为准。

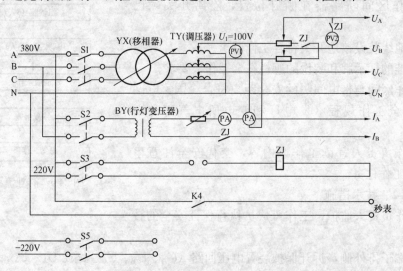

图 24-2　阻抗继电器试验接线图

24.6.3.2　Ⅰ、Ⅱ阻抗继电器试验（试验接线如图 24-2 所示）

（1）记忆回路测试整定（系统频率 $f_s=50\text{Hz}$）：将电流回路开路，极化继电器插入，DKB、YB 抽头放置最大位置。短接端子 T7—T13，T18—T14，从端子 T13—T11 加入交流电压 100V。用高内阻电压表测量电容器 C_J 上的 U_{CJ}，与电感上的 U_{LJ}，其要求为：① $F=50\text{Hz}$；② $|U_{CJ}|-|U_{LJ}|=(-9\sim1)$ V。

当试验电源偏离 50Hz 时，$|U_{CJ}|-|U_{LJ}|=[(-9\sim+1)+10(50-F)]$V，如不能满足要求，可改变 LJ 线圈抽头来满足。

（2）电流潜动检查：T1、T2 间接 10Ω 电阻，T2、T16 短接，DKB、YB 抽头在整定位置，断开灵敏角连接片，从 T5、T8 通电流。电流从 0A 均匀升至 30A，极化继电器应不动作；再突然升至 30A，极化继电器也不动作。不满足要求，可调整 R_5 的阻值来达到。

（3）动作阻抗整定（试验接线方式见图 24-1）。1T1、T2、T3 加三相正序电压，T5、T8 加 I_A、I_B 电流。T6、T7 短接，T2、T16 短接，T11、T12 加通灯。

按通知单定值要求将 DKB 抽头和灵敏角连接片置于整定位置，按公式 KY＝（KK/ZZD）100%（ZZD 为整定阻抗，KK 为 DKB 抽头），在给定的线路阻抗角下，按表 24-3 要求对 DKB 不同抽头通入相应电流值，缓慢降低电压至继电器动作，然后升高电压使继电器返回，读取动作及返回电压值，计算动作阻抗和返回阻抗，允许有不超过±3% 的误差，返回系数不大于 1.25，动作阻抗及返回系数公式为

$$Z_d = \frac{U}{2I}$$

$$K = \frac{U_F}{U_{op}}$$

表 24-3 DKB 不同抽头的通入电流

DKB 抽头	2	1	0.5	0.25
通入电流（A）	5	5	10	20

（4）两点法检查灵敏角。加入电压：$0.9U_{op.I}$ 和 $0.9U_{op.II}$。2YB、DKB 及灵敏角连接片置于整定位置，不加第三相电压，根据 DKB 抽头按上表通入相应的电流，由电压端子加入电压为 $0.9 \times 2I_{CL} \times Z_{ZD}$ V，维持电流不变，均匀改变电流和电压的相角，试出继电器刚动作时的相角 φ_1 和 φ_2，用式 $\varphi_{LM} = (\varphi_1 + \varphi_2)/2$ 计算灵敏角。误差范围要求：实测值与灵敏角整定值之差不超过±5°。如不满足，可调整 LJ 线圈的匝数及灵敏角电阻来达到要求。

（5）精确工作电流测试。接线见图 24-1。通入不同电流，均匀降低故障相间电压，测出动作阻抗，绘出稳态动作特性曲线：$Z_{op} = F(I_{CL})$。从曲线中找出对应 $Z_{op} = 0.9Z_{res}$ 的电流为精确工作电流 I_{JG}。其两相短路稳态精确工作电流（简称精工电流）应满足表 24-4 要求。

表 24-4 精 确 工 作 电 流 要 求

DKB 抽头	2	1	0.5	0.25
精工电流	≤1.25A	≤2.5A	≤5A	≤10A

动作阻抗特性曲线的凸起部分不应超过整定阻抗的 5%。如精工电流偏大，应向里插入或增加铍镁合金片，如凸起超出 5%，应将合金片拉出或减小合金片数，如在大电流下特性曲线降低太多，可借助调整磁分路片在铁芯中的位置加以改善。每次调整后，定值要重新复试。

（6）动作圆特性。接线如上项，在整定位置下加入第三相电压，根据 DKB 抽头通入相应的电流值，在不同相角下，维持电流不变，缓慢降低电压，使继电器动作，读取动作电压，计算动作阻抗，分别录取电流滞后电压的相角，绘制出特性圆，具体格式按标准试验报告进行。

（7）第三相电压作用检查。接线如上项，在整定位置下加入三相对称正序电压，根据 DKB 的不同抽头，通入对应电流，使电流落后电压为线路阻抗角，模拟两相稳态短路，当故障相间电压由 100V 降至 0V 时，继电器应可靠动作，然后倒换电流方向，使电流落后电压相角为（180°＋线路阻抗角），当故障相间电压降至零，电流由零增大至 30A 时，继电器应不动作。

(8) 动作时间测量。在整定条件下，通入 2 倍精工电流，电压从 110V 突然降至相应于 70% 动作阻抗的电压值，继电器的动作时间不大于 50ms。

(9) 记忆时间测量。在整定条件下，加入两相电压，通入 5A 电流，使电流落后电压 φ_{XL}，当电流突增，同时电压由 100V 突降至 0，继电器常开触点的闭合时间不小于 40ms。

24.6.3.3 启动元件调整

动作阻抗整定、两点法测量灵敏角、精确工作电流、特性圆、动作时间测量方法同测量元件，仅电流通入 5A 电流。

24.6.3.4 负序零序电流增量元件电气特性实验及调整

(1) 负序电流滤过器平衡调整：将整定连接片断开，短接 T16、T18，从 T15、T17 通入 I_{BC} 5A 电流，用高内阻电压表测量负序滤过器的输出电压（C3 上的电压），然后从 T13、T14 通入 I_A 为 5.8A，调整 R_1 的电阻，使滤过器的输出电压（U_{YZ}）与前面的电压相等。

(2) 整组动作值的检查。

1) 负序整定值：零序连接片断开，加直流 220V（T5 加正，T6 加负），分别通入 I_{AB}、I_{BC}、I_{CA} 等于 $1.3\sqrt{3}I_2$A，继电器均应动作且自保持（10 次）。当突然加入 $I = 0.7\sqrt{3}I_2$A，冲击 10 次，继电器均应不动作。

2) 零序整定值 $3I_0$：负序连接片断开，从 T19、T20 通入电流，当突然加入 $I = 1.3 \times 3I_0$A 时，冲击 10 次，继电器动作并自保持；当突然加入 $I = 0.7 \times 3I_0$A 时，冲击 10 次，继电器均不动作。

24.6.3.5 非全相检查

通入 I_{AB}（I_{BC}，I_{CA}）电流，电流缓慢增至 5A，继电器应不动作。

24.6.3.6 动作时间测试

突然通入 2 倍整定值时，分别在 AB、BC、CA 相通入单相电流，继电器动作时间均小于 15ms。

24.6.3.7 断线闭锁装置检验

(1) 测量不平衡电压。由 8T29、8T30、8T31 与 8T32 加三相对称电压 100V，测量整流桥输入的电压不大于 2V。

(2) 动作值测量。将整定片置于整定位置，8T29、8T30、8T31 并联，从 8T29（或 8T30、8T31）与 8T32 加电压，测量 DBJ 动作值，要求动作值与整定值不超过 ±10% $\left(\dfrac{\text{动作值} - \text{整定值}}{\text{整定值}} \times 100\% \right)$。若定值达不到要求，适当更换电阻。

24.6.4 保护装置整组试验 (3 人)

24.6.4.1 距离保护

(1) 仅投入距离保护各段连接片。

(2) 按照定值通知单分别模拟 AB、BC、CA 各段相间故障，要求在 0.95 倍各段定值时相应段相间距离保护应可靠动作，动作时间符合定值要求，在 1.05 倍定值时保护应可靠不动作。

24.6.4.2 零序保护

(1) 仅投入零序保护各段连接片。

(2) 按照定值通知单分别模拟 A、B、C 单相接地故障，要求在 1.05 倍各段定值时相应段零序保护应可靠动作，动作时间符合定值要求，在 0.95 倍定值时保护应可靠不动作。

24.6.4.3　各保护反方向出口故障性能检测

（1）各保护连接片均投入。

（2）分别模拟 B 相接地、CA 相间、ABC 三相反方向故障，模拟故障时间应不小于距离Ⅲ段和零序方向Ⅳ段的整定时间定值，故障阻抗可设置为 $X = R = 0.1\Omega$。保护装置应当在单相接地和两相短路故障时可靠不动，在三相短路故障时以相间距离Ⅲ段的延时动作。

24.6.5　保护装置传动试验（3 人）（接线不变）

（1）投入所有保护连接片，重合闸置整定位置。

（2）会同值班人员手动操作断路器跳、合闸应正确。

（3）合上断路器，投上保护出口连接片，分别模拟瞬时性相间故障、接地故障，保护出口、信号、断路器跳闸均正确。

（4）模拟单相及多相永久性故障，保护出口跳闸、重合及后加速均正确。

（5）试验防跳跃闭锁，将开关打在合闸时位置，模拟永久性故障，保护出口跳闸，不会重合。

（6）断路器偷跳试验：重合闸在整定位置，于同期和无压条件下，分别模拟断路器偷跳时，重合闸装置动作应符合定值要求。

24.6.6　结束工作（3 人）

（1）申请上级技术部门验收。

（2）验收合格后工作班成员恢复工作任务书中所有所做技术措施。

（3）工作负责人认真检查所有接线已恢复，总结工作票，结束工作。

24.7　生 成 记 录

（1）变电第一种工作票。

（2）工作任务书。

（3）危险因素明白卡。

（4）PXH-43A 保护试验报告。

（5）二次设备工作记录。

24.8　引 用 标 准

（1）《国家电网公司电力安全工作规程（发电厂和变电所电气部分）》。

（2）《继电保护及电网安全自动装置检验条例》水电电生字 [1987] 108 号。

（3）《继电保护和电网安全自动装置现场工作保安规定》电生供字 [1987] 254 号。

（4）《PXH-43A 距离保护说明书》。

25 PXH-43A 距离保护试验报告（定检）

25.1 极化继电器检验（见表 25-1）

表 25-1   极 化 继 电 器 检 验 表

		I_{op}(mA)	I_m(mA)	K	+	-
测量元件	AB					
	BC					
	CA					
启动元件	AB					
	BC					
	CA					
负序增量	FLJ					
断线闭锁	DBJ					
零序功率	GJ					

以上继电器，均用＿＿＿V摇表摇测其线圈对地、线圈对接点、接点对地、接点之间的绝缘电阻，均不小于＿＿＿MΩ。

25.2 测 量 元 件 检 验

（1）记忆回路测试调整：系统频率 f_s＝＿＿＿＿ Hz。

将电流回路开路，极化继电器插入，DKB、YB抽头置最大位置。由T2、T1(T9、T10短接，T2、T16短接)加入交流电压100V，用高内阻电压表测量电容器 C_3 上的 U_{C3} 与电感上的 U_{LJ}，要求：$|U_{CJ}|-|U_{LJ}|=(-9\sim1)+10(50-f_s)=$＿＿＿＿＿。

表 25-2   电 容 电 压 测 量

	U_{CJ}(V)	U_{LJ}(V)	$|U_{CJ}|-|U_{LJ}|$
AB			
BC			
CA			

（2）动作阻抗整定：按＿＿＿＿号通知单进行整定（见表 25-3）。

$\varphi_{Lm}=$＿＿＿＿，$\varphi_{XL}=$＿＿＿＿，DKB＝＿＿＿＿

$Z_{res\cdot I}=$＿＿＿＿，$Z_{res\cdot II}=$＿＿＿＿，$I_I=$＿＿＿＿A，$I_{II}=$＿＿＿＿A。

表 25-3 动 作 阻 抗 整 定

		$U_{op}(V)$	$Z_{op}(\Omega)$	$U_L(V)$	K_L	$YB(\%)$
AB	I					
	II					
BC	I					
	II					
CA	I					
	II					

（3）两点法检查灵敏角（见表 25-4）：$0.9U_{op\cdot I}=$＿＿＿＿＿，$0.9U_{op\cdot II}=$＿＿＿＿＿。

表 25-4 两 点 法 检 查 灵 敏 角

		φ_1	φ_2	$(\varphi_1+\varphi_2)/2$
AB	I			
	II			
BC	I			
	II			
CA	I			
	II			

（4）录制整定值下动作阻抗特性曲线 $Z_{op}=f(I)$，并确定精确工作电流（见表 25-5）：$I_{ig}\leqslant$＿＿＿ A，$0.9Z_{res\cdot I}=$＿＿＿，$0.9Z_{res\cdot II}=$＿＿＿。

表 25-5 确 定 精 确 工 作 电 流

		$I(A)$	1	3	5	7	10	15	20
AB	I	$U(V)$							
		$Z(\Omega)$							
	II	$U(V)$							
		$Z(\Omega)$							
BC	I	$U(V)$							
		$Z(\Omega)$							
	II	$U(V)$							
		$Z(\Omega)$							
CA	I	$U(V)$							
		$Z(\Omega)$							
	II	$U(V)$							
		$Z(\Omega)$							

（5）电流潜动检查：T1、T2 间接 10Ω 电阻，T2、T10 短接，DKB、YB 抽头在＿＿＿＿＿位置，断开灵敏角连接片，从 T5、T6 通电流。电流从 0 均匀升至 30A，极化继电器应＿＿＿＿＿；再突然升至 30A，极化继电器也＿＿＿＿＿。

（6）第三相电压作用检查：加三相对称正序电压，YB 在整定位置，通电流使其落后电

压 φ_{XL}，当电压由 100V 缓慢降至 0 时，继电器应可靠_____倒换电流方向，当电压降至 0，电流由 0 升至 30A 时，继电器应_____。

(7) 动作时间测量(见表 25-6)：在整定条件，通入 2 倍精工电流，电压从 100V 突然降到相应于 70% 动作阻抗的电压值，继电器的动作时间不大于 40ms。

表 25-6 动 作 时 间 测 量

	$2I_{ig}$	$70\%U_{op}$	t
AB			
BC			
CA			

(8) 记忆时间测量(见表 25-7)：在整定条件下，加入两相电压，通入 5A 电流，使电流落后电压 φ_{XL}，当电流突增，同时电压由 100V 突降至 0，继电器常开触点的闭合时间不小于 40ms。

表 25-7 记 忆 时 间 测 量

	t
AB	
BC	
CA	

25.3 启 动 元 件 整 定

(1) 动作阻抗整定(见表 25-8)。

$Z_{res \cdot III} = $ _____， $I_{III} = $ _____。

表 25-8 动 作 阻 抗 整 定

$U_{op}(V)$	$Z_{op}(V)$	$U_L(V)$	K	$YB(\%)$
AB				
BC				
CA				

(2) 两点法检查灵敏角(见表 25-9)：$0.9U_{op \cdot III} = $ _____。

表 25-9 灵 敏 角 检 查

	φ_1	φ_2	$(\varphi_1 + \varphi_2)/2$
AB			
BC			
CA			

(3) 录制动作阻抗特性曲线 $Z_{op} = f(I)$，并测定精确工作电流(见表 25-10)。

$I_{ig} \leqslant 1.25A$， $0.9Z_{op} = $ _____， $1.05Z_{op} = $ _____。

表 25-10　　　　　　测 定 精 确 工 作 电 流

	$I(A)$	1	1.25	3	5	7	10
AB	$U(V)$						
	$Z(\Omega)$						
BC	$U(V)$						
	$Z(\Omega)$						
CA	$U(V)$						
	$Z(\Omega)$						

（4）动作时间测量（见表 25-11）。整定条件下，通入 2 倍精工电流，电压由 100V 突然降到相应于 70％动作阻抗的电压值，继电器动作时间不大于 50ms。

表 25-11　　　　　　动 作 时 间 测 量

	$2I_{ig}$	$70\%U_{op}$	t
AB			
BC			
CA			

25.4　负序零序电流增量元件检验

（1）负序电流滤过器平衡调整。整定连接片断开，分别通 I_{AB}、I_{BC}、I_{CA}，用高内阻电压表测量 U_{XY}、U_{YZ}、U_{XZ} 应相等。

T16、T18 短接，T15、T17 通电流 $I_{BC}=5A$，测 $U_{YZ}=$

T14、T16 短接，T13、T15 通电流 $I_{AB}=5A$，测 $U_{XY}=$

T14、T19 短接，T13、T17 通电流 $I_{AC}=5A$，测 $U_{XZ}=$

（2）整组动作值检查。负序整定 $I_2=$ A，零序切换片断开，加直流 220V（T5 加正，T6 加负），分别通入 I_{AB}、I_{BC}、I_{CA} 等于 $1.3\sqrt{3}I_2=$ _____ A，继电器均动作且自保持（10 次）；当突然加入 $I=0.7\sqrt{3}I_2=$ _____ A 时，冲击 10 次，继电器应不动作。

零序整定 $3I_0=$ _____ A，负序连接片断开，从 T19、T20 通电流，当突然加入 $I=1.3$ 倍零序定值=_____ A 时，冲击 10 次，继电器动作并自保持；当突然加入 $I=0.7$ 倍零序定值=_____ A 时，冲击 10 次，继电器均不动作。

25.5　断线闭锁装置检验

动作值的检验（见表 25-12）。将 8T29、8T30、8T31 短接，在 8T29 与 8T32 间加电压，将整定连接片置于整定值位置，则执行元件 DBJ 动作，要求动作值与整定值误差不超过

±10%。

表 25-12　　　　　　　　　　动 作 值 检 验

QP："　"	$U_{op}(V)$	$U_{op}(V)$	$\delta(\%)$

25.6　整组动作时间特性检验

（1）距离部分（见表 25-13 和表 25-14）。

表 25-13　　　　　　　　时间特性检验（距离部分）

Z	$I(A)$	$U(V)$	$t_{AB}(s)$	$t_{BC}(s)$	$t_{CA}(s)$
$0.7Z_{res \cdot I}$					
$0.95Z_{res \cdot I}$					
$1.05Z_{res \cdot I}$					
$0.95Z_{res \cdot II}$					
$1.05Z_{res \cdot II}$					
$0.95Z_{res \cdot III}$					
$1.05Z_{res \cdot III}$			∞	∞	∞
$-0.1Z_{res \cdot III}$					
$-0.15Z_{res \cdot III}$			∞	∞	∞

表 25-14　　　　　　　　SJ 动 作 时 间

	$t(s)$
2SJ（终止）	
3SJ（终止）	

（2）零序部分（见表 25-15）。

表 25-15　　　　　　　时间特性检验（零序部分）

	$I_{op}(A)$	$I_L(A)$	K	$1.1I_{op}(A)$	t
I					
II					
III					

26 SEL-311C 微机保护试验方法

26.1 工 作 目 的

通过对微机保护的定期检验，对装置性能予以调试检查，对长期运行造成的性能偏差予以调整，使其能正确反映并处理被保护设备的故障，确保电网安全稳定地运行。

26.2 工 作 内 容

(1) 保护本体特性检验。
(2) 保护装置整组检验。
(3) 保护装置传动试验。

26.3 适 用 范 围

本试验方法适用于 SEL-311C 型微机保护检验工作。

26.4 资 源 配 置

(1) 人员配置：工作负责人 1 人，试验人员 3 人。
(2) 设备配置（见表 26-1）。

表 26-1　　　　　　　　　　　试 验 配 置 表

设 备 名 称	设 备 规 格	设 备 数 量
微机试验仪	5108D	1 台
试验线		2 包
多用插座		1 个
笔记本电脑		1 个
连接线		1 个

(3) 资料配置：试验手册、工作任务书、危险因素明白卡、SEL-311C 保护装置说明书、定值通知单、本间隔保护图纸（1 套）。

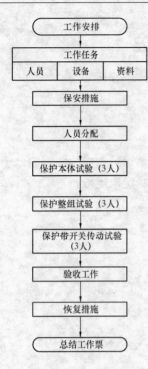

图 26-1 作业流程图

26.5 作业流程图（见图 26-1）

26.6 作 业 流 程

26.6.1 现场安全措施

26.6.1.1 组织措施

（1）工作负责人负责填写工作、危险因素明白卡、工作任务书，并经签发人签发。

（2）工作负责人办理工作许可手续后，对工作票中安全措施进行检查。

（3）工作区间断路器在断开位置，隔离开关确已拉开。

（4）接地线装设接地开关符合工作要求。

（5）悬挂的标示牌和装设的遮栏符合工作票要求。

（6）工作区间与带电间隔的安全距离符合《国家电网公司电力安全工作规程（发电厂和变电所电气部分）》要求。

（7）工作负责人宣读工作票内容，交代安全注意事项，并分派工作任务。

26.6.1.2 技术措施

（1）工作负责人监护，工作班成员执行保证安全的技术措施。

（2）在端子排外侧，拆开保护装置电压回路（U_A、U_B、U_C、U_N、U_L、U_{LN}、U_X、U_{XN}）线头，并用绝缘胶布包好。

（3）在端子排外侧，打开保护装置电流回路连接片（I_A、I_B、I_C、I_N）。

（4）在端子排内侧，拆开本保护装置跳其他运行间隔的跳闸线，并用绝缘胶布包好。

（5）工作负责人监护，检查工作任务书中所填写所有技术措施确已全部执行。

26.6.2 保护装置本体特性试验

工作负责人为全部检验工作的监护人，具体操作方法按照保护装置说明书进行。

26.6.2.1 外观及接线检查（1人）

（1）检查保护装置各部件固定良好，无松动现象，装置外形应端正，无明显损坏及变形。

（2）检查保护装置后面板 Z27 端子应可靠接地。

26.6.2.2 绝缘电阻检测（2人）

（1）绝缘电阻检测：在保护屏端子排处将所有外部引入的回路及电缆全部断开，用 1000V 摇表分别测量各回路对地及回路间的绝缘电阻，均应大于 10MΩ。

（2）整个二次回路的绝缘电阻检测：在保护屏端子排处将所有交直流回路的端子连接在一起，将电流回路的接地点拆开，用 1000V 摇表测量整个回路的绝缘电阻，应大于 1MΩ。

26. 6. 2. 3　初步通电检查（2 人）

装置自检：用串口的 STA 命令，显示继电器状态、模拟通道的偏置、电源电压、温度以及 RAM 检查（见表 26-2）。

表 26-2　　　　　　　　　　　　装 置 自 检 表

+5V _ PS	+5V _ REG	−5V _ REG	+12V _ PS	−12V _ PS	+15V _ PS	−15V _ PS
4. 92	4. 98	−5. 02	11. 87	−11. 98	14. 89	−14. 95
TEMP	RAM	ROM	A/D	CR _ RAM	E²PROM	IO _ BRO
28. 1	OK	OK	OK	OK	OK	OK

26. 6. 2. 4　前面板指示灯及按钮功能测试

（1）装置通电后，前面板上所有指示灯点亮，自检 1s。在其他过程中按下 LAMP TEST 按钮，也有这一功能。

（2）按下 METER 按钮，用上、下、左、右按钮选中菜单后，按 SELECT 确定，查看电流、电压的一次瞬时值及相位，按 EXIT 或 CANCEL 返回。

（3）其他按钮使用过程类似。所有按钮均具有双重功能，在选中一个按钮后，其他按钮及该按钮本身都自动转换为次功能，按 CANCEL 可取消操作并返回前一显示，按 EXIT 可返回默认显示并使所有按钮转换为主功能。

26. 6. 2. 5　定值显示及核对

（1）输入定值：调出保护定值，用串口的 SET 命令对照定值通知单逐项对其进行核对，完毕后确定保存。

（2）修改保护逻辑方程及前面板显示内容：用串口的 SET L 命令，可对跳闸、合闸及后加速方程、前面板滚动显示内容进行修改，完毕后确定保存。

26. 6. 2. 6　修改事件记录功能

用串口的 SET R 命令，对三个顺序事件记录器 SER1、SER2、SER3（每个只能记录 24 个继电器字位的变化情况）进行修改，完毕后确定保存。

26. 6. 3　保护装置整组试验（3 人）

试验接线须经工作负责人检查正确后方可进行（见图 26-2）。

26. 6. 3. 1　距离保护

（1）仅投入距离保护连接片（圆特性）。

1）按照定值通知单分别模拟 AB、BC、CA 各段相间故障，要求在 0.95 倍各段定值时相应段相间距离保护应可靠动作，动作时间符合定值要求，在 1.05 倍定值时保护应可靠不动作。

2）按照定值通知单分别模拟 A、B、C 单相接地故障，要求在 1.05 倍各段定值时相应段接地距离保护应可靠动作，动作时间符合定值要求，在 0.95 倍定值时保护应可靠不动作。

（2）仅投入距离保护连接片（四边形特性）。

1）按照定值通知单分别模拟 AB、BC、CA 各段相间故障，要求在 0.95 倍各段定值时相应段相间距离保护应可靠动作，动作时间符合定值要求，在 1.05 倍定值时保护应可靠不动作。

2）按照定值通知单分别模拟 A、B、C 单相接地故障，要求在 1.05 倍各段定值时相应

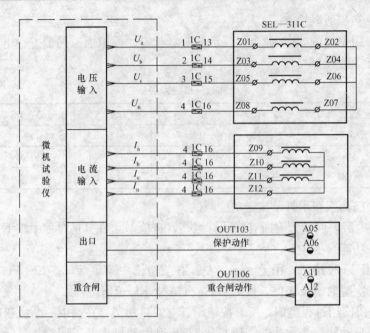

图 26-2 整组试验接线示意图

段接地距离保护应可靠动作,动作时间符合定值要求,在 0.95 倍定值时保护应可靠不动作。

26.6.3.2 零序保护

(1) 仅投入零序保护连接片。

(2) 按照定值通知单分别模拟 A、B、C 单相接地故障,要求在 1.05 倍各段定值时相应段零序保护应可靠动作,动作时间符合定值要求,在 0.95 倍定值时保护应可靠不动作。

26.6.4 保护装置传动试验(3 人)(接线不变)

(1) 投入所有保护连接片,重合闸置整定位置。

(2) 会同值班人员手动操作断路器跳、合闸应正确。

(3) 合上连接片,投上保护出口连接片,分别模拟瞬时性相间故障、接地故障,保护出口、信号、断路器跳闸均应正确。

(4) 模拟单相及多相永久性故障,保护出口跳闸、重合及后加速均正确。

(5) 试验防跳跃闭锁,将断路器打在合闸时位置,模拟永久性故障,保护出口跳闸,不会重合。

(6) 断路器偷跳试验:重合闸在整定位置,于同期和无压条件下,分别模拟断路器偷跳时,重合闸装置动作应符合定值要求。

26.6.5 结束工作(3 人)

(1) 申请上级技术部门现场验收。

(2) 验收合格后,工作班成员恢复工作任务书中所有所做技术措施。

(3) 工作负责人认真检查所有接线已恢复,总结工作票,结束工作。

26.7 生 成 记 录

(1) 变电第一种工作票。

（2）工作任务书。

（3）危险因素明白卡。

（4）SEL-311C 微机保护检验报告。

（5）二次设备工作记录。

26.8　引　用　标　准

（1）《国家电网公司电力安全工作规程（发电厂和变电所电气部分）》。

（2）《继电保护及电网安全自动装置检验条例》水电电生字［1987］108 号。

（3）《继电保护和电网安全自动装置现场工作保安规定》电生供字［1987］254 号。

（4）《SEL-311C 保护装置说明书》。

27 SEL-311C 微机保护试验报告

27.1 通电前检查

装置后面板 Z27 端子应可靠接地：合格（　　），不合格（　　）。

27.2 装置自检

合格（　　），不合格（　　）。

27.3 前面板指示灯及按钮功能测试

合格（　　），不合格（　　）。

27.4 定值输入及修改

合格（　　），不合格（　　）。

27.5 保护装置整组试验

（1）相间距离保护（圆特性）（见表 27-1）。

表 27-1　　　　　　　　　相间距离保护试验

		0.95XX1	1.05XX1	0.95XX2	1.05XX2	0.95XX4	1.05XX4
时间(ms)	AB						
	BC						
	CA						

（2）接地距离保护（圆特性）（见表 27-2）。

表 27-2　　　　　　　　　接地距离保护(圆特性)试验

		0.95XD1	1.05XD1	0.95XD2	1.05XD2	0.95XD4	1.05XD4
时间(ms)	AN						
	BN						
	CN						

（3）接地距离保护（四边形特性）（见表 27-3）。

表 27-3　　　　　　　　　接地距离保护(四边形特性)试验

		0.95XD1	1.05XD1	0.95XD2	1.05XD2	0.95XD4	1.05XD4
时间(ms)	AM						
	BN						
	CN						

（4）零序电流保护（见表 27-4）。

表 27-4　　　　　　　　　零 序 电 流 保 护 试 验

	$1.05I_{01}$	$0.95I_{01}$	$1.05I_{02}$	$0.95I_{02}$	$1.05I_{04}$	$0.95I_{04}$
时间(ms)						

27.6　保护装置传动试验

（1）手动分合闸试验：合格（　　），不合格（　　）。

（2）防跳回路试验：合格（　　），不合格（　　）。

（3）保护装置加定值带断路器试验：合格（　　），不合格（　　）。

27.7　试　验　结　论

合格（　　），不合格（　　）。

28 WH-P01.LA 保护试验方法

28.1 工 作 目 的

通过对微机保护的定期检验，对装置性能予以调试检查，对长期运行造成的性能偏差予以调整，使其能正确反映并处理被保护设备的故障，确保电网安全稳定地运行。

28.2 工 作 内 容

(1) 保护装置本体特性检验。
(2) 保护装置整组试验。
(3) 保护装置传动试验。

28.3 适 用 范 围

本试验方法适用于 WH-P01.LA 型线路保护定期检验工作。

28.4 资 源 配 置

(1) 人员配置：工作负责人 1 人，试验人员 2 人。
(2) 设备配置(见表 28-1)。

表 28-1 设 备 配 置 表

设备名称	设备规格	设备数量
微机试验仪	5108D	1 台
试验线		2 包
多用插座		1 个
直流毫安表	0.5 级 15~1500mA	1 块
模拟断路器		1 台

(3) 资料配置：作业指导书、工作任务书、危险因素明白卡、定值通知单、WH-P01.LA 保护标准试验报告、本间隔保护图纸(1 套)。

28.5 作业流程图(见图28-1)

28.6 作业流程

28.6.1 现场安全措施

28.6.1.1 组织措施

（1）工作负责人负责填写工作票、危险因素明白卡、工作任务书，并经签发人签发。

（2）工作负责人办理工作许可手续后，对工作票中安全措施进行检查。

（3）工作区间断路器在断开位置，隔离开关确已拉开。

（4）接地线装设接地开关符合工作要求。

（5）悬挂的标示牌和装设的遮栏符合工作票要求。

（6）工作区间与带电间隔的安全距离符合《国家电网公司电力安全工作规程（发电厂和变电所电气部分）》要求。

（7）工作负责人宣读工作票内容，交代安全注意事项，并分派工作任务。

28.6.1.2 技术措施

（1）工作负责人监护，工作班成员执行保证安全的技术措施。

（2）工作负责人监护，检查工作任务书中所填写所有技术措施确已全部执行。

28.6.2 保护装置本体特性试验

工作负责人为全部检验工作的监护人。

28.6.2.1 外观及接线检查（1人）

（1）检查保护装置各部件固定良好，无松动现象，装置外型应端正，无明显损坏及变形。

（2）检查保护装置所有接地端子应可。

（3）各插件应插拔灵活，插入深度合适。

28.6.2.2 绝缘电阻检测（2人）

（1）绝缘电阻检测：在保护屏端子排处将所有外部引入的回路及电缆全部断开，用1000V摇表分别测量各回路对地及回路间的绝缘电阻，均应大于10MΩ。

（2）整个二次回路的绝缘电阻检测：在保护屏端子排处将所有交直流回路的端子连接在一起，将电流回路的接地点拆开，用1000V摇表测量整个回路的绝缘电阻，应大于1MΩ。

28.6.2.3 保护电流输入回路调整（2人）

试验设备、仪表、试验接线由工作负责人检查无误后方可开始下一步工作。

（1）分别在保护（A411、C411、N411），测量（A421、C421、N421）电流回路加5A电流，保护装置进入"校验"菜单，观察面板显示，调整校准交流电流刻度。面板显示应正确。

（2）在电压回路（A640、B640、C640、L640、N600）加100V电压，电流回路加1A，相

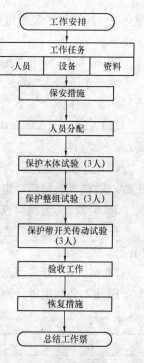

图28-1 作业流程图

位角 $\varphi=45$，保护装置进入"校验"菜单，观察面板显示，调整校准交流电压刻度。面板显示应正确。

28.6.2.4 继电器测试(2人)

主菜单下进入"测试"菜单，逐个检测各个继电器，每次操作之后按信号复归键，使继电器复归。具体标准如下。

(1) CPU、RAM、AD、EPROM、E^2PROM 自检，每次自检正常时，装置应有自检正常提示。

(2) 信号自检：手传保护动作，保护告警，保护故障信号时，保护装置相应信号显示应正常，后台机所发信号也应与保护装置一致。

28.6.2.5 定值检查

在主菜单下进入"定值"菜单，观察定值显示并认真核对，显示定值应与定值通知单相符。

28.6.2.6 开入回路检查

用开入公共电源分别点表 28-2 所示各开入端子，装置显示应有相应变化。

表 28-2 开入回路检查开入端子表

名 称	端子号	"0"状态含义	"1"状态含义
断路器位置	D29	断路器合位	断路器分位
手动合闸信号	D28	手动合闸	
弹簧未拉紧	D27	弹簧未拉紧	弹簧已拉紧
接地开关位置	D26	接地开关合位	接地开关分位
手车位置	D25	手车工作位置	手车实验位置
转换开关位置	D24	允许远方操作	允许就地操作
手动分闸信号	D23	手动分闸	

28.6.3 保护装置整组试验(2人)

(1) 过流 I 段保护试验。在开关柜端子排上(D2、D3、D4)拆开电流回路(A411、C411、N411)连片，分别加入 $1.05I_1$，模拟瞬时相间故障，在开关柜端子排 D13、D14 上测量出口时间，应与定值相符，加 $0.95I_{01}$，保护应不动作。

(2) 过流 II 段保护试验。在电流回路(A411、C411、N411)中分别加入 $1.05I_2$，模拟瞬时相间故障，在开关柜端子排 D13、D14 上测量出口时间，应与定值相符。加 $0.95I_{02}$，保护应不动作。

(3) 过流 III 段保护试验。在电流回路(A411、C411、N411)中分别加入 $1.05I_3$，模拟瞬时相间故障，在开关柜端子排 D13、D14 上测量出口时间，应与定值相符。加 $0.95I_3$，保护应不动作。

28.6.4 保护装置传动试验(3人)(接线不变)

(1) 投入所有保护连接片，重合闸装置投入。

(2) 会同值班人员手动操作断路器跳、合闸应正确。

(3) 合上断路器，投上保护出口连接片，分别以上所试所有瞬时性相间故障，保护出口、信号、断路器跳闸均应正确。

（4）试验防跳跃闭锁，将开关打在合闸时位置，模拟永久性故障，保护出口跳闸，不会重合。

28.6.5　结束工作(3 人)

（1）申请上级技术部门现场验收。

（2）验收合格后，工作班成员恢复工作任务书中所有所做技术措施。

（3）工作负责人认真检查所有接线已恢复，总结工作票，结束工作。

28.7　生 成 记 录

（1）变电第一种工作票。

（2）工作任务书。

（3）危险因素明白卡。

（4）WH-P01.LA 保护检验报告。

（5）二次设备工作记录。

28.8　引 用 标 准

（1）《国家电网公司电力安全工作规程(发电厂和变电所电气部分)》。

（2）《继电保护及电网安全自动装置检验条例》水电电生字[1987]108 号。

（3）《继电保护和电网安全自动装置现场工作保安规定》电生供字[1987]254 号。

29 WH-P01.LA 保护试验报告

29.1 外 部 检 查

各插件接触良好，无异常痕迹。是（　　），否（　　）。

29.2 绝 缘 检 查

交流回路回路对地____ MΩ，直流回路对地____ MΩ，交直流回路之间为____ MΩ，所有二次回路对地为____ MΩ。

29.3 保护电流电压输入回路检查（见表 29-1）

表 29-1　　　　　　　　　　　　电流电压输入回路检查

内　容	显示电流	内　容	显示电流
A 相测量电流		A 相保护电流	
C 相测量电流		C 相保护电流	

电压回路加 100V 电压，电流回路加 1A，$\varphi=45$，面板显示如表 29-2 所示。

表 29-2　　　　　　　　　　　　面 板 显 示

内　容	显示电压	内　容	显示电压
AB 相电压		有功功率	
BC 相电压		无功功率	

29.4 继 电 器 测 试

(1) 信号自检：合格（　　），不合格（　　）。
(2) 出口自检：手传断路器跳合闸正常，开入回路检查。

29.5 定 值 检 查

合格（　　），不合格（　　）。

29.6 开入回路检查

合格（　　），不合格（　　）。

29.7 保护整组试验（见表 29-3）

$I_1 = \underline{\quad\quad}$, $\quad I_2 = \underline{\quad\quad}$, $\quad I_3 = \underline{\quad\quad}$,

$T_1 = \underline{\quad\quad}$, $\quad T_2 = \underline{\quad\quad}$, $\quad T_3 = \underline{\quad\quad}$, $\quad T_{ch} = \underline{\quad\quad}$,

$K_{G1} = \underline{\quad\quad}$, $\quad K_{G2} = \underline{\quad\quad}$。

表 29-3   整 组 试 验 表

	$1.05I_{01}$	$0.95I_{01}$	$1.05I_{02}$	$0.95I_{02}$	$1.05I_{03}$	$0.95I_{03}$
A相（ms）						
C相（ms）						

29.8 保护装置带断路器传动试验

（1）手动分合闸试验：合格（   ），不合格（   ）。

（2）加定值带断路器试验：合格（   ），不合格（   ）。

（3）防跳试验：合格（   ），不合格（   ）。

29.9 试 验 结 果

合格（   ），不合格（   ）。

30 WXH-11X 微机保护试验方法

30.1 工 作 目 的

通过对微机保护的定期检验，对装置性能予以调试检查，对长期运行造成的性能偏差予以调整，使其能正确反映并处理被保护设备的故障，确保电网安全稳定地运行。

30.2 工 作 内 容

(1) 交直流继电器的检验。
(2) 保护装置本体特性检验。
(3) 保护装置整组试验。
(4) 保护装置传动试验。

30.3 适 用 范 围

本试验方法适用于 WXH-11X 型线路微机保护定期检验工作。

30.4 资 源 配 置

(1) 人员配置：工作负责人 1 人，试验人员 3 人。
(2) 设备配置（见表 30-1）。

表 30-1 试 验 配 置 表

设 备 名 称	设 备 规 格	设 备 数 量
微机试验仪	5108D	1 台
试验线		2 包
多用插座		1 个
甲电池	1.5V	2 个
直流毫安表	0.5 级　15～1500mA	1 块
交流电流表	0.5 级　5～100A	1 块
刀闸板		1 个
转插板		1 个
滑线电阻	1.8A/200Ω	1 个
直流电压表	0.5 级　15～750V	1 个
模拟断路器		1 台

（3）资料配置：试验手册、工作任务书、危险因素明白卡、定值通知单、WXH-11 保护标准试验报告、本间隔保护图纸（1 套）、WXH-11X 保护装置说明书。

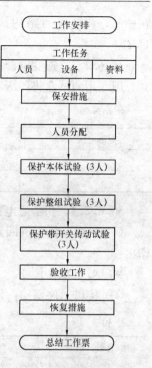

图 30-1　作业流程图

30.5　作业流程图（见图 30-1）

30.6　作业流程

30.6.1　现场安全措施

30.6.1.1　组织措施

（1）工作负责人负责填写工作票、危险因素明白卡、工作任务书，并经签发人签发。

（2）工作负责人办理工作许可手续后，对工作票中安全措施进行检查。

（3）工作区间断路器在断开位置，隔离开关确已拉开。

（4）接地线装设接地开关符合工作要求。

（5）悬挂的标示牌和装设的遮栏符合工作票要求。

（6）工作区间与带电间隔的安全距离符合《国家电网公司电力安全工作规程（发电厂和变电所电气部分）》要求。

（7）工作负责人宣读工作票内容，交代安全注意事项，并分派工作任务。

30.6.1.2　技术措施

（1）工作负责人监护，工作班成员执行保证安全的技术措施。

（2）在端子排外侧，拆开保护装置电压回路（U_A、U_B、U_C、U_N、U_L、U_{LN}、U_X、U_{XN}）线头，并用绝缘胶布包好。

（3）在端子排外侧，打开保护装置电流回路连接片（I_A、I_B、I_C、I_N）。

（4）在端子排内侧，拆开本保护装置跳其他运行间隔的跳闸线，并用绝缘胶布包好。

（5）工作负责人监护，检查工作任务书中所填写所有技术措施确已全部执行。

30.6.2　保护装置本体特性试验

工作负责人为全部检验工作的监护人。

30.6.2.1　外观及接线检查（1 人）

（1）检查保护装置各部件固定良好，无松动现象，装置外型应端正，无明显损坏及变形。

（2）检查保护装置所有接地端子应可靠。

（3）各插件应插拔灵活，插入深度合适。

30.6.2.2　绝缘电阻检测（2 人）

（1）绝缘电阻检测：在保护屏端子排处将所有外部引入的回路及电缆全部断开，用 1000V 摇表分别测量各回路对地及回路间的绝缘电阻，均应大于 10MΩ。

（2）整个二次回路的绝缘电阻检测：在保护屏端子排处将所有交直流回路的端子连接

在一起，将电流回路的接地点拆开，用 1000V 摇表测量整个回路的绝缘电阻，应大于 1MΩ。

30.6.2.3　逆变电源检测（2 人）

用专用测试盒将各级直流输出电压引出测量，应符合表 30-2 要求。

表 30-2　　　　　　　　　　　直流输出电压允许范围

标准电压（V）	允许范围（V）	标准电压（V）	允许范围（V）
+5	4.8～5.2	+24	22～26
+15	13～17	−15	−17～−13

30.6.2.4　初步通电检查（2 人）

（1）键盘与打印机回路检查。调试状态下，复位各保护插件的复位开关，打印机将打印出：

MONITOR（0，1，2，3，4）?

（2）接口插件操作。依次进行如表 30-3 所示操作。

表 30-3　　　　　　　　　　　接口插件操作及打印机反映

接口插件操作	打印机反映	接口插件操作	打印机反映
0	0 CPU0：DEBUG STATE	0	0 CPU0：DEBUG STATE
M	M	M	M
0123	0123：XX（XX 表示随机数）	89AB	89AB：XX
RESET	MONITOR（0，1，2，3，4）	RESET	MONITOR（0，1，2，3，4）
0	0 CPU0：DEBUG STATE	0	0 CPU0：DEBUG STATE
M	M	M	M
4567	4567：XX	CDEF	CDEF：XX
RESET	MONITOR（0，1，2，3，4）		

（3）调试状态下：用 L 键打印并核对保护软件版本应正确无误，具体操作为：L 0（1，2，3，4）（1 人）。

（4）运行状态下：用 T 键打印核对调整装置时钟与当前时间相符（1 人）。

（5）定值检查及整定（2 人）。

1）运行状态下，用 S（X）键，X 为 CPU 号，分别打印各保护定值。

2）核对定值通知，应与定值通知单相符。

（6）检查各区定值的整定、修改及修改功能。

1）调试状态下，将定值修改开关置"修改"位置，用 S 键打印或显示某项定值，W 键修改并固化该定值，应能正确修改。

2）调试状态下，将定值修改开关置"运行"位置，用 S 键打印或显示某项定值，W 键修改并固化该定值，此时应不能正确修改。

30.6.2.5　开关量输入回路检验（2 人）

（1）运行态、以 24V 分别点表 30-4 所示端子，打印机应打印各 CPU 反应结果，相应开关量应由 0 变为 1。

表 30-4　　　　　　　　　　　　　　　　CPU 反映结果

端　子　名　称		CPU1（高频）	CPU2（距离）	CPU3（零序）	CPU4（综重）
重合方式 1	1n39				×
重合方式 2	1n40	×	×	×	×
单跳启动重合	1n41	×	×	×	×
三跳启动重合	1n42	×	×	×	×
不对应	1n43	×	×	×	×
重合闸时间选择连接片	1n44				×
闭锁重合闸	1n45				×
气压降低	1n46				×
手合	1n47	×	×	×	×
三跳位置	1n49	×			
高频保护投入连接片	1n51	×			
距离保护投入连接片	1n52		×		
零序 I 段投入连接片	1n53			×	
零序保护投入连接片	1n55			×	
外部 P 键	1n56	×	×	×	×
N 点保护	1n57				
M 点保护	1n58				×
P 点保护	1n59				×
监频消失	1n61	×			
收信输入	1n64	×			

（2）以 24V 点 1n43 不对应端子时还应打印 CHCK。

（3）以 24V 点 1n56 外部 P 键时，还将打印各 CPU 采样值。

（4）重合把手在不同位置，1n39 和 1n40 状态如表 30-5 所示。

表 30-5　　　　　　　　　　　　　　　1n39 和 1n40 状态表

端　子　号	综　重	单　重	三　重	停　用
1n39	0	1	1	0
1n40	1	1	0	0

30.6.2.6　开出回路检查

按表 30-6 对 CPU1～CPU4 插件的并行口 8255A 的 B 口（地址 0007H）中的数据进行改写来检验各出口回路及触点，观察保护信号并用通灯测量装置输出接点，均应接通。

表 30-6　　　　　　　　　　　开 出 回 路 检 查 表

步骤	操　作	打印信息	应亮指示灯	触点动作情况
1	RESET	MONITOR (0, 1, 2, 3,)?		
2	1	1 CPU1: DEBUG STATE		
3	CPU1 的 RST			
4	M0007	M0007：42		
5	W04	0007：04	启动	
6	W84 复归信号	0007：84	启动、跳 A	1n49-1n25、1n48-1n20 1n34-1n35、1n31-1n32 1n46-1n47、1n42-1n43
7	W14 复归信号	0007：14	启动、跳 C	1n49-1n23、1n48-1n18 1n34-1n35、1n31-1n32 1n46-1n44、1n40-1n43
8	W24 复归信号	0007：24	启动、跳 B	1n49-1n24、1n48-1n19 1n34-1n35、1n31-1n32 1n45-1n47、1n41-1n43
9	W0C 复归信号	0007：0C	启动、永跳	1n21-1n49 、1n16-1n48
10	W45 复归信号	0007：45	启动、重合（停信）	1n94-1n95、1n96-1n9
11	WB4 复归信号	0007：A4	启动、跳 A、跳 B、跳 C	1n49-1n22、1n48-1n17
12	CPU1 复位		启动 LED 灭	
13	复归信号		所有 LED 灭	

注　1. CPU2～CPU4 的传动方法与 CPU1 类似。

　　2. "W45" 项，CPU1 为停信，（无 LED）CPU4 为重合。

　　3. 因 CPU1-CPU4 启动均启动灯亮，故当 CPU1，CPU2 操作时，只有当 CPU1，CPU2 均复归时启动灯才灭，其余类推。

30.6.2.7　拨轮开关检查

利用 MONITOR 插件上的 M 等键，通过读 CPU1～CPU4 并行口 8255 的 C 口（地址为000B）中的数据来检查拨轮开关，应正常。

30.6.2.8　告警回路检查

(1) 将各 CPU 插件及 MONITOR 插件置 "运行" 态，此时告警插件各指示灯不亮，各CPU 插件中 "运行" 灯亮。

(2) 将 CPU1 的定值开关置到无定值区，按该插件复位按钮，此时告警插件中 "总告警" 及 "高频" 灯亮，打印 CPU1ERR。

(3) 恢复 CPU1 于有定值区，按 CPU1 的 RES，不复位告警插件，打印：

CPU1

0 BADDRV

(4) 复位告警插件，CPU1 "运行" 灯亮。

仿照（2）～（4）条检验告警插件中的 CPU2～CPU4。将 MONITOR 插件置"调试"态，25s 后告警插件中"巡检中断"灯亮。

上述步骤中告警插件中任一个灯亮时，端子 1n81-1n85 触点闭合。关掉直流电源，端子 1n81-1n85 触点应闭合。

30.6.2.9 模数变换系统检验（2 人）

（1）零漂检验：将各交流端子开路，保护进入不对应态，以 P 键打印各通道采样值（零漂值），各采样值均应在 -0.3～0.3 之内，不满足要求者调整 VFC 插件对应通道的变阻器 R_{Pn1}（n 为通道号）。零漂为负时逆时针调，为正时顺时针调。

（2）平衡度及极性检查（3 人）：以下试验由工作负责人检查接线正确后方可进行。

1）分别将各交流端子同极性输入电流 5A 电压 50V，进入不对应态，以 L 键打印各通道有效值，要求打印值与表计值误差小于 2%，如不满足要求，调整 VFC 插件相应通道的变阻器 R_{Pn2}（n 为通道号）。打印值偏小时逆时针调，偏大时顺时针调。

2）用 P 键打印各通道采样值，要求 I_A、I_B、I_C、$3I_0$ 采样值相位一致，U_A、U_B、U_C、$3U_0$、U_{XL} 采样值相位一致。电流、电压平衡度检验示意图如图 30-2 所示。

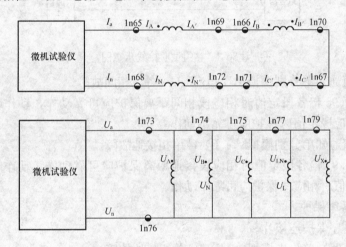

图 30-2　电流、电压平衡度检验示意图

（3）电流电压线性度检查（接线不变）。如上方法调整电压分别为 60、30、5、1V，电流分别为 15、10、1、0.5A，打印各通道相应有效值。要求 1V、1A、0.5A 打印值与表计值误差小于 10%，其余小于 2%。

30.6.3 模拟短路整组试验（3 人）（见图 30-3）

30.6.3.1 高频闭锁保护

（1）仅投入高频闭锁保护连接片。

（2）按照定值通知单分别模拟 A、B、C 单相接地故障，要求在 1.05 倍定值时高闭零序保护应可靠动作，动作时间符合定值要求，在 0.95 倍定值时保护应可靠不动作。

（3）按照定值通知单分别模拟 AB、BC、CA 相间故障，要求在 0.95 倍定值时高闭距离保护应可靠动作，动作时间符合定值要求，在 1.05 倍定值时保护应可靠不动作。

30.6.3.2 距离保护

（1）仅投入距离保护连接片。

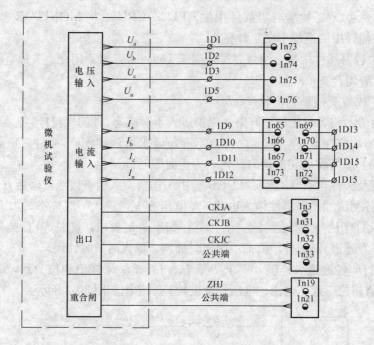

图 30-3　整组试验接线示意图

（2）按照定值通知单分别模拟 AB、BC、CA 各段相间故障。

（3）要求在 0.95 倍各段定值时相应段相间距离保护应可靠动作，动作时间符合定值要求，在 1.05 倍相应段定值时保护应可靠不动作。

（4）按照定值通知单分别模拟 A、B、C 单相接地故障。

（5）要求在 0.95 倍各段定值时相应段接地距离保护应可靠动作，动作时间符合定值要求，在 1.05 倍定值时相应段保护应可靠不动作。

30.6.3.3　零序保护

（1）仅投入零序保护连接片。

（2）按照定值通知单分别模拟 A、B、C 单相接地故障。

（3）要求在 1.05 倍各段定值时相应段零序保护应可靠动作，动作时间符合定值要求，在 0.95 倍相应段定值时相应段保护应可靠不动作。

30.6.3.4　各保护反方向出口故障性能检测

（1）各保护连接片均投入。

（2）分别模拟 B 相接地、CA 相间、ABC 三相反方向故障，模拟故障时间应不小于距离 III 段和零序方向 IV 段的整定时间定值，故障阻抗可设置为 $X=R=0.1\Omega$。

（3）保护装置应当在单相接地和两相短路故障时可靠不动，在三相短路故障时以相间距离 III 段的延时动作。

30.6.4　保护装置传动试验（3 人）（接线不变）

（1）投入所有保护连接片，重合闸置整定位置。

（2）会同值班人员手动操作断路器跳、合闸应正确。

（3）合上断路器，投上保护出口连接片，分别模拟瞬时性相间故障、接地故障，保护出口、信号、连接片跳闸均正确。

(4) 模拟单相及多相永久性故障（故障段数为相应后加速段动作区内），保护出口跳闸、重合闸及相应后加速段均应动作正确。

(5) 模拟单相及多相永久性故障（故障段数为相应后加速段动作区外），保护出口跳闸、重合闸动作应正确。相应后加速段应不动作，相应故障段保护应以整定时间动作。

(6) 试验防跳跃闭锁，将开关打在合闸时位置，模拟永久性故障，保护出口跳闸，应不会重合。

(7) 断路器偷跳试验：重合闸在整定位置，于同期和无压条件下，分别模拟断路器偷跳时，重合闸装置动作应符合定值要求。

30.6.5 结束工作 (3 人)

(1) 申请上级技术部门现场验收。

(2) 验收合格后，工作班成员恢复工作任务书中所有所做技术措施。

(3) 工作负责人认真检查所有接线已恢复，总结工作票，结束工作。

30.7 生 成 记 录

(1) 变电第一种工作票。

(2) 工作任务书。

(3) 危险因素明白卡。

(4) WXH-11X 微机保护检验报告。

(5) 二次设备工作记录。

30.8 引 用 标 准

(1)《国家电网公司电力安全工作规程（发电厂和变电所电气部分）》。

(2)《继电保护及电网安全自动装置检验条例》水电电生字［1987］108 号。

(3)《继电保护和电网安全自动装置现场工作保安规定》电生供字［1987］254 号。

(4)《WXH-11X 系列微机线路保护装置说明书》。

31 WXH-11X 微机保护检验报告

31.1 通电前的检查

1n105 端子应可靠接地，装置及连线完好无损。

31.2 稳压电源检测

通电，用 8 线测试盒将各级电压引出，用电压表测量（见表 31-1）。

表 31-1 稳压电源检测表

标准电压（V）	测试孔	允许范围（V）	实测值（V）
5	CK1～CK2	4.8～5.2	
24	CK6～CK7	22～26	
15	CK3～CK4	13～17	
—15	CK5～CK4	—17～—13	

31.3 键盘与打印机回路检查

合格（ ），不合格（ ）。

31.4 开出回路检查

合格（ ），不合格（ ）。

31.5 拨轮开关检查

合格（ ），不合格（ ）。

31.6 告警回路检查

合格（ ），不合格（ ）。

31.7 开入回路检查

合格（ ），不合格（ ）。

31.8 定 值 输 入

执行_____定值通知单，_____区为运行定值，_____区为试验定值。
定值输入日期为_____。

31.9 零 漂 检 查

合格（　），不合格（　）。

31.10 平 衡 度 检 查

合格（　），不合格（　）。

31.11 电流电压线性度检查

合格（　），不合格（　）。

31.12 版 本 号 检 查

合格（　），不合格（　）。

31.13 模拟短路整组试验

（1）高频保护（见表31-2）。

表 31-2　　　　　　高 频 保 护

		0.95XX (1.05×3I_0)	1.05XX (0.95×3I_0)
时间 (ms)	距离		
	零序		

（2）相间距离保护（见表31-3）。

表 31-3　　　　　相 间 距 离 保 护

		0.95XX1	1.05XX1	0.95XX2	1.05XX2	0.95XX3	1.05XX3
时间 (ms)	AB						
	BC						
	CA						

（3）接地距离保护（见表31-4）。

表 31-4 接 地 距 离 保 护

		0.95XD1	1.05XD1	0.95XD2	1.05XD2	0.95XD3	1.05XD3
时间 (ms)	AN						
	BN						
	CN						

（4）零序保护（见表 31-5）。

表 31-5 零 序 保 护

	$1.05I_{01}$	$0.95I_{01}$	$1.05I_{02}$	$0.95I_{02}$	$1.05I_{03}$	$0.95I_{03}$	$1.05I_{04}$	$0.95I_{04}$
时间 (ms)								

31.14 整体回路绝缘检查

用 1000V 摇表摇测

电流回路—地：____，电压回路—地：____。

直流回路—地：____，操作回路—信号回路：____。

31.15 整 组 试 验

（1）会同值班人员，手动跳合断路器一次。

（2）分别取下正负操作熔断器，观察所出信号。

（3）模拟 AB 相Ⅰ段故障（高闭距离、相间Ⅰ段动作）。

保护屏上信号：

光字牌：

（4）模拟 BC 相Ⅱ段故障（高闭退出）。

保护屏上信号：

光字牌：

（5）模拟 CA 相Ⅲ段故障（高闭退出）。

保护屏上信号：

光字牌：

（6）模拟 A 相Ⅰ段接地故障（高闭、零序Ⅰ段、接地Ⅰ段）。

保护屏上信号：

光字牌：

（7）模拟 B 相Ⅱ段故障（高闭退出、零序Ⅱ段动作）。

保护屏上信号：

光字牌：

（8）模拟 C 相Ⅲ段故障（高闭退出、零序Ⅲ段动作）。

保护屏上信号：

光字牌：

（9）防跳跃闭锁：KK 开关置合闸时，点跳 A B C 相应不回重合。

31.16 偷 跳 回 路 检 查

合格（ ），不合格（ ）。

31.17 后加速回路检查

合格（ ），不合格（ ）。

31.18 试 验 结 果

合格（ ），不合格（ ）。

32 WXH-15X 微机保护试验方法

32.1 工 作 目 的

通过对微机保护的定期检验，对装置性能予以调试检查，对长期运行造成的性能偏差予以调整，使其能正确反映并处理被保护设备的故障，确保电网安全稳定地运行。

32.2 工 作 内 容

（1）交直流继电器的检验。
（2）保护装置本体特性检验。
（3）保护装置整组试验。
（4）保护装置传动试验。

32.3 适 用 范 围

本试验方法适用于 WXH-15X 型线路微机保护定期检验工作。

32.4 资 源 配 置

（1）人员配置：工作负责人 1 人，试验人员 3 人。
（2）设备配置（见表 32-1）。

表 32-1   设 备 配 置 表

设备名称	设备规格	设备数量
微机试验仪	5108D	1 台
试验线		2 包
多用插座		1 个
甲电池	1.5V	2 个
直流毫安表	0.5 级　15～1500mA	1 块
交流电流表	0.5 级　5～100A	1 块
刀闸板		1 个
转插板		1 个
滑线电阻	1.8A、200Ω	1 个

续表

设备名称	设备规格	设备数量
直流电压表	0.5级、15～750V	1个
模拟断路器		1台

（3）资料配置：试验手册、工作任务书、危险因素明白卡、定值通知单、WXH-15X保护标准试验报告、本间隔保护图纸（1套）、WXH-15X微机保护装置说明书。

32.5 作业流程图（见图32-1）

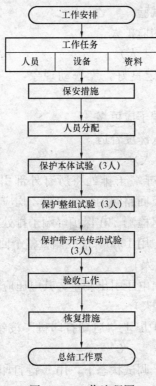

图 32-1 工作流程图

32.6 作业流程

32.6.1 现场安全措施

32.6.1.1 组织措施

（1）工作负责人负责填写工作、危险因素明白卡、工作任务书，并经签发人签发。

（2）工作负责人办理工作许可手续后，对工作票中安全措施进行检查。

（3）工作区间断路图在断开位置，隔离开关确已拉开。

（4）接地线装设接地开关符合工作要求。

（5）悬挂的标示牌和装设的遮栏符合工作票要求。

（6）工作区间与带电间隔的安全距离符合《国家电网公司电力安全工作规程（发电厂和变电所电气部分）》要求。

（7）工作负责人宣读工作票内容，交代安全注意事项，并分派工作任务。

32.6.1.2　技术措施

（1）工作负责人监护，工作班成员执行保证安全的技术措施。

（2）在端子排外侧，拆开保护装置电压回路（U_A、U_B、U_C、U_N、U_L、U_{LN}、U_X、U_{XN}）线头，并用绝缘胶布包好。

（3）在端子排外侧，打开保护装置电流回路连接片（I_A、I_B、I_C、I_N）。

（4）在端子排内侧，拆开本保护装置跳其他运行间隔的跳闸线，并用绝缘胶布包好。

（5）工作负责人监护，检查工作任务书中所填写所有技术措施确已全部执行。

32.6.2　保护装置本体特性试验

工作负责人为全部检验工作的监护人。

32.6.2.1　外观及接线检查（1人）

（1）检查保护装置各部件固定良好，无松动现象，装置外形应端正，无明显损坏及变形。

（2）检查保护装置所有接地端子应可靠。

（3）各插件应插拔灵活，插入深度合适。

32.6.2.2　绝缘电阻检测（2人）

（1）绝缘电阻检测。在保护屏端子排处将所有外部引入的回路及电缆全部断开，用1000V摇表分别测量各回路对地及回路间的绝缘电阻，均应大于10MΩ。

（2）整个二次回路的绝缘电阻检测。在保护屏端子排处将所有交直流回路的端子连接在一起，将电流回路的接地点拆开，用1000V摇表测量整个回路的绝缘电阻，应大于1MΩ。

32.6.2.3　逆变电源检测（2人）

用专用测试盒将各级直流输出电压引出测量，其电压应符合标准试验报告规定。

32.6.2.4　初步通电检查（2人）

（1）打印机检查：①按下保护屏上"启动打印机"按钮；②打印机应能打印各保护采样值。

（2）保护装置软件版本检查。调试状态下，用L键打印并核对保护软件版本正确无误，具体操作为：L0（1，2，3，4）（1人）。

（3）时钟检查：1运行状态下：用T键打印核对调整装置时钟与当前时间相符（1人）。

（4）定值检查及整定（2人）：①运行状态下，用S（X）键，X为CPU号，分别打印各保护定值；②核对定值通知，应与定值通知单相符。

（5）检查各区定值的整定、修改及修改功能：①调试状态下，将定值修改开关置"修改"位置，用S键打印或显示某项定值，W键修改并固化该定值，应能正确修改；②调试状态下，将定值修改开关置"运行"位置，用S键打印或显示某项定值，W键修改并固化该定值，此时应不能正确修改。

（6）打印并核对保护软件版本应正确无误（1人）。

（7）开关量输入回路检验（2人）。运行态、以+24V分别点表32-2所示端子，打印机应打印各CPU反应结果，相应开关量应由0变为1，如表32-2所示。

表 32-2 **CPU 反 应 结 果**

端 子 名 称		CPU1 (高频)	CPU2 (距离)	CPU3 (零序)	CPU4 (综重)
重合方式 1	1n39				×
重合方式 2	1n40	×	×	×	×
单跳启动重合	1n41	×	×	×	×
三跳启动重合	1n42	×	×	×	×
不对应	1n43	×	×	×	×
重合闸时间选择连接片	1n44				×
闭锁重合闸	1n45				×
气压降低	1n46				×
手合	1n47	×	×	×	×
三跳位置	1n49	×			
高频保护投入连接片	1n51	×			
距离保护投入连接片	1n52		×		
零序 I 段投入连接片	1n53			×	
零序保护投入连接片	1n55			×	
外部 P 键	1n56	×	×	×	×
N 点保护	1n57				×
M 点保护	1n58				×
P 点保护	1n59				×
导频消失	1n61	×			
收信输入	1n64	×			

1) 以＋24V 点 1n43 不对应端子时还应打印 CHCK。

2) 以＋24V 点 1n56 外部 P 键时，还将打印各 CPU 采样值。

3) 重合手柄在不同位置，1n39 和 1n40 状态如表 32-3 所示。

表 32-3 **ln 39 和 ln40 的状态**

端子号	综重	单重	三重	停用
1n39	0	1	1	0
1n40	1	1	0	0

(8) 开出回路检查：利用调试状态下的 T 命令菜单，进入调试态，取消三取二回路。试验步骤如下，以 CPU4 为例，依次执行其 8 个菜单，按表 32-4 所列的内容检查。CPU1～CPU3 的传动方法与 CPU4 类似。

表 32-4 执行的 8 个菜单

操作子菜单	应亮指示灯	触点动作情况
2—TA	启动、跳 A	1n2-1n27、1n3-1n31、1n4-1n5、1n8-1n9、1n16-1n17、1n19-1n20、1n81-1n82 闭合，1n22-1n23、1n24-1n25 断开
1—QD	启动	1n16-1n17、1n19-1n20 闭合
复归信号执行 3—TB	启动、跳 B	1n2-1n28、1n3-1n32、1n4-1n6、1n8-1n10、1n16-1n17、1n19-1n20、1n81-1n82、1n86-1n87 闭合，1n22-1n23、1n24-1n25 断开
复归信号执行 4—TC	启动、跳 C	1n2-1n29、1n3-1n33、1n4-1n7、1n8-1n11、1n16-1n17、1n19-1n20、1n81-1n82 闭合，1n22-1n23、1n24-1n25 断开
复归信号执行 5—T3	启动、跳 A、跳 B、跳 C	1n2-1n98、1n3-1n99、1n16-1n18、1n19-1n21、1n81-1n82、1n86-1n88 闭合，1n86-1n87 断开
复归信号执行 1—QD	启动	1n16-1n18、1n19-1n21 闭合
复归信号执行 6—TR	启动、永跳	1n2-1n30、1n3-1n34、1n81-1n82、1n86-1n89 闭合
复归信号执行 7—CH	启动	1n12-1n13、1n14-1n15、1n81-1n83 闭合
执行 8—RST		
复位 CPU4		

（9）键盘与打印机回路检查：按"ESC"键及任意光标键均能正常工作，执行 P 命令，打印机应能正确打印出采样报告。

（10）拨轮开关检查：将接口插件复位，利用运行状态下的 Sp 或 Ss 命令菜单显示各定值区的定值。在显示的定值清单中，定值区号与拨轮开关的区号一致。

对 CPU1～CPU4 插件上的并行口 8255A 的 B 口（地址 0007H）中的数据进行改写来检验各出口回路及触点，观察保护信号并用通灯测量装置输出接点，均应接通。

（11）告警回路检查。

1）将各 CPU 插件及 MONITOR 插件置"运行"态，此时告警插件各指示灯不亮，各 CPU 插件中"运行"灯亮。

2）将 CPU1 的定值开关置到无定值区，按该插件复位按钮，此时告警插件中"总告警"及"高频"灯亮，应打印 CPU1ERR。

3）恢复 CPU1 于有定值区，按 CPU1 的 RES，不复位告警插件，应打印：

CPU1

0 BADDRV

4）复位告警插件，CPU1"运行"灯亮。仿照检验告警插件中的 CPU2～CPU4。将 MONITOR 插件置"调试"态，25s 后告警插件中"巡检中断"灯亮。前述步骤中告警插件中任一个灯亮时，端子 1n81-1n85 触点闭合。关掉直流电源，端子 1n81-1n85 触点应闭合。

32.6.2.5 模数变换系统检验（2 人）

（1）零漂检验：将各交流端子开路，保护进入不对应态，以 P 键打印各通道采样值（零漂值），各采样值均应在 $-0.3\sim0.3$ 之内，不满足要求者调整 VFC 插件对应通道的变阻

器 R_{Pn1}（n 为通道号）。零漂为负时逆时针调，为正时顺时针调。

（2）平衡度及极性检查（3 人）：以下试验由工作负责人检查接线正确后方可进行。

1）分别将各交流端子同极性输入电流 5A 电压 50V，进入不对应态，以 L 键打印各通道有效值，要求打印值与表计值误差小于 2%，如不满足要求则调整 VFC 插件相应通道的变阻器 R_{Pn2}（n 为通道号）。打印值偏小时逆时针调，偏大时顺时针调。

2）用 P 键打印各通道采样值，要求 I_A、I_B、I_C、$3I_0$ 采样值相位一致，U_A、U_B、U_C、$3U_0$、U_{XL} 采样值相位一致。电流、电压平衡度检验示意图如图 32-2 所示。

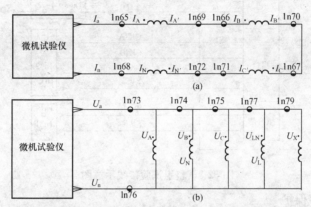

图 32-2　电流、电压平衡度检验示意图
（a）电流平衡度检验；（b）电压平衡度检验

（3）电流电压线性度检查，接线不变。如此调整电压分别为 60、30、5、1V，电流分别为 15、10、1、0.5A，打印各通道相应有效值。要求 1V、1A、0.5A 打印值与表计值误差小于 10%，其余小于 2%。

32.6.3　模拟短路整组试验（3 人）

整组试验接线方式如图 32-3 所示。

32.6.3.1　方向高频保护

（1）仅投入方向高频保护连接片。

（2）按照定值通知单分别模拟 A、B、C 单相正向接地故障，要求在正向时方向高频保护应可靠动作，动作时间符合定值要求，在反方向故障时保护应可靠不动作。

（3）按照定值通知单分别模拟 AB、BC、CA 相间正向故障，要求在正向故障时方向高频保护应可靠动作，动作时间符合定值要求，在反方向故障时保护应可靠不动作。

32.6.3.2　距离保护

（1）仅投入距离保护连接片。

（2）按照定值通知单分别模拟 AB、BC、CA 各段相间故障，要求在 0.95 倍各段定值时相应段相间距离保护应可靠动作，动作时间符合定值要求，在 1.05 倍相应段定值时相应段保护应可靠不动作。

（3）按照定值通知单分别模拟 A、B、C 单相接地故障，要求在 1.05 倍各段定值时相应段接地距离保护应可靠动作，动作时间符合定值要求，在 0.95 倍相应段定值时相应段保护应可靠不动作。

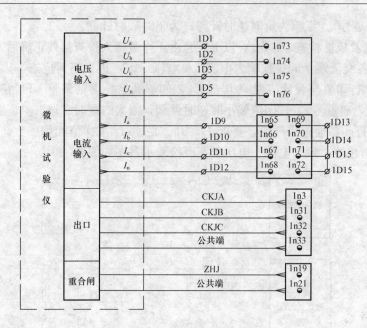

图 32-3　整组试验接线示意图

32.6.3.3　零序保护

（1）仅投入零序保护连接片。

（2）按照定值通知单分别模拟 A、B、C 单相接地故障，要求在 1.05 倍各段定值时相应段零序保护应可靠动作，动作时间符合定值要求，在 0.95 倍相应段定值时相应段保护应可靠不动作。

32.6.3.4　各保护反方向出口故障性能检测

（1）各保护连接片均投入。

（2）分别模拟 B 相接地、CA 相间、ABC 三相反方向故障，模拟故障时间应不小于距离Ⅲ段和零序方向Ⅳ段的整定时间定值，故障阻抗可设置为 $X=R=0.1\Omega$。

（3）保护装置应当在单相接地和两相短路故障时可靠不动作，在三相短路故障时以相间距离Ⅲ段的延时动作。

32.6.4　保护装置传动试验（3 人）（接线不变）

（1）投入所有保护连接片，重合闸置整定位置。

（2）会同值班人员手动操作断路器跳、合闸应正确。

（3）合上断路器，投上保护出口连接片，分别模拟瞬时性相间故障、接地故障，保护出口、信号、连接片跳闸均应正确。

（4）模拟单相及多相永久性故障（故障段数为相应后加速段动作区内），保护出口跳闸、重合闸及相应后加速段均应动作正确。

（5）模拟单相及多相永久性故障（故障段数为相应后加速段动作区外），保护出口跳闸、重合闸动作应正确。相应后加速段应不动作，相应故障段保护应以整定时间动作。

（6）试验防跳跃闭锁，将开关打在合闸时位置，模拟永久性故障，保护出口跳闸，不会重合。

（7）断路器偷跳试验。重合闸在整定位置，于同期和无压条件下，分别模拟断路器偷跳时，重合闸装置动作应符合定值要求。

32.6.5 结束工作（3人）

（1）申请上级技术部门现场验收。

（2）验收合格后，工作班成员恢复工作任务书中所有所做技术措施。

（3）工作负责人认真检查所有接线已恢复，总结工作票，结束工作。

32.7 生 成 记 录

（1）变电第一种工作票。

（2）工作任务书。

（3）危险因素明白卡。

（4）WXH-15X 微机保护试验报告。

（5）二次设备工作记录。

32.8 引 用 标 准

（1）《国家电网公司电力安全工作规程（发电厂和变电所电气部分）》。

（2）《继电保护及电网安全自动装置检验条例》水电电生字 [1987] 108 号。

（3）《继电保护和电网安全自动装置现场工作保安规定》电生供字 [1987] 254 号。

（4）《WXH-15X 系列微机线路保护说明书》。

33 WXH-15X 微机保护校验报告

33.1 通电前的检查

1n105 端子应可靠接地，装置及连线完好无损：合格（   ）、不合格（   ）。

33.2 稳压电源检测

通电，用 8 线测试盒将各级电压引出，用电压表测量（见表 33-1）

表 33-1   电 压 表 测 量 结 果

标准电压（V）	测试孔	允许范围（V）	实测值（V）
+5	CK1~CK2	4.8~5.2	
+24	CK6~CK7	22~26	
+15	CK3~CK4	13~17	
−15	CK5~CK4	−17~−13	

33.3 键盘与打印机回路检查

合格（   ），不合格（   ）。

33.4 开出回路检查

合格（   ），不合格（   ）。

33.5 拨轮开关检查

合格（   ），不合格（   ）。

33.6 告警回路检查

合格（   ），不合格（   ）。

33.7 开入回路检查

合格（   ），不合格（   ）。

33.8　定　值　输　入

执行＿＿＿＿＿＿定值通知单，＿＿＿＿＿区为运行定值，＿＿＿＿＿区为试验定值。定值输入日期为＿＿＿＿＿＿。

33.9　零　漂　检　查

合格（　），不合格（　）。

33.10　平　衡　度　检　查

合格（　），不合格（　）。

33.11　电流电压线性度检查

合格（　），不合格（　）。

33.12　版　本　号　检　查

合格（　），不合格（　）。

33.13　模拟短路整组试验

(1) 高频保护（见表 33-2）。

表 33-2　　　　　　　　　　　高　频　保　护

时间 (ms)		正向	反向
	相间		
	单相		

(2) 距离保护（见表 33-3）。

表 33-3　　　　　　　　　　　距　离　保　护

		0.95XX1	1.05XX1	0.95XX2	1.05XX2	0.95XX3	1.05XX3
时间 (ms)	AB						
	BC						
	CA						

(3) 接地距离保护（见表 33-4）。

表 33-4　　　　　　　　　　　　接 地 距 离 保 护

		0.95XD1	1.05XD1	0.95XD2	1.05XD2	0.95XD3	1.05XD3
时间 (ms)	AN						
	BN						
	CN						

（4）零序保护（见表 33-5）。

表 33-5　　　　　　　　　　　　零 序 保 护

	1.05I_{01}	0.95I_{01}	1.05I_{02}	0.95I_{02}	1.05I_{03}	0.95I_{03}	1.05I_{04}	0.95I_{04}
时间 (ms)								

33.14　整体回路绝缘检查

用 1000V 摇表摇测。

电流回路—地：＿＿＿，电压回路—地：＿＿＿。

直流回路—地：＿＿＿，操作回路—信号回路：＿＿＿。

33.15　整　组　试　验

（1）会同值班人员，手动跳合断路器一次。

（2）分别取下正负操作熔断器，观察所出信号。

（3）模拟 AB 相Ⅰ段故障（方向高频、相间Ⅰ段动作）。

保护屏上信号：

光字牌：

（4）模拟 BC 相Ⅱ段故障（方向高频退出）。

保护屏上信号：

光字牌：

（5）模拟 CA 相Ⅲ段故障（方向高频退出）。

保护屏上信号：

光字牌：

（6）模拟 A 相Ⅰ段接地故障（方向高频、零序Ⅰ段、接地Ⅰ段）。

保护屏上信号：

光字牌：

（7）模拟 B 相Ⅱ段故障（方向高频退出、零序Ⅱ段动作）。

保护屏上信号：

光字牌：

（8）模拟 C 相Ⅲ段故障（方向高频退出、零序Ⅲ段动作）。

保护屏上信号：

光字牌：

（9）防跳跃闭锁，KK 开关置合闸时，点跳 A、B、C 相应不回重合。

33.16 偷跳回路检查

合格（　），不合格（　）。

33.17 后加速回路检查

合格（　），不合格（　）。

33.18 试 验 结 果

合格（　），不合格（　）。

34 SF-500(600)型高频收发信机试验方法

34.1 工 作 目 的

通过对高频收发信机的定期检验，对装置性能予以调试检查，对长期运行造成的性能偏差予以调整，使其能正确反映高频保护装置的收发信命令，并满足高频保护对收发信机装置的其他要求，确保高频保护的正确动作。

34.2 工 作 内 容

(1) 外观及机械状态检查。
(2) 绝缘检查。
(3) 电气特性试验。
(4) 双侧装置联调。

34.3 适 用 范 围

本试验方法适用于 SF-500（600）型高频收发信机的检验工作。

34.4 资 源 配 置

(1) 人员配置：工作负责人 1 人，试验人员 2 人。
(2) 设备配置（见表 34-1）。

表 34-1 设 备 配 置 表

设备名称	设备规格	设备数量
高频振荡器	DZ-4	1块
选频电平表	DX-4	1块
数字频率计	CN3165	1块
指针式万用表	MF-18	1块
摇表	2500V	1块
精密无感电阻	100/75Ω（选用与高频通道适应的）	3个
通灯		1个

(3) 资料配置：试验手册、工作任务书、危险因素明白卡、高频收发信机检验报告、SF-500（600）集成电路收发信机产品说明书。

34.5 作业流程图（见图34-1）

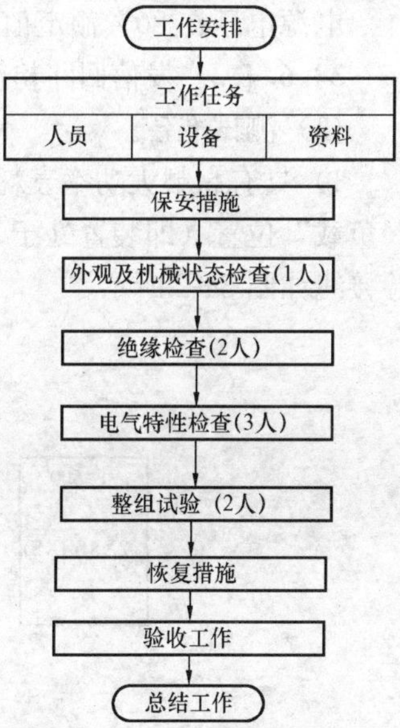

34.6 作 业 流 程

34.6.1 现场安全措施

34.6.1.1 组织措施

（1）按本间隔保护装置作业指导书执行。

（2）检查高频通道确在断开位置。

34.6.1.2 技术措施

按本间隔保护装置作业指导书执行。

34.6.2 外观及机械状态检查

检查各插件机械紧固件是否可靠，各电气元件是否相碰、断线或脱焊。插件的插拔是否灵便。

图 34-1 工作流程图

34.6.3 绝缘检查

将机箱后的出线端子除 6n5～6n8 （11nl、11n37～11n40）外，全部端子用导线连接起来。用摇表测其对机箱（或屏架）的绝缘电阻，要求大于 $10M\Omega$，测试合格后将上述连接导线拆除。

34.6.4 电气特性试验

34.6.4.1 电源回路检测

（1）测试准备。将直流试验电源从屏上接直流电源的端子送入，试验电源应能从装置直流电源额定值（220V 或 110V）的 80％连续调整到 115％。

（2）信号和失压告警检查（括号内为 SF-600 试验数据，下面相同）。将直流试验电源置于额定值，先后将 1 号"开关电源Ⅰ"（及 5 号"开关电源Ⅱ"）插件面板上的电源开关 SA 置于"ON"位置，此时对应 $+5$、$+15$、$+48$、$-15V$ 的四个指示灯（5 号插件面板上的 $+5$、$+15$、-15、24V 四个指示灯及 1 号插件面板上的 48V 电源指示灯）应亮。当电源开关由断开到接通时，用万用表欧姆档检测装置出线端子 6n13 与 6n14 （11n34 与 11n35）之间的阻值应从 0 变为 ∞，（SF-600 应按一下 9 号插件面板上的复归按钮）。

（3）输出直流电压值测量。用直流电压表或万用表的直流电压档通过厂家提供的测试线分别接入 1 号、5 号面板上的五芯插座 XS1 与 XS2 （1XS、5XS1、5XS2）中进行测量。该测试线一端为五芯插头，另一端有三个出线端，分别接有红、蓝、黑三色插塞和导线夹，其颜色与面板上测试插座出线代号所标的颜色一致。本装置所有五芯测试插座（用 XS 表示）其出线"3"为红色，"1"为蓝色，"2"为黑色。黑色（即出线"2"）端为公共线端，即 0V 端或地端。以上适用本装置的所有插件，下面凡需用测试线测量时不再重复说明。

在开关电源面板上的测试插座 XS1 的 3-2、1-2，XS2 的 3-2、1-2 分别测出电压值应为 $+5$、$+48$、$+15$、$-15V$ （1XS 的 1-2、5XS2 的 3-2、5XS2 的 1-2、5XS1 的 3-2 分别测出电压值应为$+48$、$+5$、$+15$、$-15V$），当试验电源在额定值 80％到 115％范围变动时，上述测试值其误差都不应超过上述输出额定值的 ±5％。

电源电压在80％额定值时切投电源开关，开关电源应保证能正常工作。

34.6.4.2　发信回路检测

（1）测试准备。

1）具有高频大功率衰耗器时。将2号发信输出插件面板上的四芯短路插头插在"通道一负载"位置（即装置处于开路状态），并将测试线接在此插件的五芯测试座 XS1 内，其试验接线如图34-2所示。

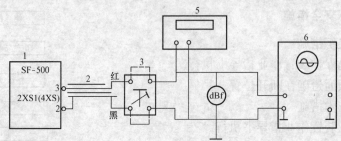

图 34-2　试验接线图

1—被测装置，即 SF-500（600）收发信机；2—测试线；3—高频大功率变衰耗器
（输入阻抗与收发信机所接通道阻抗相同，输出阻抗为75Ω）；4—选频电平表（输入阻抗75Ω、
不平衡，并置选频 dB 档）；5—数字频率计；6—示波器

2）无大功率可变衰耗器时。将2号插件面板上四芯短路插头插在"本机一负载"插座处，试验接线同与图34-2，只是在衰耗器部位按虚线连接，同时将选频电平表的输入阻抗置于高阻抗 dB 档。本装置只设75Ω模拟负荷。凡利用电平表高阻抗测量时，均以电压电平为准（600Ω 的读值）。

电压电平 dB 与功率电平 dBm 的换算关系如下：

1）对于75Ω阻抗，电压电平＋9dB 为功率电平。

2）对于100Ω阻抗，电压电平＋7.7dB 为功率电平。

以下按有衰耗器的情况检测，如无衰耗器，测试结果应按前述关系换算。

（2）检测载漏输出。将选频表频率调整为工作频率，衰耗器置 10dB，此时选频表指示值加 10dBm 即为载漏输出电平，其值应小于－20dBm。

（3）检测发信输出电平。选频电平表仍调整为 f_0，衰耗器置 40dB，按 10（9）号插件上的"启信按钮"，选频表指示值加 40dBm 即为输出电平，其值应为（43±0.5）dBm〔约相当于（20±2）W〕。如不满足要求，则需调整 4（7）号插件面板上的 R_{P4}（$7R_{P1}$）功率调整电位器。

（4）校核发信工作频率。发信状态下，频率计所显示的频率应与标称频率值相同，其误差应小于10Hz。

（5）观测发信输出信号波形。发信时，由示波器观测发信输出信号波形应为正弦波，无畸变现象。

（6）校核发信高频电压与高频电流的表头指示。发信时，分别按下 3（2）号插件上"高频电压"与"高频电流"按钮，表头的指示应满足以下几个要求（以下表头指示值是发信输出功率为 20W 时给出的参考值，如输出功率在现场调整后，表头指示值以实测为准，有条件时应接外接表校准）：对于通道阻抗为 75Ω，表头指示应为 36.5～41V 与 490～

550mA，其电压值与电流值之比还应满足为 75Ω 左右；对于通道阻抗为 100Ω，表头指示应为 $42.5\sim47V$ 与 $425\sim470mA$，其电压值与电流值之比还应满足为 100Ω 左右；高频电压与高频电流的指示如不满足要求，可分别调整 3（4）号插件面板上的电位器 R_{P1} 和 R_{P2}，并以外接高频电压表和高频电流表为标准校对表头刻度。

（7）检查发信信号显示状态。当按下"启信按钮"，发信机处于发信状态时，4 号功率放大插件（7 号前置放大插件）的"发信指灯"应亮并自保持，此时装置出线端子 6n11 与 6n12（11n35 与 11n36）应接通。停止发信后，须按下保护屏上的信号复归按钮或装置"信号复归"按钮方可使此灯复归。

（8）测录发信回路发信时各插件有关测试点电平值。以上各项测试合格后，应测录发信时各插件面板上从测试插座测得的电平值，并准确记录测试结果，作为装置定期检验的依据。测试时利用生产厂提供的专用测试线，将选频表置高阻抗接在各测试插座内直接测量，此时测出数值为电压电平。（表 34-2 是按 20W 功率输出时给出的参考值，如输出功率进行了调整，则以实测值为准）。

表 34-2　　　　　　　　　　　　按 20W 功率输出时的参考值

检测的插件	检测点	电平值（U_B）	阻抗（Ω）
5（8）号载供电路	XS 的 1-2（3-2）	$-4\sim-1$	600
4（2）号功率放大	XS 的 3-2	30 ± 2.5	18
2（4）号发信输出	XS1（XS）的 3-2	34 ± 0.5	75
（SF-600 无此项）		或 35.2 ± 0.5	100
（SF-600 无此项）	XS2 的 3-2	18.5 ± 1.5	150

34.6.4.3　收发信机输出（入）回路匹配性检测（SF-600 无此项检查）

（1）测试准备。该项检验是利用电平振荡器在发信机的输出端输入信号，也即向收信机送入信号。由于本装置具有远方启信功能，为防止收信机收到信号后启动发信机发信而造成不良后果，因此以后凡需用振荡器向收信机送入信号时，除检测过程中不得按动"启信按钮"外，还需将 10 号插件面板上的"远方启信"四芯短路插头拔出，以解除远方启信功能，测试完毕再恢复正常插入状态。

以下所有项目检测中，凡需用到的电平振荡器应具有频率数字显示功能，否则应外接数字频率计以监视电平振荡器输出信号的频率。

（2）单工作频率装置输出（入）回路匹配性检验（SF-600 无此项检验）。

1）分流衰耗测试，测试接线如图 34-3 所示。

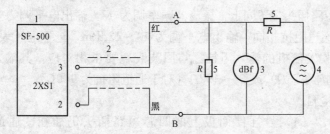

图 34-3　测试接线图

1—SF-500 收发信机；2—测试线；3—选频电平表（置选频、高阻、不平衡）；

4—电平振荡器，（输出阻抗 0Ω，不平衡）；5—精密无感电阻（阻值与高频通道阻抗相同）

测试前将 2 号插件面板上的四芯短路插头插在"通道—负载"位置上（即高频通道与装置断开），图 34-3 中的 A、B 两点通过专用测试线插入 2 号插件面板上的五芯测试插座 XS1 内。

测试时先将测试线在 A、B 两点处断开，电平振荡器频率调至 (f_0+14) kHz，输出电平调至电平表的指示为 0dB，然后将 A、B 两点接入，再读电平表指示，其绝对值即为收发信机在 (f_0+14) kHz 时的分流衰耗，应不大于 1dB。同样方法测出 (f_0-14) kHz 时的分流衰耗也不应大于 1dB。

2）回波衰耗测试。

测试方法一：测试接线如图 34-4 所示。

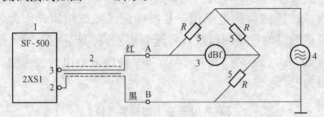

图 34-4　测试接线图一

1—SF-500 收发信机；2—测试线；3—选频电平表（置选频、高阻、平衡）；

4—电平振荡器（输出阻抗置 0Ω）；5—精密无感电阻（阻值与高频通道阻抗相同）

2 号插件面板上的四芯短路插头仍插在"通道—负载"位置，测试时同样先将测试线在 A、B 两点处断开，振荡器频率调至 f_0，其输出电平调至电平表指示为 0dB，然后将 A、B 两点接入，再读电平表指示，其绝对值即为收发信机的回波衰耗，应大于 10dB。

测试方法二：测试接线如图 34-5 所示。

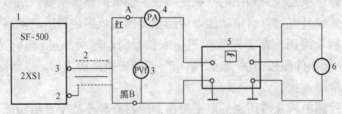

图 34-5　测试接线图二

1—SF-500 收发信机；2—测试线；3—高频电压表；

4—高频电流表；5—高频功率放大器；6—电平振荡器

2 号面板四芯短路插头位置同上，振荡器频率调为 f_0，输出电平调为 5～10dBm，功率放大器输出阻抗与通道阻抗相同，输出电平调为 40～43dBm，记下电压表与电流表的指示值，两者之比即为收发信机的输入阻抗。与回波衰耗要求相对应，其输入阻抗应在 39～144Ω（对于通道阻抗为 75Ω）或 52～192Ω（对于通道阻抗为 100Ω）。

（3）收信回路检测。

1）测试准备。2（4）号插件面板上的四芯短路插头仍插在"通道—负载"位置，10（9）号插件面板上的"远方启信"短路插头应拔出（在进行收信回路检测的全过程中，应特别注意此插头不应插入），在收信回路所有项目测试中严禁按 10（9）号面板上的"启信按钮"。

2）检测接收通道信号时的中频放大输出电平和频率，测试接线如图 34-6 所示。

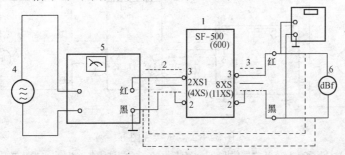

图 34-6　测试接线图三

1—SF-500 收发信机；2—测试线Ⅰ；3—测试线Ⅱ；4—电平振荡器（75Ω，不平衡）；
5—高频功率放大器（输入阻抗为 75Ω，输出阻抗与装置配接的通道阻抗一致）；
6—选频电平表（高阻、不平衡，选频测量）

开始测试时，先将选频电平表的频率调为 f_0，并接到高频功率放大器的输出端，即按图 34-6 中虚线连接，调整电平振荡器输出信号频率为 f_0，其输出调到电平表指示为 10dB（对于通道阻抗为 75Ω）或 11.2dB（对于通道阻抗为 100Ω），相当于功率电平为 19dBm。记下此时功率放大器的刻度指示并保持不变，再将选频电平表的频率调为 12kHz，按图 34-6 实线连接，即接在 8（11）号中频放大的输出端，此时电平表的指示应为（15±0.5）dB，数字频率计显示出中频频率应为（12±5）Hz。如电平表指示不满足要求可调整 8（11）号插件内的电位器 R_{P1}。

3）收信灵敏度（即灵敏启动电平）检测，测试接线如图 34-7 所示。

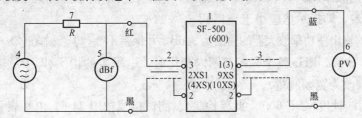

图 34-7　测试接线图四

1—SF-500（600）收发信机；2—测试线Ⅰ；3—测试线Ⅱ；4—电平振荡器
（0Ω，不平衡）；5—选频电平表（高阻、不平衡选频测量）；6—直流电压表或万用表
（置直流电压档）；7—精密无感电阻（阻值与高频通道阻抗相同）

按照图 34-7 分别将测试线Ⅰ与测试线Ⅱ插入装置 2（4）号插件和 9（10）号插件的五芯测试座内（以下检测凡测试接线图中已标明不再重复说明）。接通装置直流电源，直流电压表应指示在（13.5±1）V。将振荡器与选频表的频率皆调为 f_0，振荡器输出电平由 -10dB 逐渐增大，当直流电压表从开始下降直至降到刚接近 0 时，与此相对应选频电平表所指示的电平值即为收信灵敏启动电平，记作 P_{SQ}。对于配接的高频通道为 75Ω 时，要求 P_{SQ} 为（-5±0.5）dB；对于配接的高频通道为 100Ω 时，要求 P_{SQ} 为（-3.8±0.5）dB。用功率电平表示，即要求 P_{SQ} 为（4±0.5）dBm，如不满足要求可调整 9（10）号插件内的电位器 R_{P1}。

4）检测收信通频带，测试接线如图 34-8 所示。

将振荡器的频率调为 f_0，其输出电平调整到选频电平表指示［即 8（11）号中频放大插件的输出电平］为 15dB，振荡器的输出电平由高频功率放大器的表头指示进行监视，保证

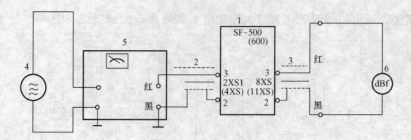

图 34-8　测试接线图五

1—SF-500（600）收发信机；2—测试线Ⅰ；3—测试线Ⅱ；4—电平振荡器
（75Ω，不平衡输出）；5—高频功率放大器（输入阻抗 75Ω，输出阻抗与装置配接
的通道阻抗一致）；6—选频电平表（高阻，不平衡，宽频测量）

在整个测试过程中其输出不变。在 f_0 两侧调整振荡器的频率，当电平表指示为 12dB 时的两个频率之差即为收信通频带，记作 Δf，要求 $\Delta f = 1400 \sim 1600\,Hz$。如现场无高频功率放大器，可在电平振荡器最大输出电平下测试（以下同，不再重复）。

　　5）检测收信防卫度（SF-600 无此项检验）。测试接线仍按图 34-8，但电平表应改为选频测量。同样先将振荡器频率调为 f_0，其输出调到电平表指示为 15dB（选频频率为 12kHz）。然后在 f_0 两侧改变振荡器的频率，当调为（$f_0 \pm 2$）kHz 时，电平表的指示值下降应大于 35dB（选频频率分别为 10、14kHz），即指示值应小于 $-20\,dB$；当振荡器频率调为（$f_0 \pm 14$）kHz 时，电平表指示值下降应大于 45dB（选频频率分别为 8、16kHz），即指示值应小于 $-30\,dB$；当频率调为（$f_0 \pm 14$）kHz 时，电平表指示值下降应大于 60dB（选频频率分别为 2、26kHz），即指示值应小于 $-45\,dB$。

　　调整振荡器的输出使功率放大器的输出为 30dB，并保持不变，其频率在 $[21 \sim (f_0 - 14)]kHz$ 以及从 $[(f_0 + 14) \sim 514]kHz$ 整个频率范围内变化时，电平表的指示（即中放输出电平）应小于 $-25\,dB$（电平表改为宽频测量）。

　　6）检测收信线性度（SF-600 无此项检验）。测试接线按图 34-8。电平表采用宽频测量，振荡器频率调为 f_0，其输出先调到电平表的指示为 0dB，记下此时高频功率放大器的输出电平。在此输出电平的基础上，逐渐增加振荡器的输出，要求电平表指示的线性增加范围应大于 18dB（线性范围指振荡器增加的电平值与电平表指示的电平增加值之差不大于 1dB）。

　　7）检测收信电平信号灯指示值，测试接线如图 34-9 所示。

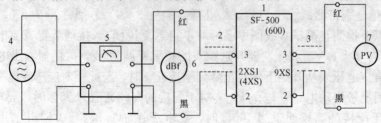

图 34-9　测试接线图

1—SF-500（600）收发信机；2—测试线Ⅰ；3—测试线Ⅱ；4—电平振荡器
（75Ω，不平衡）；5—高频功率放大器（输出阻抗与装置配接的通道阻抗一致）；
6—选频电平表（高阻，不平衡，选频测量）；7—直流电压表（置直流电压档）

将电平振荡器频率调为 f_0，其输出先调到选频电平表指示为—5dB，然后逐渐增加振荡器输出，当电平表指示为 0dB 时（对于通道阻抗为 75Ω）或 1.2dB（对于通道阻抗为 100Ω）时，相当于功率电平为 9dBm，9（11）号插件面板上的"9dBm"灯应亮，否则应调整该插件内的电位器 R_{P2}。继续增加振荡器的输出，当电平表的指示每增加 3dBm 时，"12dBm"、"15dBm"、"18dBm"、"21dBm"收信电平信号灯应顺序点亮（误差不大于0.5dBm）。

8）检测裕度告警电平和不灵敏启动电平（即通道衰耗大于 3dB 告警），测试接线如图34-9所示。将电平振荡器与选频电平表频率皆调为 f_0，振荡器输出调到选频电平表指示为10dB，然后逐渐减小，当减小到 9（10）号插件面板上的"裕度告警"指示灯由熄灭到点亮时，选频电平表指示电平即为裕度告警电平，其值应为（4±0.5）dB（对于通道阻抗为 75Ω）或（5.2±0.5）dB（对于通道阻抗为 100Ω），相当于功率电平为（13±0.5）dBm，如不满足要求，可调整 9（10）号插件内的电位器 R_{P4}（3）。当电平表指示由 10dB 逐渐减小，对应直流电压表的指示由 0 升到 15V 时的选频电平表的指示电平值即为不灵敏启动电平，其值应为（7±0.5）dB（对于通道阻抗为 75Ω）或（8.2±0.5）dB（对于通道阻抗为 100Ω），相当于功率电平为（16±0.5）dBm，如不满足要求可调整 9 号插件内的电位器 R_{P3}。［将 10XP1 与 10XP2短接，调整电平振荡器输出，使电平表指示由 10dB 逐渐减小，到 10 号插件面板上的"通道异常"指示灯由熄灭到点亮时选频电平表的指示电平值即为不灵敏启动电平，其值应为（7±0.5）dB，相当于功率电平为（16±0.5）dB，如不满足要求可调整 10 号插件面板上的通道检测调整电位器 R_{P2}。］

9）检测自发自收时的中频放大输出电平和频率。在图 34-6 测试接线中，将高频通道端所接的仪器全部拆除，即将测试线 I 从 2（4）号插件面板上拔出，只保留在 8（11）号中频放大输出端接选频电平表和数字频率计，同时将 2（4）号插件面板上的四芯短路插头插在"本机—负载"插座上。按下 10（9）号插件面板上的"启动发信"按钮使发信机发信，此时选频电平表与数字频率计测试值应与 2）项（即从通道加入 19dBm 信号）测试的结果一致，否则应调整7（12）号插件内的电位器 R_{P1}。

10）检查收信输出回路。装置收信触点输出检查；当装置由停信转为发信状态时，用万用表欧姆档测 6n32 和 6n33、6n34 和 6n35（11n32 和 11n33）应由断开转为连通状态。

（4）控制回路检测。

1）测试准备。将 2（4）号插件面板上的四芯短路插头插在"本机—负载"位置，并将10（9）号插件面板上的四芯短路插头插在"远方启信"插座上。

2）检查远方启信功能。装置接通电源后按一下 10（9）号插件面板上的"启信按钮"并立即松开，装置应保持发信 10s。

3）检查手动停信功能。按一下"启信按钮"使装置发信后，按下 10（9）号插件面板上的"停信按钮"应停止发信。

4）检查保护停信功能。按一下"启信按钮"启动发信后，将出线端子 6n37 与 6n9（11n17 与 11n12）短接应停止发信。

5）检查位置停信功能。首先检查 10（9）号插件内跳线 W8 应为连接状态，并拔下"远方启信"插座上的四芯短路插头，将 6n9 与 6n19（11n12 与 11n10）短接使装置发信，然后再将6n38 与 6n9（11n20 与 11n12）短接，装置应停信，测试完毕将四芯插头插回。

6）检查合闸启信功能（SF-500 仅对于 B 型机）（SF-600 无此项检查）。在 5）项的停信状态下，再将 6n47 与 6n9 短接，装置应再次启动发信。

7）检查手动启信（即手动检测）功能（SF-500 仅对于 B 型机）。首先检查 10 号插件内跳线 W3 应连接，将 6n20 与 6n9（11n21 与 11n22）短接，装置应启动发信；当 6n20 与 6n9（11n21 与 11n22）断开时，位于 10 号插件面板上的"通道异常"灯应亮并自保持，此时用万用表欧姆档测 6n25 和 6n26（11n34 和 11n35）应连通。

8）检查立即停信功能（SF-500 无此项检验）。按一下启信按钮启动发信后，将出线端子 11n13 与 11n12 短接，装置应停信。

9）检查保护启信功能（SF-500 无此项检验）。将 11n10 与 11n12 短接，装置应启信并保持 10s。

10）检查装置异常闭锁发信功能（SF-500 仅对于 B 型机）。将 6n37 或 6n48 或 6n49 与 6n9（11n15 与 11n12）短接，5s 后装置应启动发信，此时用万用表欧姆档测 6n50 和 6n51（11n34 与 11n35）应连通。6n37 或 6n38 或 6n49 与 6n9（11n15 与 11n12）断开后，按下 10（9）号插件上的"停信按钮"和 11 号插件面板上的"闭锁复归"按钮，装置应停信。6n50 与 6n51（11n34 与 11n35）应恢复断开状态。

11）检查与距离保护配合功能（SF-500 仅对于 B 型机）（SF-600 无此项检查）。首先检查 10 号与 11 号插件内与配合保护方式有关的跳线连接情况，在 10 号插件内 W4、W5 应断开，W3、W6、W7 应连接，11 号插件内 W1 应连接。然后将 6n18 与 6n9 短接，装置应启动发信，在发信时再将 6n49 与 6n9 短接，装置应立即停信，而位于 12 号插件面板上的"高闭距离"灯应亮并自保持。此时用万用表测 6n53 和 6n54、6n55 和 6n56、6n57 和 6n58 应瞬时接通，6n51 和 6n52、6n59 和 6n60 应保持接通。

12）检查与零序保护配合功能（SF-500 仅对于 B 型机）（SF-600 无此项检查）。10 号与 11 号插件内与配合保护方式有关的跳线连接情况同于检查与距离保护配合功能，将 6n19 与 6n9 短接，装置应启动发信，在发信时再将 6n48 与 6n9 短接，装置应立即停信，而位于 12 号插件面板上的"高闭零序"灯应亮并自保持。此时用万用表测 6n53 和 6n54、6n55 和 6n56、6n57 和 6n58 也应瞬时接通，6n51 和 6n52、6n59 和 6n60 同样也应保持接通。

13）时间回路检查。控制电路中的时间回路由于采用了时钟计数原理，只要电路设计正确，工作正常，各时间单元都将正确无误。而电路是否工作正常，在上面的控制回路各项功能检查中即可判断，故时间参数由工厂出厂保证，现场可免予检测。

34.6.5　两侧装置联调

34.6.5.1　检查收信与发信工作状态

装置联调时，首先把两侧装置都接入高频通道，即分别将两侧装置 2（4）号插件面板上的四芯短路插头插在"本机—通道"位置。同时将两侧的远方启信功能解除，即拔下 10（9）号插件"远方启信"插座上的四芯短路插头。

两侧装置接通直流电源后，先由一侧（设为 A 侧）按下 10（9）号插件面板上的"启动发信"按钮启动发信，再分别按下 3（4）号插件面板上的"高频电压"与"高频电流"按钮，测试发信高频电压与高频电流，由两者乘积求得装置接入高频通道后的发信功率，其值应为（20±2）W；同时由两者相除可求得通道输入阻抗，应满足高频通道的有关技术要求。

当 A 侧发信满足要求后，应在 B 侧观测 A 侧发信时 B 侧 9（11）号插件面板上的发光二极管显示状况，一般情况下，由于装置是按收信灵敏启动电平为 4dBm 调整的，所以 9～21dBm 发光二极管应全亮。至少 9～18dBm 灯应亮。前述检查合格后，改由 B 侧发信 A 侧接收，其结果与要求同前，不再重复。

34.6.5.2 发信输出功率的调整

在前述检查测试的基础上，应分别对两侧装置发信输出功率进行调整，一侧先调另一侧配合，然后轮换。试验接线如图 34-10 所示。

调整侧（设为 A 侧）除应按图 34-10 接线外，还应特别注意将 2（4）号插件面板"本机—通道"插座上和 10（9）号面板"远方启信"插座上的四芯短路插头拔出，否则试验时将会损坏测试仪器。

两侧装置接通电源后，首先让 B 侧发信，A 侧将选频电平表频率调为 f_0，高频衰耗器放在最小衰耗位置，

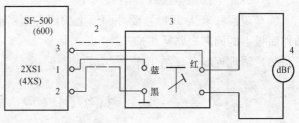

图 34-10 接线图
1—SF-500(600)收发信机；2—测试线；3—高频衰耗器
（输入输出阻抗与高频通道阻抗一致）；4—选频电平表
（高阻、不平衡，选频测量）

此时电平表的指示值与高频衰耗器的衰耗值之和即为接收电平值，记作 P_s。

当 $P_s > 17dB$（相当 25～26dBm）时，可考虑调低发信输出功率，以增加长期工作稳定性。调整方法是用试验插板将 4（7）号插件引出，调整其内部电位器 R_{P4}（$7R_{P1}$）使对侧接收电平（P_s）不大于 17dB。R_{P4}（$7R_{P1}$）调整后，应重新测定发信输出电平（功率），并作好记录。

当 $P_s > 17dB$ 时，如工作状态十分正常，就不需再调整发信输出功率，即按出厂调整状态工作。

34.6.5.3 收信输入可变衰耗器的调整

仍按图 34-10 接线，在前述测试基础上，当对侧发信时，逐渐增加高频衰耗器的衰耗值，观察 3（4）号插件面板上表头指示情况（注意此时"高频电压"与"高频电流"按钮均应处于弹起位置）。当表头指针由 +13.5V 刚接近 0 时，电平表的指示值即为装置出厂整定的收信灵敏启动电平，记作 P_{SQ}。

按照以上测试结果，可得出装置内部收信输入可变衰耗器必须增加的总衰耗值（不包括原已调整的衰耗值）应在下式所计算出的范围内：

$$（P_s - P_{SQ} - 15 - 1.5）\sim（P_s - P_{SQ} - 15）$$

34.6.5.4 测录装置接入高频通道后的收信灵敏启动电平、裕度告警电平和不灵敏启动电平

当装置内部收信输入可变衰耗器按前述要求调整好后，让 B 侧继续发信，改变 A 侧高频衰耗器（指外接测试用的衰耗器，不要与装置内部的收信输入衰耗器混淆）的衰耗值，使 3（4）号插件表头指示由 +13.5V 刚降至 0。此时选频电平表指示值即为装置接入实际高频通道后的收信灵敏启动电平，记作 P_{SQ}，此时高频衰耗器的总衰耗值应为（15±0.5）dB。

将高频衰耗器由最小衰耗值逐渐增加，再按下屏上"启信按钮"或将装置出线端子 6n20 和 6n9 短接的情况下，衰耗器总衰耗为（3±0.5）dB 时，装置"通道异常"灯应亮，经 0.5s 后电平表的指示值即为收信不灵敏启动电平（即通道衰耗大于 3dB 告警电平），记作 P_{SQ2}；当高频衰耗器总衰耗为（6±0.5）dB 时，装置"裕度告警"灯应亮，此时电平表指示值即为裕度

告警电平，记作 P_{SQ2}。

上述 P_{SQ1}、P_{SQ2}、P_{SQ3} 应有如下关系：

$$P_{SQ1} = P_{SQ2} - 12 = P_{SQ3} - 9 \text{ (dB)}$$

A 侧装置调整完毕后，B 侧装置按照上述方法进行调整测试。

34.6.6　结束工作

（1）拆除全部试验接线。

（2）观察并确认 2（4）号插件面板上的四芯短路插头应插在"本机—通道"位置，10（9）号插件面板上的四芯短路插头应插上。

（3）清理现场，总结工作。

34.7　生　成　记　录

（1）变电第一种工作票。

（2）工作任务书。

（3）危险因素明白卡。

（4）SF-500（600）型高频收发信机检验报告。

（5）二次设备工作记录。

34.8　引　用　标　准

（1）《国家电网公司电力安全工作规程（发电厂和变电所电气部分）》。

（2）《继电保护电网安全自动装置现场工作保安规定》电生供字［1987］254 号。

（3）《继电保护及电网安全自动装置检验条例》水电电生字［1987］108 号。

（4）《SF-500（600）集成电路收发信机产品说明书》。

35 SF-500（600）型高频收发信机试验报告

35.1 一般性检查

（1）端子、背板接线检查：接线正确，与设计图纸及有关保护说明书相符。

（2）单个插件检查：元器件规格、型号、焊接、接线正确，符合要求。

检查结果：＿＿＿＿＿＿＿。

（3）回路绝缘检查（见表35-1）。

表 35-1 回 路 绝 缘 检 查

	实 测 值	要 求 值	测 试 条 件
直流回路—地			1）用500V摇表。
信号回路—地			2）拔出除逆变电源外的所有插件
直流回路—信号回路			

35.2 收发信机整机检验

35.2.1 逆变电源检查

（1）逆变电源输入输出电压检查（见表35-2）。

表 35-2 逆变电源输入输出电压检查

标准电压值	实测电压值			超差允许范围
	$80\%U_H$	$100\%U_H$	$110\%U_H$	
输入电压（V）				
输出电压 +5				
+15				±5%
−15				
+48				

（2）拉合直流电源检查。拉合逆变电源的输入电源，该电源能自可靠启动，且工作正常。

检查结果：＿＿＿＿＿＿＿。

35.2.2 收发信机 DIP 开关及跳线连接状态检查 （见表35-3）

表 35-3 收发信机 DIP 开关及跳线连接状态检查

插件名称	DIP 开关（S）及跳线（W）连接状态			
发信输出	W1	W2	W6	W7
线路滤波	跳线板			

续表

插件名称	DIP 开关（S）及跳线（W）连接状态						
功率放大	W1	W2	W6	W3	W7	W4	
载供电路	W1	S1～S8（用十六进制表示）					
收信输入	W3	W4	W5	W6	W1	W2	S1～S4
解调输出	W7	W8					

注　√表示连接，×表示断开。

35.2.3　发信回路测试（见表 35-4）

表 35-4　　　　　　　　　　　发 信 回 路 测 试

测试项目		要 求 值	实 测 值	测 试 位 置
载供电路		$-4\sim-1$dB		5XS(1-2)
功放输出		(30 ± 0.5)dB*		4XS(3-2)
发信工作频率		$(f_0\pm10)$Hz		2XS1(1-2)
发信与收信电平		(18.5 ± 1.5)dB*		2XS1(3-2)
载漏输出	通道阻抗 75Ω	<-29dB		2XS1(1-2)
	通道阻抗 100Ω	<-27dB		
发送电平	通道阻抗 75Ω	(34 ± 0.5)dB*		2XS1(1-2)
	通道阻抗 100Ω	(35.2 ± 0.5)dB*		
高频电压	通道阻抗 75Ω	$36.5\sim41$V		2XS1(1-2)
	通道阻抗 100Ω	$42.5\sim47$V		
高频电流	通道阻抗 75Ω	$490\sim550$mA		2XS1(1-3)
	通道阻抗 100Ω	$425\sim470$mA		
谐波衰耗	$2f_0$	>66dB		2XS1(1-2)
	$3f_0$	>66dB		

注　工作频率大于 400kHz 时，标有"＊"的各项要求值，允许下降 2.5dB。

35.2.4　输入、输出回路匹配性测试（见表 35-5）

表 35-5　　　　　　　　　　　输入、输出回路匹配性测试

测试项目		要 求 值	实 测 值	测 试 位 置
分流衰耗	(f_0+14)kHz	<1dB		2XS1(1-2)
	(f_0-14)kHz	<1dB		
回波衰耗		>10dB		

35.2.5　收信回路测试

（1）收信防卫度测试，如表 35-6 所示。

表 35-6　　　　　　　　　　　收 信 防 卫 度 测 试

测试项目	要 求 值	实 测 值	测 试 位 置
通频带(3dB)	1400～1600Hz		

续表

测 试 项 目		要 求 值	实 测 值	测 试 位 置
收信防卫度	(f_0+2)kHz	＞35dB		
	(f_0-2)kHz	＞35dB		
	(f_0+4)kHz	＞45dB		8XS(3－2)
	(f_0-4)kHz	＞45dB		
	(f_0+14)kHz	＞60dB		
	(f_0-14)kHz	＞60dB		

（2）收信回路电平测试，如表 35-7 所示。

表 35-7 收信回路电平测试

测 试 项 目		要 求 值	实 测 值	测 试 位 置
线性工作范围		＞18dB		8XS(3－2)
本振信号电平		(-8 ± 2)dB		7XS(3－2)
本振信号频率		$[(f_0+12)\pm10]$Hz		7XS(3－2)
灵敏启动电平	通道阻抗 75Ω	(-5 ± 0.5)dB		9XS(1－2)
	通道阻抗 100Ω	(-3.8 ± 0.5)dB		
不灵敏启动电平	通道阻抗 75Ω	(7 ± 0.5)dB		9XS(3－2)
	通道阻抗 100Ω	(8.2 ± 0.5)dB		
裕度告警电平	通道阻抗 75Ω	(4 ± 0.5)dB		9HL7
	通道阻抗 100Ω	(5.2 ± 0.5)dB		
混频输出电平	发信状态	(-18 ± 0.5)dB		7XS(1－2)
	接收 19dBm			
中放输电平	发信状态	(15 ± 0.5)dB		8XS(1－2)
	接收 19dBm			

（3）中频信号和收信指示电平测试，如表 35-8 所示。

表 35-8 中频信号和收信指示电平测试

测 试 项 目		要 求 值	实 测 值	测 试 位 置
中频信号频率		$(12\ 000\pm50)$Hz		8XS(3－2)
9dBm 灯	通道阻抗 75Ω	(0 ± 0.5)dB		
	通道阻抗 100Ω	(1.2 ± 0.5)dB		
12dBm 灯	通道阻抗 75Ω	(3 ± 0.5)dB		
	通道阻抗 100Ω	(4.2 ± 0.5)dB		
15dBm 灯	通道阻抗 75Ω	(6 ± 0.5)dB		9HL1～9HL5
	通道阻抗 100Ω	(7.2 ± 0.5)dB		
18dBm 灯	通道阻抗 75Ω	(9 ± 0.5)dB		
	通道阻抗 100Ω	(10.2 ± 0.5)dB		

测试项目		要求值	实测值	测试位置
21dBm灯	通道阻抗75Ω	(12±0.5)dB		
	通道阻抗100Ω	(13.2±0.5)dB		

（4）解调输出测试，如表35-9所示。

表35-9 　　　　　　　　　　解调输出测试

测试项目			要求值	实测值	测试位置
电位输出		停信状态	(13.5±0.5)V		9XS(1－2)
		发信状态	(0+0.5)V		
触点输出		停信状态	断开		6n32-6n33
		发信状态	闭合		6n34-6n35
光耦输出	无电位	停信状态	∞		6n30-6n31
		发信状态	<0.2kΩ		
	有电位	停信状态	(0+0.5)V		6n31-6n31
		发信状态	(15±0.5)V		

（5）启停信控制回路测试，如表35-10所示。

表35-10 　　　　　　　　　　启停信控制回路测试

测试项目		要求值	实测值	测试位置
启信功能	远方启信	(10±1)s		启信按钮
	直接启信	正常		6n10、6n16 短接
	保护启信	正常		6n9、6n18 短接
停信功能	手动启信	正常		停信按钮
	位置停信	正常		6n9、6n38 短接
	保护停信	正常		6n1、6n37 短接

35.3　检　验　结　果

合格（　　），不合格（　　）。

36 低频(SZH 型继电器)保护试验方法

36.1 工 作 目 的

通过对低频保护的定期检验，对装置性能予以调试检查，对长期运行造成的性能偏差予以调整，使其能正确反映系统电压频率的变化，正确动作，按预定方案切除负荷，确保系统稳定性。

36.2 工 作 内 容

(1) 继电器外部检查。
(2) 继电器内部检查。
(3) 绝缘耐压试验。
(4) 继电器电气性能检验。
(5) 低频继电器保护整组试验。

36.3 适 用 范 围

本试验方法适用于 SZH 型数字频率继电器的检验工作。

36.4 资 源 配 置

(1) 人员配置：工作负责人 1 人，试验人员 2 人。
(2) 设备配置（见表 36-1）。

表 36-1 试 验 设 备 表

设 备 名 称	设 备 规 格	设 备 数 量
低频保护校验仪装置	GBS-1	1 台
数字万用表		1 块
摇 表	1000V	1 块
多用插座		1 个
试验线包		1 包

(3) 资料配置：试验手册、工作任务书、危险因素明白卡、低频（继电器）保护标准试验报告、×××供电区低频减负荷方案、低频保护回路展开图、低频保护屏安装图。

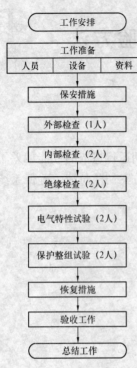

图 36-1　作业流程图

36.5　作业流程图（见图 36-1）

36.6　作业流程

36.6.1　现场安全措施

36.6.1.1　组织措施

（1）工作负责人负责填写工作票、危险因素明白卡、工作任务书，工作签发人负责签发。

（2）经工作许可人办理工作许可手续后，工作负责人负责对工作票中安全措施进行检查。

（3）检查低频保护屏投入连接片、出口轮次连接片、各间隔低频轮次连接片均在断开位置。

（4）检查悬挂的标示牌符合工作票要求。

（5）工作负责人宣读工作票内容，交代工作区间及安全注意事项，并分派工作任务。

36.6.1.2　技术措施

（1）工作负责人负责监护，工作班成员执行保证安全的技术措施。

（2）在低频保护柜端子排上断开 TV 二次引入的三相交流电压，并用万用表验电，确保端子排内侧无电压，并将断开线头用绝缘胶布包好，以防短路。

（3）在端子排上将引入低频保护的各电流回路可靠短路后，将连接片打开。

（4）在低频保护屏端子排上将低频保护跳各轮次及间隔跳闸线拆开，并用绝缘胶布包好。

（5）将低频保护信号回路断开，操作熔断器取下。

（6）核对填写工作任务书技术措施执行内容。

36.6.2　低频继电器试验

36.6.2.1　检查并记录互感器（1 人）

工作班成员检查并记录互感器的铭牌参数应完整并与上次检验记录应一致。

36.6.2.2　继电器外部检查（1 人）

（1）检查继电器外部应无机械损伤。

（2）检查继电器罩壳与底座应严密无缝。

（3）紧固外部连接螺钉，保证接触可靠。

36.6.2.3　继电器内部检查（1 人）

（1）检查拨轮开关、微型多路 ON-OFF 开关组及复归按钮应操作灵活。

（2）检查微型多路 ON-OFF 开关组应只有一路开关处于 ON 位置。

36.6.2.4　绝缘检查（2 人）

在保护屏的端子排处将所有有外部引入电缆或连接线全部断开，再将所有回路连接在一起，使用 1000V 摇表测量所有回路对地的绝缘电阻，其阻值应大于 1MΩ。

36.6.2.5　继电器电气性能检验（2 人）

（1）稳压电源电压切换回路检验。

1）直接测量法：将万用表接在三端集成稳压管 WY1 的 1 号、3 号脚两端，试验仪先调到 50Hz、100V 状态，逐步调低试验仪的输出电压，并观察万用表上直流电压读数，应随着试验仪输出电压的下降而下降，直到万用表上读数为 26V，电压切换继电器动作（耳朵贴近继电器时可听到其动作时发出的微小清脆的声音）为止，此时万用表上的读数回升到高于 26V，再读出试验仪的输出电压，应为 70～80V 之间，则电压切换回路工作正常。若试验仪输出电压低于 70V，而切换继电器仍未动作，此时应检查继电器切换回路的运放器及其回路，如运放器工作正常，对 SZH-1 型继电器，可调换采样分压电阻 $1R_6$、$1R_7$ 阻值；对 SZH-2 型继电器，可调换 $1R_8$、$1R_{12}$ 的阻值，以满足上述要求。

2）综合测量法：将万用表一端接在 12V 稳压电源，另一端接 0，测量其间直流电压。改变试验仪的输出电压，使之在 55～100V 范围内变化，此时电压切换回路工作正常，则 12V 稳压电流电压应保持不变。

（2）低电压闭锁回路的动作电压检验。使试验仪回复到 100V、50Hz 状态，然后逐步降低其输出频率，直至继电器动作为止，此时继电器面板上三只指示灯全亮，蜂鸣器响，再逐步降低试验仪的输出电压，直至继电器返回，蜂鸣器音止。此时试验仪上电压表上的读数即为低电压闭锁的动作电压，此值应在 55～60V 之间。若不满足要求，对 SZH-1 型继电器，可改变 $1R_{13}$ 的阻值；对 SZH-2 型继电器，可改变 $1R_1$ 的阻值。

（3）低电流（仅对 C 型继电器）闭锁回路的动作电流检验。此项试验前先检查继电器内部开关 SA4 应在断开位置，然后按图 36-2 结线，调节试验电流，使电流表上的读数大于低电流闭锁动作电流的 1.2 倍，调节工频电源试验仪的输出为 100V、50Hz，此时检查继电器的监视级绿灯应点亮。逐步降低通入继电器的电流直至绿灯熄灭为止，此时电流表上的读数即为低电流闭锁的动作电流。此电流应与制造厂的标称动作电流一致，其误差不应超过 ±5%。

（4）监视级动作及返回频率的检验。调节试验仪在 100V、52Hz 状态，此时继电器面板上三只指示灯全部熄灭。掀一下"连续↓"键，此时试验仪的输出频率连续不断下降，当监视级绿灯点亮时立即再掀一下"连续↓"键，此时试验仪输出频率停止下降，即固定在某一频率。再掀"单步↑"键，每掀一次，其频率上升 0.001 25Hz，直到继电器的绿灯可靠熄灭为止，此时在试验仪屏幕上显示的频率值即为监视级的返回频率。对 SZH-2 型继电器尚应使用万用表确认监视继电器触点闭合。再一步步地掀"单步↑"键，直到继电器的绿灯可靠点亮为止。此时试验仪上的频率读数、即为监视级的动作频率。

监视级的动作频率应在 (50±0.05)Hz 范围内。返回与动作之间差频应不大于 0.06Hz。

实践证明，使用微机工颁试验仪试验 SZH 型继电器时，在动作频率附近可能出现继电器抖动现象。若抖动的频率范围超过 0.05Hz，应着重检查试验仪的频率稳定性。若试验仪频率稳定，宜更换继电器。

（5）闭锁级的动作频率检验。检验方法同（4）条，不同的是现在观察闭锁级的红灯，该红灯亮，表示闭锁级动作。试验从 100V、50Hz 的初始状态开始：对 SZH-1 型继电器，其动作频率固定，有 49.5、49.26、49.01Hz 三种，其实测误差应不大于 0.05Hz。对 SZH-

2 型继电器，其动作频率可任意调整。为了验证刻度正确性，至少选五个测试点进行检验，如表 36-2 提供的 5 个测试点。

表 36-2　　　　　　　　　　　　SZH 型继电器动作频率真值表

顺　序	数码开关的位置			标准动作频率（Hz）	允许动作频率变化范围（Hz）
	百　位	十　位	个　位		
1	0	0	0	50.000	49.985～50.019
2	1	3	3	48.391	48.376～48.410
3	2	5	5	47.004	46.988～47.022
4	3	7	7	45.693	45.679～45.712
5	1	9	9	47.630	47.615～47.649

（6）输出级的动作及返回频率检验。

检验方法同（4）条，不同的是现在观察输出级的红灯及出口继电器的触点。该红灯亮或出口继电器触点闭合，表示输出级动作。由于输出级动作带时延，因此检验时应缓慢改变试验仪的频率，其步进的时间间隔应大于输出级的动作时延。对数码开关刻度正确性的检验按表 36-2 给出的程序进行。由于出口继电器有两副输出触点，在其动作及返回频率检验中，应使用万用表分别验证两副输出触点动作的正确性。

（7）输出级的动作及返回时间检验。根据低频方案给出的输出级动作频率 f_s 按下式计算出对应的输出级动作脉冲数。

$$N_s = \frac{2 \times 10^5}{f_s}$$

式中　f_s——输出级动作频率（Hz）；

　　　　N_s——输出级动作脉冲数。

将计算值的小数位四舍五入取整数，然后再舍去千位数得出一个三位数字，这就是频率整定的数码位置，在继电器面板上的拨轮数码开关，按此数码设置，即完成输出级的频率整定。常用的动作频率与数码开关整定位置关系如表 36-3 所示。

表 36-3　　　　　　　　　　常用动作频率与数码开关整定位置的关系

动作频率（Hz）	49.5	49.2	49	48.75	48.5	48.25	48	47.75	47.5	47.25	47
数码开关位置	040	065	082	103	124	145	167	188	211	233	255

微机试验仪内设有专用时间检验程序，试验时，先设置开始计时的频率值，即可进行时间的测量工作，分 9 个步骤。

1）在 GPS-1 试验仪面板上，拨动标有 f（Hz）字样的三位数码开关，使之与输出级动作频率值一致，这就是设置试验仪的启动计时的频率值，其值应为 48.5Hz。

2）按"电压启动"键，再按"测时复原"键，此时试验仪屏幕上显示 50.000 0Hz，其意是试验仪的微机系统已进入时间测量程序，并且初始状态为 50Hz。注意试验仪的输出电压可按需要任意调整，本项检验电压值调到 100V。

3）按一下"测时"键。试验仪立即显示，48.500 0Hz。其意义是，将设置在数码开关的启动计时频率读入微机系统。

4）再掀一下"测时"键，此时试验执行频率下降，当频率不大于启动计时频率时，启动计时电路，在继电器动作，其触点闭合时停止计时，并自动显示出动作时间，因此可读出继电器的动作时间。

5）掀下测时控制Ⅱ中回路的"触点开/负跳变"琴键，再掀"测时"键，此时试验仪执行频率上升任务，当频率大于启动计时频率时，计时电路启动，待继电器返回其触点断开的瞬间停止计时，并在试验仪的屏幕显示出返回时间。

6）断开试验仪的电源输出开关，改变继电器与试验仪电压回路连接的相互极性，再推上输出开关重做动作时间测量。操作步骤：弹出 5）条中所掀下的"触点开/负跳变"琴键（即选触点合正跳变的方式）再掀一下"测时"键，即可在试验仪上读出动作时间。

7）比较 5）、6）两条的试验数据，两项数据之差恰为 10ms，继电器正确的动作时间应选改小的数据，继电器与试验仪之间正确连接的极性应选动作时间较小的试验结线。

8）确认正确连线后，不断重复 6）、7）条操作，进行多次动作与返回时间测量。动作与返回时间的测量至少进行三次，其平均动作时间与标称值的误差：SZH-1 型，应不大于 $\pm5\%$；SZH-2 型，应不大于 $\left(\dfrac{50-f_\text{s}}{f_\text{s}}+2\right)\times100\%$（$f_\text{s}$ 为输出级动作频率）。

继电器的平均返回时间应在（60 ± 10）ms 范围，但对 SZH-1 型，且动作时间整定在 0.2s 以内的继电器，宜缩短在 42～45ms 范围内。返回时间不符合要求可改变 DW2-2 单稳触发器的外部电阻、电容参数使之满足要求。更改参数后须验明继电器动作可靠且无抖动现象。对缩短到 42～45ms 的工作宜由制造厂进行。

9）df/dt 频率滑差闭锁。根据低频方案给定的输出级动作频率 f_s 及 df/dt 闭锁值 K 的整定值，再按表 36-4 选择一个合适的 Δt 值，再按下式求出闭锁级整定的动作频率 f_B。

$$f_\text{B}=K\text{d}t+f_\text{s}$$

式中 K——整定的 df/dt 闭锁值（Hz/s）；

   f_B——闭锁级的动作频率（Hz）；

   f_s——输出级的动作频率（Hz）。

表 36-4 北继厂和滁州厂产品比较

	Δt（s）							
北继厂产品	0.01	0.02	0.04	0.08	0.10	0.20	0.40	0.80
滁州厂产品	0.02	0.04	0.08	0.16	—	—	—	—

如果计算出的 f_B 值超过电力系统运行中可能出现的最低运行频率（一般选 $f_\text{B}\leqslant$ 49.26Hz），则再选取较小的 dt 以满足之。将最后决定的 f_B 值按 7）条中的方法计算出闭锁级动作频率的整定数码并在继电器内部的印刷电路板上，对应于 f_B 的微型数码开关上设置整定数码，以及在 K_1 多路 ON-OFF 开关上设置整定的 Δt 值。df/dt 频率滑差的闭锁值即整定完成。

SZH-1 型继电器无此项鳌定。

Δt 尽可的选择较大数值，以减少 K 位误差，Δt 一般不宜小于 0.04s。

试验仪参数设置如下：初始频率 50Hz；终止频率稍低于所试验轮次 Hz；频率变化率 df/dt 值按实际低频方案执行。

操作试验仪回复到 100V、50Hz 初始状态。复归继电器的指示灯，然后再操作试验仪的有关琴键开关，使试验仪的输出频率按已设置的参数变化并最终频率停止在终止频率上，此时继电器的三只指示灯应全亮，ZJ 继电器动作、蜂鸣器应响。

具体操作步骤如下：①在试验仪标有"f（Hz）"字样的三位拨轮数码开关上设置终止频率数值，即把拨轮数码开关的数码拨为终止频率（最后一位数为小数位）；②在试验仪标有"$\mathrm{d}f/\mathrm{d}t$"字样的三位拨轮数码开关上设置频率变化率 $\mathrm{d}f/\mathrm{d}t$ 值，即把拨轮数码开关的数码拨为方案定值（最后一位是小数位）；③调节试验仪电压旋钮，使之为 100V 输出；④按一下"电压启动键"，此时屏幕显示出 50.000 0Hz，它表示目前试验仪的输出为 50Hz，即为本试验项目的初始频率；⑤连掀三次切入"$\mathrm{d}f/\mathrm{d}t$"键，每掀三次，其频率值不断降低，并停止在设置的终止频率上，每掀一次"$\mathrm{d}f/\mathrm{d}t$"键，试验仪屏幕上显示的内容说明如下：第一次显示即已整定的终止频率值；第二次显示即已整定的 $\mathrm{d}f/\mathrm{d}t$ 值；第三次显示频率值不断下降，最后停止在终止频率上。

将试验仪设置参数中的 $\mathrm{d}f/\mathrm{d}t$ 值改为 6，其余不变。操作试验仪"电压启动"键，使它回复到 100V、50Hz 状态，再掀三下"$\mathrm{d}f/\mathrm{d}t$"键，此时试验仪的输出频率由 50Hz 开始，以 $\mathrm{d}f/\mathrm{d}t=6$ 的速率下降至终止频率。此时继电器不应动作，监视级绿灯一闪而灭，三只指示灯全部熄灭、监视继电器返回，其触点闭合，发出报警信号。

通过试验反复求出继电器在五次连续试验下的可靠动作和可靠闭锁的 $\mathrm{d}f/\mathrm{d}t$ 值。若继电器的 $\mathrm{d}f/\mathrm{d}t$ 整定值为 K_{set}，则试验的结果应满足：可靠动作的 $\mathrm{d}f/\mathrm{d}t$ 试验值 $\geqslant 0.8K_{\mathrm{set}}$，可靠闭锁的 $\mathrm{d}f/\mathrm{d}t$ 试验值 $< 1.2K_{\mathrm{set}}$。

36.6.2.6　整组模拟试验

（1）按图 36-2 进行试验接线。

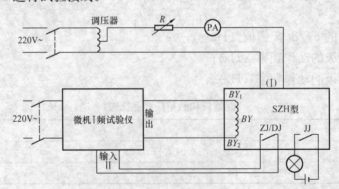

图 36-2　整组模拟试验接线

（2）恢复音响、信号回路二次接线。

（3）按 36.6.2.5 中（2）～（8）试验项目，模拟各轮次分别动作，检查音响信号回路动作应正确，用电压法测量各轮次出口连接片上口应正确（带正电）。

36.6.2.7　申请工作验收

申请工作验收应合格，否则应予以重复试验。

36.6.3　结束工作

（1）拆除全部试验接线。

（2）观察并确认继电器面板上试验开关的手柄放在"运行"位置上，然后盖好外壳。

（3）恢复 36.6.1.2 条中记录的临时断开或短接的端子或连接线。

（4）将继电器的电压及电流回路投入运行。

（5）上述工作结束后，使用高内阻电压表测量跳闸压板的继电器触点端至大地间的电压，确认无正电源存在时，方可认为现场检验工作结束。

（6）清理现场，总结工作。

36.7　生　成　记　录

（1）变电第二种工作票。

（2）工作任务书。

（3）危险因素明白卡。

（4）低频继电器保护检验报告（见表 37-1）。

（5）二次设备工作记录。

36.8　引　用　标　准

（1）《国家电网公司电力安全工作规程（发电厂和变电所电气部分）》。

（2）《继电保护电网安全自动装置现场工作保安规定》电生供字［1987］254 号。

（3）《继电保护及电网安全自动装置检验条例》水电电生字［1987］108 号。

（4）《SZH 型数字频率继电器检验规程》DL 426—1991。

37 低频(SZH 型继电器)保护试验报告

低频（SZH 型继电器）保护试验报告见表 37-1。

表 37-1   低 频 继 电 器 卡 片

安装地点		轮 次		安装日期	
用 途		接线标号			
型 号		额定值		整定范围	
制造厂		出厂号		出厂日期	

历次试验记录

试验性质 ＼ 试验日期				
绝缘电阻	6-(1. 2. 5. 6. 9. 10. 13. 14)			
	1-(5. 6. 9. 10. 13. 14)			
	(5. 6)-(9. 10)			
	(5. 6)-(13. 14)			
	(9. 10)-(13. 14)			
	5-6			
	9-10			
频率整定	方案值			
	f_{OP}			
	f_{DH}			
	指轮位置			
时间整定	t_{OP}			
	t_{Dh}			
	K_3 位置			
闭锁级整定	方案值			
	实测值			
	K_1 位置			
df/dt	方案值			
	K_2 位置			
	实测闭锁情况			
低电压闭锁值				
调试人				
结 论				
备 注				
校阅人				

38 微机型低频保护试验方法

38.1 工 作 目 的

通过对低频保护的定期检验，对装置性能予以调试检查，对长期运行造成的性能偏差予以调整，使其能正确反映系统电压频率的变化，正确动作，按预定方案切除负荷，确保系统稳定性。

38.2 工 作 内 容

（1）绝缘耐压试验。
（2）继电器电气性能检验。
（3）低频继电器保护整组试验。

38.3 适 用 范 围

本试验方法适用于 UFV-2 型频率电压紧急控制装置定期检验。

38.4 资 源 配 置

（1）人员配置：工作负责人 1 人，试验人员 2 人。
（2）设备配置（见表 38-1）。

表 38-1   设 备 配 置 表

设 备 名 称	设 备 规 格	设 备 数 量
低频保护校验仪装置	GBS-1	1 台
数字万用表		1 块
摇 表	1000V	1 块
多用插座		1 个
试验线包		1 包

（3）资料配置：试验手册、工作任务书、危险因素明白卡、低频（继电器）保护标准试验报告、×××供电区低频减负荷方案、低频保护回路展开图、低频保护屏安装图。

38.5 作业流程图（见图38-1）

38.6 作业流程

38.6.1 现场安全措施

38.6.1.1 组织措施

（1）工作负责人负责填写工作票、危险因素明白卡、工作任务书，工作签发人负责签发。

（2）经工作许可人办理工作许可手续后，工作负责人负责对工作票中安全措施进行检查。

（3）检查低频保护屏投入连接片、出口轮次连接片、各间隔低频轮次连接片均在断开位置。

（4）检查悬挂的标示牌符合工作票要求。

（5）工作负责人宣读工作票内容，交代工作区间及安全注意事项，并分派工作任务。

38.6.1.2 技术措施

（1）工作负责人负责监护，工作班成员执行保证安全的技术措施。

（2）在低频保护柜端子排上断开 TV 二次引入的三相交流电压，并用万用表验电，确保端子排内侧无电压，并将断开线头用绝缘胶布包好，以防短路。

（3）在端子排上将引入低频保护的各电流回路可靠短路后，将连接片打开。

（4）在低频保护屏端子排上将低频保护跳各轮次及间隔跳闸线拆开，并用绝缘胶布包好。

（5）将低频保护信号回路断开，操作熔断器取下。

（6）核对填写工作任务书技术措施执行内容。

38.6.2 低频继电器试验

38.6.2.1 工作班成员检查（1人）

工作班成员检查并记录装置的铭牌参数应完整并与上次检验记录应一致。

38.6.2.2 绝缘检查（2人）

在保护屏的端子排处将所有外部引入电缆或连接线全部断开，再将所有回路连接在一起，拔出主机板插件，使用 1000V 摇表测量所有回路对地的绝缘电阻，其阻值应大于 1MΩ。

38.6.2.3 继电器电气性能检验（3人）

（1）直流电源插件输出电压检查。在直流电源插件背面端子上测量各输出电压，应满足表 38-2 的要求。

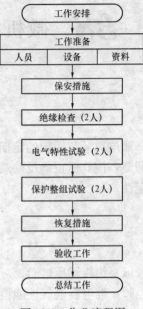

图 38-1 作业流程图

表 38-2　　　　　　　直流电压允许范围

端 子 号	电 压（V）	标 准（V）
1-2	5	5±0.1
10-13	24	24±2

端 子 号	电 压（V）	标 准（V）
34-35	12	12±1
35-36	—12	—12±1

（2）零漂调整。在无交流信号输入时，显示的电压值应为零或接近零，如果偏大，应将主机板插件用转插板接出，短接输入端（避免引线产生的感应电压），调节调零电位器，使显示值从某一值逐渐变为 0。

（3）测量额定值调整。将低频保护试验仪调到 100V，从端子排输入交流电压（用 0.5 级表监视），检查显示的电压值是否为 100V，如果误差超过 1%，则应调节幅度调整电位器，使其等于额定值。注意频率测量值不需调整。

（4）测量精度检查。试验方法同测量额定值调整分别输入 60、30、10、1V 电压值和 55、50、48、46Hz 频率值，观看装置显示的测量结果误差应在规定的误差范围之内（频率测量误差小于±0.01Hz，电压测量误差小于±1%）。

（5）动作特性试验。

1）定值设定：首先将调度下达的低频方案输入到装置内，并且进行核对。

2）利用整组试验功能进行试验：接入额定交流电压信号后，选择 SELF-DETECT 进入整组试验菜单，分别进行电压、频率的试验（注意设定的每次试验过程为 20s，在 20s 后才能恢复正常），试验后观看事件记录及数据记录的结果。各轮次动作值应与低频方案一致。

38.6.2.4 低频继电器保护整组试验

（1）恢复音响、信号回路二次接线。

（2）分别模拟各轮次分别动作，检查音响信号回路动作应正确，用电压法测量各轮次出口连接片上口应正确（带正电）。

（3）拉合直流电源开关，装置应不出现误动作现象。

（4）拉合交流电压开关，装置应不出现误动作现象。

（5）申请工作验收应合格，否则应予以重复试验。

38.6.3 结束工作

（1）拆除全部试验结线。

（2）恢复 38.6.1.2 条中记录的临时断开或短接的端子或连接线。

（3）将装置的电压及电流回路投入运行。

（4）上述工作结束后，使用高内阻电压表测量跳闸压板的继电器触点端至大地间的电压，确认无正电源存在时，方可认为现场检验工作结束。

（5）清理现场，总结工作。

38.7 生 成 记 录

（1）变电第二种工作票。

（2）工作任务书。

（3）危险因素明白卡。

（4）低频继电器保护检验报告（见表 37-1）。

（5）二次设备工作记录。

38.8 引 用 标 准

（1）《国家电网公司电力安全工作规程（发电厂和变电所电气部分)》。

（2）《继电保护电网安全自动装置现场工作保安规定》电生供字［1987］254 号。

（3）《继电保护及电网安全自动装置检验条例》水电电生字［1987］108 号。

（4）《UFV-2 型频率电压紧急控制装置技术及使用说明书》。

39 电流互感器试验方法

39.1 工 作 目 的

通过对电流互感器的定期检验,对装置性能予以检查,使其能正确将一次电流传送到工作侧,确保电流互感器正确稳定地运行。

39.2 工 作 内 容

(1) 电流互感器绝缘试验。
(2) 电流互感器直流电阻试验。
(3) 电流互感器绕组极性试验。
(4) 电流互感器变比试验。
(5) 电流互感器伏安特性试验。
(6) 电流互感器二次回路负荷实验。

39.3 适 用 范 围

本试验方法适用于电流互感器定期检验。

39.4 资 源 配 置

(1) 人员配置:工作负责人1人,试验人员3人。
(2) 设备配置(见表39-1)。

表 39-1   设 备 配 置 表

设备名称	设备规格	设备数量
调压器	3000VA	1台
升流器	3000VA	1台
电桥	0.000 1～99.999 9Ω 单臂电桥	1块
标准互感器		1块
甲电池	1.5V	2块
直流毫安表	15、1000mA	1块
交流电压表	0.5级 15～750V	1块
交流电流表	0.5级 5～100A	2～7块
绝缘铜导线	50mm^2	20m

续表

设 备 名 称	设 备 规 格	设 备 数 量
刀闸板		1块
试验线	2.5mm^2	1包
绝缘杆及地线	220kV	2个

（3）资料配置：试验手册、工作任务书、危险因素明白卡、电流互感器卡片、定值通知单、电流电压回路展开图、端子箱安装图、开关柜安装接线图、断路器机构安装图。

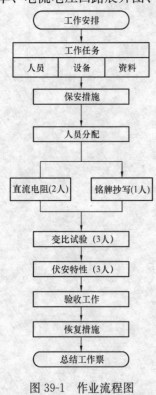

图 39-1　作业流程图

39.5　作业流程图（见图 39-1）

39.6　作 业 流 程

39.6.1　现场安全措施

39.6.1.1　组织措施

（1）工作负责人负责填写工作、危险因素明白卡，并经签发人签发。

（2）工作负责人办理工作许可手续后，对工作票中安全措施进行检查。

（3）工作区间开关在断开位置，隔离开关确已拉开。

（4）接地线装设接地开关符合工作要求。

（5）悬挂的标示牌和装设的遮栏符合工作票要求。

（6）工作区间与带电间隔的安全距离符合《国家电网公司电力安全工作规程（发电厂和变电所电气部分）》的要求。

（7）工作负责人宣读工作票内容，交代安全注意事项，并分派工作任务。

39.6.1.2　技术措施

工作负责人监护，工作班成员执行保证安全的技术措施。

（1）在端子箱（开关柜）端子排上断开被试电流互感器二次回路所有连接片。

（2）拆除被试电流互感器各组二次回路的永久接地点。

（3）工作负责人检查工作任务书中填写的技术措施是否全部执行。

39.6.2　电流互感器试验

工作负责人为全部工作的监护人。

（1）工作班成员检查并记录互感器的铭牌参数应完整并与上次检验记录应一致。

（2）工作班成员检查电流互感器二次绕组接线的正确性及端子排引线外螺钉压接的可靠性。

（3）工作班成员检查电流二次回路接地点接地应良好，在同一个电流回路中应只存在一个接地点。

39.6.3 绝缘检查 (1人)

工作班成员用1000V摇表测量电流互感器全部二次回路对地及各绕组间的绝缘。其绝缘电阻不得低于10MΩ。

39.6.4 直流电阻测量 (2人)

(1) 工作班成员用单臂电桥测量测试线的线阻。

(2) 依次测量电流互感器二次各绕组的直流电阻。

(3) 将各绕组测量结果减去线阻，可得测量结果，与上次检验记录比较，不应有较大偏差或断线情况。

39.6.5 绕组极性试验 (3人)

(1) 由工作班成员进行试验接线，工作负责人检查正确后进行试验。

(2) 工作班成员断合隔离开关，使一次绕组中产生脉冲，观察二次绕组中所接直流毫安表的指示情况，并记录在电流互感器卡片上。

(3) 根据结果，判别电流互感器各绕组的极性关系应与铭牌标志相符，记录一次绕组朝向及二次绕组正引出端。

(4) 根据试验结果，检查电流互感器各次绕组的连接方式与极性关系应符合设计要求，相别标示正确。

39.6.6 变比试验 (3人)

(1) 工作负责人监护，在电流互感器一次通入大电流，使标准电流互感器上所接的电流表指示分别为1、2A，观察并记录电流感器二次绕组所接电流表的指示值。

(2) 根据试验结果计算电流互感器的变比，应与定值通知单一致。

39.6.7 伏安特性 (3人)

(1) 工作负责人监护，工作班成员按图接线，调节调压器，使电流互感器二次绕组所接电流表指示值分别为1、3、5、7、10、15、20A，观察并记录电流互感器二次绕组电压表的指示值。

(2) 根据以上结果，绘制电流互感器二次绕组工作抽头 $U_2 = F(I_2)$ 的励磁特性曲线，应测录到饱和部分，以此来判别电流互感器10%的误差值满足要求。

39.6.8 电流互感器二次回路负荷测试 (3人)

(1) 自电流互感器的二次端子箱处向整个电流回路通入交流电流，测定回路的压降，计算电流回路每相与零相及相间的阻抗。

(2) 将所测的阻抗值结合 $U_2 = F(I_2)$ 的励磁特性曲线，按保护的具体工作条件验算电流互感器应满足10%误差的要求。

39.6.9 结束工作

(1) 恢复电流互感器二次回路所有连接片。

(2) 恢复电流互感器二次回路的永久接地点。

(3) 工作负责人认真检查所有接线已恢复，并清理现场，结束工作。

39.7 生 成 记 录

(1) 变电第一种工作票。

（2）工作任务书。

（3）危险因素明白卡。

（4）电流互感器检验标准报告（见表40-1）。

（5）二次设备工作记录。

39.8　引　用　标　准

（1）《国家电网公司电力安全工作规程（发电厂和变电所电气部分）》。

（2）《继电保护及电网安全自动装置检验条例》水电电生字 ［1987］ 108 号。

（3）《继电保护和电网安全自动装置现场工作保安规定》电生供字 ［1987］ 254 号。

40 电流互感器试验报告

电流互感器试验报告见表40-1。

表 40-1   **电 流 互 感 器 试 验 报 告**

设备名称			断路器编号			安装日期		
相　别			接线标号			用　途		
铭牌	型　式		容　量			变　比		
	厂　名		精确度			额定电压		
	出厂号		饱和倍数			出厂日期		
历次试验记录								
	试验日期							
	试验性质							
	线圈标志							
	绝缘电阻							
	直流电阻							
	极性试验							
变比试验	标准电流							
	被试电流							
	标准变比							
	被试变比							
负荷阻抗	电压（V）							
	电流（A）							
	阻抗（Ω）							
	表计号							
伏安特性	电流（A）	1						
		3						
		5						
		7						
		10						
		15						
		20						
	试验人员							
	试验结论							
	备注							
	校阅人							

41 微机型谐振消除装置试验方法

41.1 工 作 目 的

通过对微机型谐振消除装置的定期检验,对装置性能予以调试检查,对长期运行造成的性能偏差予以调整,使其能正确反映电力系统发生的铁磁谐振并迅速校除。同时正确显示和打印有关信息,确保电力系统安全、稳定的运行。

41.2 工 作 内 容

(1) 外部检查。
(2) 内部检查。
(3) 绝缘检查。
(4) 电气特性试验。
(5) 装置主要特性调试。
(6) 微机型谐振消除装置整组试验。
(7) 恢复措施。

41.3 适 用 范 围

本试验方法适用于浪拜迪 MES98 型微机谐振消除的检验工作。华源 HYR 系列微机谐振消除装置参照本作业指导书执行。

41.4 资 源 配 置

(1) 人员配置:工作负责人 1 人,试验人员 1 人。
(2) 设备配置(见表 41-1)。

表 41-1 　　　　　　　　　　设 备 配 置 表

设备名称	设备规格	设备数量	设备名称	设备规格	设备数量
调压器	2000VA、8A	1 台	万用表		1 块
交流电压表	0~300V	1 块	试验线		1 包
摇表	500V	1 块	刀闸板		1 个
白炽灯	220V、40W	1 个			

(3) 资料配置:试验手册、工作任务书、危险因素明白卡、微机型谐振消除装置检验报告(见表 42-1)、微机型谐振消除装置回路展开图、监控屏安装图、微机型谐振消除装置说明书。

41.5　作业流程图（见图41-1）

图 41-1　作业流程图

41.6　作　业　流　程

41.6.1　现场安全措施

41.6.1.1　组织措施

（1）工作负责人负责填写工作票、危险因素明白卡、工作任务书，工作签发人负责签发。

（2）经工作许可人办理工作许可手续后，工作负责人负责对工作票中安全措施进行检查。

（3）检查谐振消除装置确已退出运行。

（4）检查悬挂的标示牌符合工作票要求。

（5）检查工作区间与带电间隔的安全距离符合《国家电网公司电力安全工作规程（发电厂和变电所电气部分）》的要求。

（6）工作负责人宣读工作票内容，交代工作区间及安全注意事项，并分派工作任务。

41.6.1.2　技术措施

（1）工作负责人负责监护，工作班成员执行保证安全的技术措施。

（2）在谐振消除装置保护柜端子排内部拆开 TV 二次开口三角回路。

（3）核对填写工作任务书技术措施执行内容。

41.6.2　微机型谐振消除装置试验

41.6.2.1　工作班成员检查并记录装置的铭牌参数应完整并与上次检验记录应一致（1人）。

41.6.2.2　谐振消除装置结构与外观检查调试（2人）。

（1）谐振消除装置壳体、面板、接线端子等应完好。

（2）继电器内部零件应完好，各螺钉加装弹簧垫并拧紧，检查各插件插接牢靠，检查各焊缝处焊接良好无漏焊。

（3）检查运行监视灯正常。

（4）电源指示灯 5、12、－12V 均正常显示。

（5）参数设置开关在禁止位置。

41.6.2.3　装置调试（针对华源 HYR 系列微机型谐振消除装置）

（1）采样同步检查与调整。在主菜单显示的情况下，同时按下 PAGE UP 和 PAGE DOWN 键，使机器进入调试显示菜单。检查同步频率在正常范围内：49.9～50.1Hz，如图 41-2 所示。

（2）采样基准与调整。选中（采样基准）项按 ENTER 键，并通过上下键调整采样基准在 2497～2503 内，显示如图 41-3 所示。

（3）SCR 测试。

1）分别在 1、2、3、4 路加入零序电压，测试与之对应晶闸管。选（SCR 测试）项，按 ENTER 键，显示如图 41-4 所示。

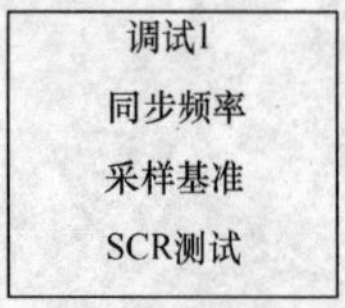

调试1	采样基准	调试　2
同步频率	2500	参数初始化：
采样基准		启动电压：***V
SCR测试	V0:　00.000V	出口试验：

图 41-2　主调试菜单 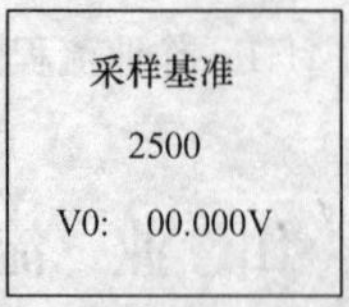　　　　图 41-3　采样基准 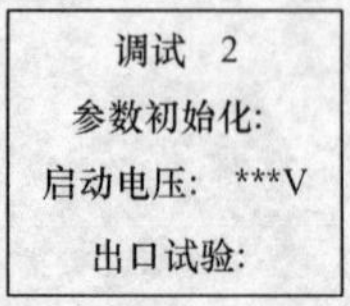　　　　图 41-4　SCR 测试

2）将零序电压调至 150V，用上下键或左右键选择母线上对应的晶闸管，按 ENTER 键，观察灯泡发光，间隔一段时间后，再由发光变为不发光，表明此晶闸管状态正常；否则，该晶闸管可能已损坏（在保证触发电路无故障的前提下）。

3）对 2、3、4 消谐单元进行同上项试验，检查晶闸管的动作情况应正确。

41.6.3　整机试验

41.6.3.1　"铁磁谐振"指示及试验方法

按图 41-5 接线，短时通入略大于启动电压值的电压（3s 之内），并迅速撤除电压，此时伴随着灯泡闪烁一次，"铁磁谐振"指示灯亮、报警，并应打印或显示输出结果（即当系统发生谐振时，零序电压较高，经消谐，系统恢复正常，零序电压很快降下来）。

41.6.3.2　"过电压"指示及试验方法（针对浪拜迪 MES98 微机型谐振消除装置）

按图 41-5 接线，通入略大于过电压值电压（时间大于 3s），此时伴随灯泡闪烁一次，检查"过电压"指示灯亮、报警，可打印或显示输出结果（即当系统发生电压故障时，经过消谐后，过电压信号仍存在，系统没有恢复正常，这时应尽快排除系统故障，以免造成损失）。

41.6.3.3 "接地"指示及试验方法（针对浪拜迪 MES98 微机型谐振消除装置）

按图 41-5 接线，通入略大于启动电压值且小于过电压值的电压（时间大于 3s），此时伴随灯泡闪烁一次，检查"单相接地"指示灯亮、报警，应打印或显示输出结果（即当系统发生电压故障时，经过消谐后，过电压信号仍存在，系统没有恢复正常，这时应尽快排除系统故障，以免造成损失）。

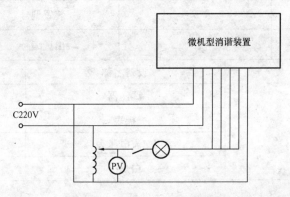

图 41-5　微机型消谐装置连接图

41.7 生 成 记 录

（1）变电第二种工作票。

（2）工作任务书。

（3）危险因素明白卡。

（4）微机型谐振消除装置检验报告。

（5）二次设备工作记录。

41.8 引 用 标 准

（1）《国家电网公司电力安全工作规程（发电厂和变电所电气部分）》。

（2）《继电保护电网安全自动装置现场工作保安规定》电生供字〔1987〕254 号。

（3）《继电保护及电网安全自动装置检验条例》水电电生字〔1987〕108 号。

（4）《华源电器 HYR-1 微机型谐振消除装置技术说明书》。

（5）《浪拜迪 MES98 微机电力谐振诊断消除装置说明书》。

42 HYR 微机型谐振消除装置试验报告

HYR 微机型谐振消除装置试验报告见表 42-1。

表 42-1   **HYR 微机型谐振消除装置试验报告**

保护设备				装置型号	
制造厂				出厂编号	
检验设备		设备名称			设备型号
		调压器			
		摇表			
		交流电压表			
		白炽灯			
检查结果					
外部检查					
内部检查					
绝缘检查	正—地_____ 负—地_____ 交流—直流_____				
电气特性试验 SCR 测试		Ⅰ 段			
		Ⅱ 段			
		Ⅲ 段			
		Ⅳ 段			
装置整组试验		Ⅰ 段			
		Ⅱ 段			
		Ⅲ 段			
		Ⅳ 段			
检验结论					
检验日期					
检验人员			审核		

43 MES98 微机型谐振消除装置试验报告

MES98 微机型谐振消除装置试验报告见表 43-1。

表 43-1   **MES98 微机型谐振消除装置试验报告**

保护设备			装置型号		
制造厂			出厂编号		
检验设备	设备名称		设备型号		
	调压器				
	摇表				
	交流电压表				
	白炽灯				
检查结果					
外部检查					
内部检查					
绝缘检查	正—地_____ 负—地_____ 交流—直流_____				
整机试验	铁磁谐振				
	过电压				
	单相接地				
检验结论					
检验日期					
检验人员			审核		

44 DISA-2100 微机保护试验方法

44.1 工 作 目 的

通过该保护的定期检验，对保护装置的性能予以调试检查，对长期运行造成的性能偏差予其调整，使其能正确反映电力系统发生的故障及异常情况，确保电力系统的安全、稳定运行。

44.2 工 作 内 容

(1) 通电检查。
(2) 定值写入与修改。
(3) 死区系数修正。
(4) 比例系数修正。
(5) 开关输入量测试。
(6) 开关输出量测试。
(7) 保护整组试验。
(8) 传动试验。
(9) 恢复措施。

44.3 适 用 范 围

本试验方法适用于 DISA-2100 微机保护定期检验工作。

44.4 资 源 配 置

(1) 人员配置：工作负责人 1 人，试验人员 3 人。
(2) 设备配置（见表 44-1）。

表 44-1　　　　　　　　　设 备 配 置 表

设备名称	设备规格	设备数量
微机试验仪	5108D	1 台
交流电流表	0.5 级 5～100A	1 块
交流电压表	0.5 级 15～750V	1 个
万用表	DT9203A	1 块
多用插座		1 个
试验线		2 包

（3）资料配置：试验手册、危险因素明白卡片、工作任务书、定值通知单、DISA-2100微机电容器监控保护装置检验报告、本间隔图纸一套。

44.5　作业流程图（见图44-1）

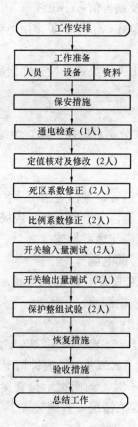

图44-1　作业流程图

44.6　作　业　流　程

44.6.1　现场安全措施

44.6.1.1　组织措施

（1）工作负责人宣读工作票内容，交代安全注意事项，并分派工作人员任务。

（2）检查现场安全措施与工作票是否相符。

（3）检查电容器开关在断开位置，手车断路器拉至试验位置。

（4）悬挂的标示牌是否符合工作票要求。

（5）与带电间隔的安全距离符合《国家电网公司电力安全工作规程（发电厂和变电所电气部分）》的要求。

44.6.1.2　技术措施

（1）取下开关二次操作熔断器。

（2）断开保护装置上所有连接片。

（3）在保护屏端子排上断开保护用电流互感器二次回路所有连接片。

（4）在保护屏断开保护用电压小开关并从端子排上断开保护用电压互感器二次接线。

（5）在保护屏端子排上断开保护用电压互感器开口三角电压。

（6）在本间隔保护屏上断开事故及预告信号小母线（701）。

（7）拆开的带电线头用绝缘胶布包好，带电端子排用绝缘物防护，用验电设备检查工作回路确不带电。

（8）试验设备、仪表、试验接线由工作负责人检查无误后方可进行下一步工作。

44.6.2 装置调试

44.6.2.1 绝缘检查

各插件各端子并联，用 500V 摇表分别对地摇绝缘，绝缘电阻应大于 100MΩ。

44.6.2.2 通电检查

（1）通电前应检查。

1）装置面板、指示灯、按键对位整齐、操作灵活可靠。

2）装置面板、背板印制清晰、准确、各电量参数与现场要求相符，端子连接线正确。

3）装置应有接地标志，接地螺钉应与地可靠连接。

（2）接通装置电源，应打开装置背部电源开关检查。

1）正常情况下，会听到装置发出啪嗒声，前面四个指示灯同时点亮后熄灭，装置运行灯继续闪烁，屏幕闪过初始画面后进入主画面。

2）显示器：显示正常，对比度适中。

3）装置状态自检，选择装置状态－SYS STATUS 1 命令，装置显示保护定值情况 BHDZ TEST OK、电源情况 POWER TEST OK、时钟情况 TIMER TEST OK、A/D 采样情况 A/D TEST OK；如果某项检查不对，画面提示检查错误，同时给出装置异常报警信号，此时应及时检查相应硬件及保护定值情况，直到装置个状态检查正确方可运行。

44.6.2.3 定值的写入和修改

在主画面下按定值设定键，进入定值查询修改画面。

（1）电流定值查询修改（CURRENT SET）。

1）在定值查询修改画面里选择序号 1，屏幕显示密码输入画面，输入密码 10000，就可进入电流定值查询、修改画面：限时电流速断电流、定时过流电流、零序过流电流、低电压闭锁电流，可使用 YES/SELECT 或 NO/CANCEL 对各电流定值进行翻页查询。

2）若要修改定值，输入密码 10 000 即可对各电流定值在允许范围内使用左右键移动光标加减键增减小光标修改电流定值。

（2）电压定值查询修改（VOLTAGE SET）。

1）在定值查询修改画面里选择序号 2，屏幕显示密码输入画面，输入密码 10000，就可进入电压定值查询、修改画面：过电压、低电压、零序电压，可使用 YES/SELECT 或 NO/CANCEL 对各电压定值进行翻页查询。

2）若要修改定值，输入密码即可对各电压定值在允许范围使用左右键移动光标内进行修改加减键增减光标修改电压定值。

（3）时限定值查询修改（TIME SET）。

1）在定值查询修改画面里选择序号 3，屏幕显示密码输入画面，输入密码 10000，就可进入电压定值查询、修改画面：限时速断时限、定时过流时限、零序过流时限、过电压时限、低电压时限、零序电压时限，可使用 YES/SELECT 或 NO/CANCEL 对各时间定值进行翻页查询。

2）若要修改定值，输入密码即可对各时间定值在允许范围使用左右键移动光标内进行修改加减键增减光标修改时间定值。

（4）控制字方式 1（CONTROL B1T1）。

1）在定值查询修改画面里选择序号 4，屏幕显示密码输入画面，输入密码 10000，就可进行控制字方式 1 的查询修改。通过控制字方式 1 可对限时电流速断 TIME-1、定时过电流保护 OVER-1、零序过流 ZERO-1、过电压跳闸 HIGH-1、低电压保护 LOW-V、零序过压 ZERO-V、过电压告警 HIGH-ALARM、低电压保护无流闭锁 LOWV-1 进行投退。

2）若要将某保护投入，只要按 YES/SELECT 键在其后的方框里画上对号即可；若要取消已投入的某项保护，只要按 NO/CANCEL 键将其后方框里的对号划掉即可。

（5）控制字方式 2（CONTROL B1T2）。

1）在定值查询修改画面里选择序号 5，屏幕显示密码输入画面，输入密码 10000，就可进行控制字方式 2 的查询修改。通过控制字方式 2 可对低保护电流量程自动切换开关 LOW-BH-I、控制回路断线告警 KZHL-ALARM 进行投退。

2）若要将某保护投入，只要按 YES/SELECT 键在其后的方框里画上对号即可；若要取消已投入的某项保护，只要按 NO/CANCEL 键将其后方框里的对号划掉即可。

（6）外部接线方式设定（CONNECT SET）。

1）在定值查询修改画面里选择序号 6，屏幕显示密码输入画面，输入密码 10000，就可进行外部接线方式的查询修改。

2）若要将某接线方式投入，只要按 YES/SELECT 键在其后的方框里画上对号即可。

（7）系统设定（SYSTEM SET）。

在定值查询修改画面里选择序号 7，屏幕显示密码输入画面，输入密码 10000 即可进行系统各种变比查询设定。

1）TA 变比的形式为 ＊＊＊＊：5，只需设定 ＊＊＊＊ 的值即可。

2）TV 变比的形式为 ＊＊＊.＊：100，只需设定 ＊＊＊.＊ 的值即可。

3）电度变比的形式为 ＊＊＊＊：1，只需设定 ＊＊＊＊ 的值即可。

4）分合闸脉冲时间 ＊＊.＊＊s，其单位 s，只需设定 ＊＊.＊ 的值即可。

（8）装置设定（UNIT SET）。在定值查询修改画面里选择序号 8，屏幕显示密码输入画面，输入密码 10000 即可进行通信波特率×××××BT、通信地址×××××ID、通信方式 BTP、测量刷新时间×××.XS、装置背光时间×××.XS、值班员密码×××××MA、操作员密码×××××MA、调试员密码×××××MA、系统员密码×××××MA进行查询修改。

（9）存储数据（SAVE DATA…）。当定值设定或修改完毕，选择定值查询修改画面的最后一项 SAVE DATA…来存入数据，否则所改的定值无效。按确认键选择该项后，屏幕提示保存定值请等待，待定值保存后装置返回主画面。

44.6.2.4　死区系数修正

（1）本装置可通过死区系数修正检查各模入通道的零漂，检查时不施加任何激励量，选择装置参数修正－ZERO GROUP，输入密码 10000 进入通道死区修正画面，可用取消和确认键来翻页查看各通道的情况。通道 NO. 0、NO. 1、NO. 2、NO. 3、NO. 4、NO. 5、NO. 6、NO. 6 分别对应 BIA、BIC、BIO、CIA、CIC、UAB、UBC、UL。

（2）面板显示的第一个方括号中的数字为相应通道用来修正的数值，可通过上下键来增减其数值；第二个方括号中的数字为相应通道采集到的信号漂移真实值，可通过增减修正数值将其调整为零。

以上工作必须在没有外部模拟量输入的情况下进行。

（3）修正完毕后，必须选择装置参数修正－SAVE DATA…存储所作的修改才有效。

44.6.2.5 比例系数修正（接线见图 44-2）

装置的采样精度可通过通道比例系数进行修正。

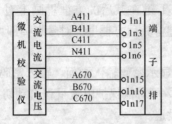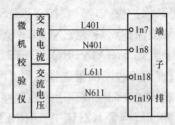

图 44-2 比例系数修正试验接线

（1）将所有电流端子顺极性串联相接，再串接 0.2 级电流表，通过微机校验仪加 TA 额定电流值；将所有电压端子同极性并联，并入 0.2 级电压表，通入 50V 交流电压（要求误差小于 1%）。

（2）选择系数修正－RATE GROUP，输入密码 10000 进入系数修正画面，可用 YES/SELECT 或 NO/CANCEL 键来翻页查看各通道的情况，面板显示的第一个方括号中的数值为相应通道的比例系数，范围为 0.5～2.000，可通过上下键来增减其数值；第二个方括号中的数值为相应通道采集到的信号值，可通过增减比例系数将其调整为外部输入信号对应的准确值。

（通道 NO. 0、NO. 1、NO. 2、NO. 3、NO. 4、NO. 5、NO. 6、NO. 6 分别对应 BIA、BIC、BIO、CIA、CIC、UAB、UBC、UL）

（3）修正完毕后，必须选择装置参数修正－SAVE DATA... 存储所作的修改才有效。

44.6.2.6 开关输入量测试

（1）选择装置刷新选择－METER IN，屏幕显示 16 个开关量输入通道的状态。

（2）用 110V 点通道 1N1、1N2、1N3、1N4、1N5、1N6、1N7、1N8、1N9、1N10、1N11、1N12、1N13、1N14、跳位指示、合位指示、KK 状态装置开入量主画面分别显示 1、4、5、9、10、11、12、2、3、13、14、15、16、8、6、7、8 变位的信息。

44.6.2.7 开关输出量测试

（1）选择分合测定－DOUT GROUP，输入密码 10000 即可进入开关通道测定画面。

（2）用确认键打开开关通道、取消键关闭开关通道，用上下键进行开关通道翻转。各开关通道在打开的状态下，对应输出触点可用万用表的电阻挡检查闭合状态：开出通道 OUT1/OUT3、

OUT0/OUT2、OUT5、OUT6、OUT7、OUT8、OUT9、OUT10、OUT11、OUT12、OUT13 分别对应触点 41—45、41—47、46—48、51—49、52—53、54—55、50—49、56—57、59—58、60—58。

44.6.2.8　整组试验（接线见图 44-2）

(1) 限时电流速断保护测试。分别在 A、B、C 相加电流并逐渐增加至 1.1 倍限时电流速断过流Ⅰ段值，保护动作、指示灯 C 亮，信号正确。

(2) 定时限过流保护。分别在 A、B、C 相加电流并逐渐增加至 1.1 倍定时限过流Ⅰ段值，保护动作、指示灯 C 亮，信号正确。

(3) 过电压。分别在 AB、BC 相加 1.1 倍过电压值，保护动作，信号正确。

(4) 过电压告警。分别在 AB、BC 相加 1.1 倍过电压值，液晶显示告警动作。

(5) 零序过流。

1) 在 A、B、C 相加电流并逐渐增加至 1.1 倍零序过流值，保护动作、指示灯 F 亮，信号正确。

2) 在 1n7-1n8 加电流并逐渐增加至 1.1 倍零序过流值，保护动作、指示灯 F 亮，信号正确。

(6) 低电压。分别在 AB、BC 相加 0.9 倍低电压值，保护动作，信号正确。

(7) 零序过压。在 1n18-1n19 加 1.1 倍零序过压值，保护动作，信号正确。

(8) 控制回路断线。分别断开操作正电源和负电源，液晶显示控制回路断线，信号正确。

44.6.2.9　传动试验

(1) 会同值班人员，手动跳合侧断路器一次。

(2) 分别取下开关正负操作熔断器，观察所出信号正确。

(3) 模拟限时电流速电保护动作，跳断路器，信号正确。

(4) 模拟定时过电流保护动作，跳断路器，信号正确。

(5) 模拟过电压保护动作，跳断路器，信号正确。

(6) 模拟零序过流保护动作，跳断路器，信号正确。

(7) 模拟低电压保护动作，跳断路器，信号正确。

(8) 模拟零序过压保护动作，跳断路器，信号正确。

(9) 模拟控制回路断线，信号正确。

44.6.3　结束工作

(1) 合上开关二次操作熔断器。

(2) 恢复保护装置上所有连接片。

(3) 在保护屏端子排上恢复保护用电流互感器二次回路所有连接片。

(4) 在保护屏端子排上恢复保护用电压互感器二次接线。

(5) 在保护屏端子排上恢复保护用电压互感器开口三角电压。

(6) 在保护屏端子排上恢复事故及预告信号小母线（701）。

(7) 拆开的带电线头恢复。

(8) 工作负责人认真检查所有接线确以恢复，并清理现场，结束工作。

44.7　生　成　记　录

(1) 变电第一种工作票。

(2) 工作任务书。

(3) 危险因素明白卡。

(4) DISA-2100 微机保护检验报告。

(5) 二次设备工作记录。

44.8　引　用　标　准

(1)《国家电网公司电力安全工作规程（发电厂和变电所电气部分）》。

(2)《继电保护电网安全自动装置现场工作保安规定》电生供字〔1987〕254 号。

(3)《继电保护及电网安全自动装置检验条例》水电电生字〔1987〕108 号。

(4)《DISA-2100 微机电容器监控保护装置说明书》。

45 DISA-2100 微机保护试验报告

DISA-2100 微机保护试验报告见表 45-1。

表 45-1 DISA-2100 微机保护试验报告

保护设备			装置型号				
制造厂			出厂编号				
检验设备	设备名称			设备型号			
	微机试验仪						
	万用表						
	摇表						
绝缘检查		直流—地	交流—地	24V—地	直流—交流		
	绝缘电阻						
通电检查							
定值核对			核对_____号定值确已执行				
版本检查		版本号					
	电容器保护						
死区系数修正		BI_a	BI_b	BI_0	CI_a	CI_b	U_{AB}	U_{BC}	U_L
	零漂值						
比例系数修正		BI_a	BI_b	BI_0	CI_a	CI_b	U_{AB}	U_{BC}	U_L
	实加值						
	测量值						
开关输入量测试							
开关输出量测试							

续表

	限时电流速断保护	$1.1I_1$	$0.9I_1$
	A（ms）		
	B（ms）		
	C（ms）		
	定时限过电流保护	$1.1I_2$	$0.9I_2$
	A（ms）		
	B（ms）		
	C（ms）		
	过电压保护	$1.1U_h$	$0.9U_h$
	AB（ms）		
整组试验	BC（ms）		
	零序过流保护	$1.1I_0$	$0.9I_0$
	A（ms）		
	B（ms）		
	C（ms）		
	低电压保护	$1.1U_1$	$0.9U_1$
	AB（ms）		
	BC（ms）		
	零序过压保护	$1.1U_L$	$0.9U_L$
	U_L（ms）		
	TV 断线		
传动试验			
检验结论			
检验日期			
检验人员		审核	

46 带负荷试验方法

46.1 工 作 目 的

带负荷检查是通过对新安装或回路经更改后的一、二次设备，在投入运行前用一次系统电压、负荷电流进行的最终检验，以保证一、二次系统动作、接线的正确性。

46.2 工 作 内 容

（1）相电流、电压幅值检查。
（2）相电流、电压相序、相位关系检查。
（3）零序电压、电流幅值相位检查。
（4）附加试验。
（5）保护方向判别。

46.3 适 用 范 围

本试验方法适用于带负荷检查工作。

46.4 资 源 配 置

（1）人员配置：工作负责人1人，试验人员2人。
（2）设备配置（见表46-1）。

表 46-1 设 备 配 置 表

设备名称	设备规格	设备数量
数字相位表		1块
数字万用表		1块

（3）资料配置：试验手册、工作任务书、定值通知单、危险因素明白卡、六角图（若干张）、相保护回路展开图、保护屏安装图、端子箱安装图、仪表屏保护安装图、计量屏保护安装图、录波屏保护安装图、远动屏保护安装图、电流互感器检验报告、保护装置检验报告。

46.5 作业流程图 (见图 46-1)

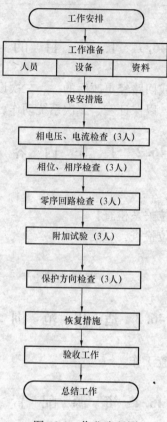

图 46-1 作业流程图

46.6 作 业 流 程

46.6.1 现场安全措施、组织措施

(1) 工作负责人负责填写工作票、危险因素明白卡、工作任务书, 工作签发人负责签发。

(2) 经工作许可人办理工作许可手续后, 工作负责人负责对工作票中安全措施进行检查。

(3) 检查负荷情况满足带负荷检查精度要求, 二次电流值应大于 40mA。

(4) 检查保护屏保护投入连接片、出口连接片、相关联跳连接片均在断开位置。

(5) 检查悬挂的标示牌符合工作票要求。

(6) 工作负责人宣读工作票内容, 交代工作区间及安全注意事项, 并分派工作任务。

46.6.2 作业流程

46.6.2.1 计算负荷情况 (2人)

(1) 根据变电站各运行间隔潮流, 计算带负荷检查间隔负荷值、潮流方向、功率因数角。

(2) 根据上条计算负荷值，计算带负荷检查间隔一次电流值，并折算电流互感器各绕组二次电流值。

46.6.2.2 带负荷检查（3人）

(1) 相电流、电压幅值检查。

1) 电压幅值检查：①用万用表按表 46-2 测量待检查相、线电压与比较电压（同系统已验证电压）幅值，并要求满足偏差要求，否则应具体分析，检查电压二次接线正确性；②非同系统电压幅值比较，应考虑将参照电压经幅值折算至被测系统后作为比较电压，同样幅值偏差应考虑比较电压与被测系统的电压相位影响而造成的标准偏差加大；③如 Yd11 接线，变压器两侧系统二次电压比较后 3 项幅值偏差标准应为（$2U_A \cdot \sin 15° \pm 2$）V；④线路抽压应按（57/100）V 两种标准区别进行，并应检查抽压极性，以装置打印值正确为准。极性相同，抽压为 100V 时，偏差应在 $100 - U_A$ 左右。

表 46-2   待检查电压与比较电压允许偏差范围

待测量电压	比较电压	幅值偏差	相位偏差
AN	A'N	±3%	±5°
BN	B'N	±3%	±5°
CN	C'N	±3%	±5°
线路抽压	A'N	±3%	±5°
LN		≈4mV	
A(待测)A'(参照)		±2V	
B(待测)B'(参照)		±2V	
C(待测)C'(参照)		±2V	

2) 电流幅值检查。将相位表调至电流测试挡，相位表电流钳接 I_1 位置，以 46.6.2.1 项计算出的二次电流值为比较电流，按表 46-3 测量各待测电流幅值，测试钳"∗"标位置指向被测电流互感器侧，测试幅值偏差应满足表 46-3 的要求。

表 46-3   待测电流允许幅值偏差范围

测量电流	折算电流幅值/相位	幅值偏差	相位偏差
AN	A'N	±3%	±10°
BN	B'N	±3%	±10°
CN	C'N	±3%	±10°
零相		±5mA	

(2) 相电压、电流相位、相序检查。

1) 相电压检查：①按表 46-1 的要求，将相位表调至相位测试挡，测试线接 U_1、U_2 位置，测量被测电压与比较电压之间的相位差，应不大于以上偏差；②对于非同系统电压之间的相位比较，应考虑一次系统接线形式造成的相位差别；③如 Yd11 接线，变压器两侧系统二次电压相位比较偏差标准应在（60 ± 5）°内；④相位检查正确或按 46.6.2.2 中电压幅值检查后三项检查正确则被测电压相序正确。

2）相电流检查：①按表 46-2 的要求，将相位表调至相位测试挡，以已验证系统电压为基准电压，接 U_2 位置，相位表电流钳接 I_1 位置，以 46.6.2.1 项计算出的二次电流相位值为比较相位，按表 46-2 测量各待测电流相位值，测试钳"＊"标位置指向被测电流互感器侧，测试幅值偏差应不大于表 46-2 偏差要求；②对于非同系统电压之间的相位比较，应考虑一次系统接线形势造成的相位差别。

（3）零序电压、电流幅值、相位检查。

1）零序电压幅值、相位检查：①新安装电压互感器本项检查应在互感器端子箱进行，新安装间隔的检查应在本间隔保护屏端子排上进行；②按表 46-1 所列，测量 LN 开口三角形电压值，应有少许（毫伏级），过大则应检查 TV 开口三角形三相二次绕组或极性是否接错，过小则应重点检查开口三角形是否二次被短接或开路；③按图 46-2 所示，在端子排拆开 U_L 零序电压连线，将线头用绝缘胶布包裹，用试验线将 U_A 与 U_L 在端子排侧短接，通入 A 相电压；④观察（或打印）保护装置零序电压显示幅值、相位值应正确，否则应检查开口三角形电压接线正确性（参见附录 1）。

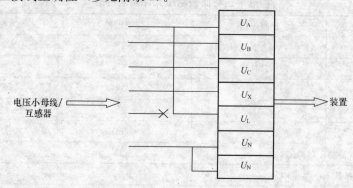

图 46-2　$3U_0$ 回路检查示意图

2）零序电流幅值、相位检查：①按表 46-2 所列，测量 I_N 零序电流值，应有少许 mA 级。过大则应检查 TA 二次绕组或极性是否接错，过小则应重点检查 TA 二次回路是否开路；②对计量、仪表等无 B 相电流的测量试验，应注意 I_N 零序电流与 I_B 一致，而非 0A；③按图 46-3 所示，用试验线在端子排外侧短接 I_B、I_C、I_N，拆开 I_B、I_C 端子排连线，通入 I_A 电流；④观察（或打印）保护装置零序电流显示幅值、相位值应正确，否则应检查装置零序电流回路接线正确性（参见附录 1）。

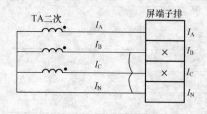

图 46-3　$3I_0$ 回路检验示意图

（4）附加检查。

1）差电流检查：①对母线保护、变压器差动保护、双侧线路差动保护还应进行差电流测量；②应用钳形电流表分别测量各单相（A、B、C、N）综合差电流值 I_c。各相电流差均应为毫安级，若过大则应检查被电流介入极性是否正确，若过小则应检查差电流回路是否开路；

2）差电压检查。对差动继电器还应增加测量差动继电器执行元件电压检查。

（5）保护方向检查。

1）根据以上测试值绘制六角图。

2）根据定值通知单确定保护装置指向。

3）判断保护装置方向正确性（参见附录 1）。

4）其他型号保护装置方向确定参照上一步执行。

46.6.2.3 申请工作验收

申请工作验收应合格，否则应予以重复试验。

46.6.3 结束工作

（1）恢复 46.6.2 条中记录的临时断开或短接的端子或连接线。

（2）检查确定继电器的电压及电流回路投入正常运行位置。

（3）清理现场，总结工作。

46.7 生 成 记 录

（1）变电第二种工作票。

（2）工作任务书。

（3）危险因素明白卡。

（4）×××带负荷检验报告（参见附录 2）。

（5）二次设备工作记录。

46.8 引 用 标 准

（1）《国家电网公司电力安全工作规程（发电厂和变电所电气部分）》。

（2）《继电保护电网安全自动装置现场工作保安规定》电生供字 [1987] 254 号。

（3）《继电保护及电网安全自动装置检验条例》水电电生字 [1987] 108 号。

（4）《保护继电器试验手册》。

（5）《WXH-11、WXB-11、SWXB-11 型微机保护检验规程》。

附　录　1

WXH-11 型微机保护带负荷检查方法

　　系统工作电压及负荷电流检验。按《检验条例》的有关规定，除完成对电流互感器的极性及其二次电缆相别的检验外，还要完成对断路器及其操作回路的检验工作，才能进行本试验。屏内除跳闸连接片以外，所有接线应恢复至正常运行状态，即所有在检验过程中临时断开及加入的连接片、端子、连线、卡住的继电器、触点间纸片、垫物等，都必须恢复正常，尤其是电流回路不得开路。

　　利用系统工作电压及负荷电流进行检验是对装置交流二次回路接线是否正确的最后一次检验，因此，必须认真对待，不得草率从事，事先要做出检验的预期结果，以保证装置检验的正确性。

一、检验交流电压、交流电流相序

　　装置在正常状态下，按"P"键和"2"键打印采样报告。U_A、U_B、U_C 由正到负过零点时间应依次超前 4 个采样点（采样点间隔对应 $30°$，$4×30°=120°$）。U_A、U_B、U_C 的有效值乘以电压互感器变比应与控制室电压表计值一致。若不一致时，应重点检查试验电源的波形是否有畸变，畸变时重做检验。采样报告中 I_A、I_B、I_C 由正到负过零点时间亦应依次超前 4 个采样点。各相电流的有效值乘以电流互感器变比应与控制室电流表计值一致。$3U_0$、$3I_0$ 应接近于 0。按"P"及"4"键打印采样报告，检同期所取的两个电压（母线电压与线路电压）的采样值应一致。

　　利用其他装置内的已知各相电压，用高内阻电压表核对本装置内的各相电压相位和相序。

二、测定负荷电流相位

　　本项试验可与第一条同时进行。

　　假定某一 220kV 线路送有功 $P＝86.6MW$，送无功 $Q＝50MVar$，负荷电流 $I＝260A$，电流互感器变比为 600/5。

　　在正常运行状态下，按"P"键及"2"键打印采样报告，按通用式 $\varphi＝\tan^{-1}(|Q|/|P|)$ 计算出功率因数角 $\varphi＝\tan^{-1}(50/86.6)＝30°$，即各相电压超前同名相电流 $30°$，如附图 1-1 所示。在采样报告中各相电压比同名相电流由正到负过零点应依次超前 1 个采样点。I_A、I_B、I_C 的有效值应为 2.2A。

三、检验 $3U_0$ 回路接线

　　再一次强调本装置零序电流和零序电压的极性端均应分别同电流互感器和电压互感器开口三角的极性端相连。不允许将 $3I_0$ 及 $3U_0$ 回路均反接。

　　对电压互感器开口三角的 L、N 线在导通

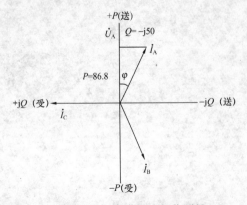

附图 1-1　负荷电流相位测量

核对正确的基础上，再用高内阻电压表分别测定屋外电压互感器端子箱和保护屏端子排外开口三角绕组的电压，在外界磁场对电缆无感应的情况下，N端对地应无电压，L端对地电压为少许的不平衡电压，且将电压互感器端子箱和保护屏端子排上的开口三角绕组处同时测量到的不平衡电压进行核对，两值应一样。如果符合上述测量结果，则说明从屋外电压互感器端子箱到保护屏之间的 L、N 线是正确的。

零序功率方向元件在系统接地短路时是否能正确动作，还取决于电压互感器开口三角的接线是否符合保护装置的极性要求。

对于新建的变电所的电压互感器的极性校验，可在屋外电压互感器端子箱和保护屏端子排处分别进行，测定二次和三次绕组的各同名相之间电压，如开口三角绕组按如附图 1-2（b）所示 a 头接地（头指"·"侧，尾指非"·"侧）方式引出，则极性正确时所测电压值（当电压互感器的二次和三次电压：$100/\sqrt{3}\mathrm{V}$ 和 $100\mathrm{V}$ 时）为

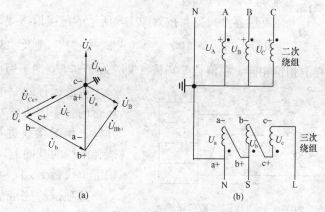

附图 1-2 电压互感器开口三角按
a 头接地时的相量图及接线图
(a) 相量图；(b) a 尾接地方式

$$U_{\mathrm{Aa+}} = 57.7(\mathrm{V})$$
$$U_{\mathrm{Bb+}} = 86.4(\mathrm{V})$$
$$U_{\mathrm{Cc+}} = 42.3(\mathrm{V})$$

其相量图如附图 1-2（a）所示。

若开口三角绕组按如附图 1-3（b）所示 a 尾接地方式引出，则极性正确时所测得电压值为

$$U_{\mathrm{Aa-}} = 57.7(\mathrm{V})$$
$$U_{\mathrm{Bb-}} = 138.2(\mathrm{V})$$
$$U_{\mathrm{Cc-}} = 157.7(\mathrm{V})$$

其相量图如附图 1-3（a）所示。

如果电压互感器三次绕组不是按以上两种接线方式连接，亦仍可仿照上述方法加以判断。在电压互感器端子箱处，首先查清楚 N 为接地端，然后在引出端处断开"L"，而与"S"相连，即对外输出 S-N 电压，一直通过电缆及有关的中转屏，把电压互感器三次的 S-N 电压加到微机装置的 $3U_0$ 绕组上。注意在改线前应使装置进入"不对应"状态。

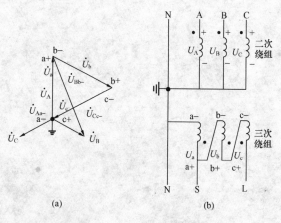

附图 1-3 电压互感器开口三角按
a 尾接地时的相量图及接线图
(a) 相量图；(b) 接线图

若电压互感器开口三角按附图 1-2 所示 a 头接地接线，则微机保护装置感受到的零序电压为

$$3U_{00'} = U_a = \sqrt{3}U_A = 100(\text{V})$$

此时按"P"键及"3"键打印采样报告，$3U_0$ 应与 U_A 采样值相位相同，幅值相差 $\sqrt{3}$ 倍（屏的 $3U_{0N}$ 端子与 U_N 端子短接）。

若电压互感器开口三角按附图 1-3 所示 a 尾接地接线，则微机保护装置感受到的零序电压为 $3U_{00'} = U_a = \sqrt{3}U_A = 100$（V），此时按"P"键及"3"键打印采样报告，$3U_0$ 应与 U_A 采样值相位相同，幅值相差 $\sqrt{3}$ 倍（$3U_{0L}$ 端子与 U_N 端子短接）。

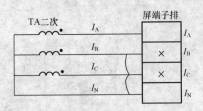

附图 1-4　$3I_0$ 回路检验示意图

对已运行的变电所，$3U_0$ 回路的检查可以参照已运行的且零序功率方向元件正确动作过的电压互感器开口三角的接线进行。或者在 L、N 线校线正确、L 线无断线的基础上，把 S 端用电缆线临时引至微机保护屏上代替 L 端，参照上述方法进行校验。

此项试验完成后，将接线恢复到正常运行状态，如附图 1-4 所示。

四、检验 $3I_0$ 回路接线

在保护屏外侧将 I_B、I_C、I_N 三条线短接，再在端子排处将 I_B、I_C（×处）断开，如附图 1-4 所示，则 $3I_0$ 回路电流即是 I_A。此时，按"P"键及"2"键打印采样报告，则 $3I_0$ 与 I_A 采样值应大小相等、相位相同。检验正确后，将屏内的试验接线及装置上的开关全部恢复正常。

附　录　2

××供电公司

相位关系测定试验记录

_____年___月___日

_____变电站　　设备名称：_____　　用途：_____

附表 2-1　　　　　　　　　　　　　　**各 侧 电 流**

	侧			侧			侧			侧			侧		
	I_A	I_B	I_C	I_A	I_B	I_C	I_A	I_B	I_C	I_A	I_B	I_C	I_A	I_B	I_C
U_{AB}															
U_A															
电流															
I_N															
中性线检查															

附表 2-2　　**差 电 压**

	差电压
A	
B	
C	

电压组别：_____　　　输送功率：_____

送电方向：_____　　　负荷电流：_____

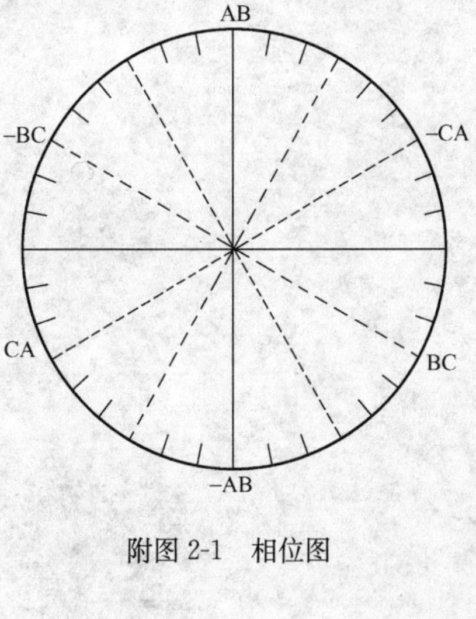

附图 2-1　相位图

结　　论：_____

审　　核：_____

试验人员：_____